十二星座女孩
励志言情小说系列

因为年轻，所以我们伤得起

我是摩羯座女孩

朝寻暮烟 著

IAM
A
CAPRICORNUS
GIRL

The young
Can afford setbacks

北京联合出版公司
Beijing United Publishing Co.,Ltd.

图书在版编目（CIP）数据

因为年轻，所以我们伤得起：我是摩羯座女孩 / 朝
寻暮烟著. — 北京：北京联合出版公司，2016.4
　ISBN 978-7-5502-7149-4

　Ⅰ. ①因… Ⅱ. ①朝… Ⅲ. ①长篇小说－中国－当代 Ⅳ.
①I247.5

中国版本图书馆CIP数据核字(2016)第023257号

因为年轻，所以我们伤得起：我是摩羯座女孩

作　　者：朝寻暮烟
出版统筹：新华先锋
责任编辑：龚将　夏应鹏
特约编辑：黎　靖
封面设计：王　鑫
版式设计：徐　倩

北京联合出版公司出版
（北京市西城区德外大街83号楼9层 100088）
北京雁林吉兆印刷有限公司印刷　新华书店经销
字数176千字　620毫米×889毫米　1/16　16印张
2016年5月第1版　2016年5月第1次印刷
ISBN 978-7-5502-7149-4
定价：36.00元

目录 / contents

第一部分 花重成城

1. 记忆里的红蔷薇

认识梁隽绎的时候我二十二岁。

那年夏天，我赤手空拳地来到这个城市。我花了一周就找到了工作，找房子，却花了近一个月。还好，总算满意。

这是一个老式四合院里的一间大平房。我喜欢这样的老院子。斑驳的院墙上长着些许青苔，院里有不知哪年哪月留下来的石桌石凳。最让我惊喜的是院墙边那一丛一丛的红蔷薇，花正含羞半开，香气已先声夺人。

从我的临时住所搬进去，我用了一天的时间里里外外好好收拾了一番，还买了植物和一些女孩子的小玩意儿进行了精心的布置。

傍晚时分，一切停当后的我泡了一杯咖啡坐在沙发上，惬意地看着窗外落日将城市染成一片橘红。

我，纪岩溪，在这个城市也有个家了。

惬意了一天。第二天，狂风暴雨，据说是五十年一遇。

暴雨过后，院子里的积水虽然退去，但房间里灾难犹存，到处是水，一片狼藉。暗花的壁纸都空鼓拱泡起来。桌椅板凳、家电器具无不被水泡过，看起来惨不忍睹。

天！去上班的我忘了关窗户。手足无措下，我第一件想起的事就是打电话给房东。

房东是一个叫允芳的女人。第一次见面时，我觉得她挺有气质的。年纪我不知道，问女人的年龄总是件不礼貌的事，不过看样子也就比我大几岁。

允芳很快就来了。让我意外的是，她身后还跟着一个男人。

意外之后，接下来的就是惊吓了。

"空调八千，壁纸两万，沙发一万！这些都是大件，地毯算了，大理石空鼓也不跟你计较，橱柜、冰箱、电视柜，我也承担了，你自己看看，三万总得赔吧？"允芳身后的男人身材高大，短袖上衣微敞着，露出里面白色的背心，深棕色的短裤，脚下趿着一双 ECCO 盖里牛皮单鞋。他四下打量着面目全非的房间，神态倨傲，板栗色的头发随着步调微微飞扬，看起来似乎是个不容易商量的人。

我眨眨眼，听着从他嘴里轻描淡写地蹦出"三万"的数字时，连呼吸都停了。

大概是见我半天没说话，他干脆往我跟前一站，我眼前顿时便黑了一片——他的确太高了，我的头顶只能到达他的鼻翼，只好仰起头与他对视。

我表面镇定自若，脑子里却如同 Hadoop（大数据处理软件）在跑大数据，抓取他每一点的细微表情，进行大量有序无序的挖掘分析。

过了一会儿，我说我赔，"不过，要分期。因为我刚上班还不到一个月。"

他的神情分明掠过一丝诧异，回头看了允芳一眼。

允芳轻描淡写地对我笑了笑说："小姑娘爽快，不打扰你啦！"说完提了挎包，转身便走，两个人一前一后地扬长而去。我回头跌坐在湿答答的椅子上，看着满屋的狼藉欲哭无泪。

一晚上，我饭也顾不上吃，尽打扫卫生了。

正大汗淋漓地挪沙发，门外响起叩门声。

打开房门，只见他提着一根铁通条大咧咧地站在门口，身后还跟着三个外形粗犷的男人。

"你们……"我手把着门堵在门口。

"干吗？"他皱着眉头，"怕我打劫？"一边说着，眼底却分明流露出友善的笑意。

我竭尽所能地表达感激，趁机掏出新开户的银行卡递给他说："以后每个月我会按时把钱打在这张卡上，密码是……"

他摆摆手说："我刚才去看了看，院子的下水道堵了，跟你没关系。我们已经弄好了。再说，还能跟女人计较这些吗？"

他进来看了一眼，回头跟那三个男人说："兄弟们，都搭把手吧。"

忙活完，屋里虽然还是潮潮的，但至少已能住人。我本能地邀请他和他哥们吃晚饭表示感谢。

他又摆了摆手："都几点了，还吃晚饭？走了。"

"那个……要不就吃夜宵吧？我还饿着呢！"别人帮了你一晚上的忙，不感谢一下，我心里实在过意不去。

人多钱少，我只能请他们在窄巷子吃烤串，喝啤酒，一晚上咋呼呼的热闹，几个男人觉得我这人还挺仗义，一个个地表示接下来要挨着回请。

于是我认识了均哥、炮筒、松子，还有就是他——梁隽绎。

反正我刚到这座城市的那个夏天，就都跟着这一伙人混了。

梁隽绎，大家都叫他"隽隽"，不知道为什么，后来连同我所住那院里的大爷都这么叫。有一次他跟我回家拿东西，大爷老远看着他就喊："隽隽，你介绍的那中医真不错，谢谢啦！"

仿佛他出生在这座城市，连蚂蚁都跟他沾亲带故一样。

他是个很逗的人，有他在的场合，不论去狮子楼，还是街边烤，无时无刻不充满着欢腾的笑语。他总有办法将一些莫名其妙的话说得煞有介事。玩到得意忘形的时候，我们就指着城市里最闪亮的霓虹高楼，拥抱着说"苟富贵，勿相忘"，吹牛某天要把市内最大的美美力诚百货给收购了，开心畅快到极点。

炮筒、松子都是粗人，经常拿女孩取笑、逗乐，隽绎却绝不允许他们开我一句玩笑，把我护得很紧。

我看出来隽绎是他们这伙人的头儿。

有一天均哥半开玩笑对我说："干脆你做他女朋友吧！"

二十二岁之前，我的感情都浪费在书本上，但也知道做老大的女人是所有女孩的梦想。

我神情呆滞没回答，隽绎看着我的表情笑着对均哥说："好啊，岩溪愿意，我马上回家告诉我妈！"

这么久他对我怎么样我心里有数，只是我对他一无所知。有时候试着问起他工作的情况，他总是做出不屑的样子说现在谁一天八小时坐办公室啊，那么蠢干吗，感觉他就一平民孩子还装得跟八旗子弟一样。

我试着语重心长地跟他谈，要为将来打算。

他便看着我笑，那种邪邪的、略带讽刺意味的眼神我很多年都忘不掉。

"岩溪，放松。"

他就爱这么戏谑地跟我说话，他觉得我整个人绷得太紧了。

我决心认真地跟他谈一次，如果我们都希望有未来的话，某些问题上需要达成一致，至少他应该给我一些承诺。

夏天就快结束的那个黄昏，我记忆里一直镂刻着大团大团的花簇，空气中萦绕着浓郁的香。

这个城市原本花重，尤其盛夏。

我们坐在院子里蔷薇边的石凳上，他端着马克杯面无表情地看着我，不停地说话。人多的场合，通常是他在眉飞色舞地说，我们安静旁听。大家仰着头随着他的语调忽而开怀大笑，忽而垂眸沉思，他就像是统领全局的指挥，撩拨着场面中所有人的喜怒哀乐。

这一天，只有我们两个。

我望着远方大谈自己的理想，梦想着不久的将来在这个城市里拼出一片天地，遥想着在万人中央豪情千丈。我多么希望能听到他的回应，多么希望听到他说"是的，岩溪，我也这样想"。

可是他什么也没说。

那天的夕阳如血，漫天霞光将这个城市的天空染成玫瑰红的颜色，我想那个时候，我的身上肯定笼罩着落日的余晖，我的眼睛里蕴藏的某种力量一定在闪烁着熠熠的光芒。

忽然间，他将我扑在椅子上，用嘴堵上了我的唇。

我蒙了。

我的眼睛里是他身后满院的红蔷薇，光影错落间，是香，除了花香还有淡淡的体香。除了他，我还没在其他人身上闻过的香，那香气透骨入髓。

过了很久他站起身，对我说了句："有事，先走了。"

接下来隽绎就再也没有找过我。我还没来得及坠入情网，他就消失了，连同他的那些好哥们。

我想他爱我，但我不明白为什么他不给我一份承诺，仿佛只是我一个人做了一个夏天的梦。

那两天闺密燕子传了一首歌给我试听，叫《摩羯座的爱情》：

满天的星星忽远忽近，闪亮得轻盈可爱美丽，仿佛是一双双眼睛，看透我现在的心情。摩羯的情人最含蓄，甜言蜜语的话绝口不提，傻傻地等着爱情降临；摩羯的情人最忧郁，浪漫爱情不是不敢相信，用最真的心换最深的情……

我想我就是那个最傻的摩羯座。

当单曲循环了一周，枕头换了七次以后，我以为我想通了隽绎不敢给我承诺的原因。

我所工作的那个投资集团在这个城市名声巨大，说起 TC 的投资精英，每个人都会肃然起敬，在 TC 连前台小妹的男友在这个城市里也会有份体面的工作。可是隽绎没有，他的那些朋友也都是这个城市里最底层的普通人。

我不在乎，可他是男人，或许难以面对。

我以为我想通了，便很快地放下，完好无损地进入工作状态。以至于身边没有任何人知道我在这个夏天曾经撕心裂肺地爱过这么一个人。

连隽绎他自己也不知道吧。

很多人会将情伤流露给人观摩，我做不到。对我而言，工作就是最好的疗伤良药，连续的加班让我在 TC 获得很多机会，慢慢成为同一批人中的翘楚。

同时，身边的桃花也不断出现，看着一个个与我同样世故成熟的笑靥，觥筹交错中，我却无法跟着翻腾跳跃。

心满了，便装不下任何人。

冬天的时候，我要搬家，集团给我安排了更好的住所。

那天出差回来刚下飞机，找人搬家差点要命，我便想起了隽绎和均哥、炮筒、松子他们。如果他们还在的话，做这样的事情也会充满着浓浓的人间烟火的气息，不仅简单有趣而且快乐开心。我强迫自己不去想他，他就像一根丝线扯在我的心上，一提就痛。

交还钥匙的时候，来人是均哥。均哥一直没有个固定工作，后来听说他开出租了，每天一睁眼就欠人四百，跟我见面耽搁了拉客人的活儿，一来一去损失很大。

"对哦！隽隽临走时跟我和炮筒、松子交代了，如果你有什么需要让我们立马去帮忙。说吧！我们哥几个能做什么？"

我摇头问他："隽绎去哪里了？"

"他能去哪儿，上大学呗！怎么——没告诉你？"均哥露出不可置信的表情，"他年纪那么小，读几年书回来家里一安排搞不好就是大人物了。哎，你也不错啊，高级白领的样子。"

均哥言语中的信息量蛮大，我眨着眼睛消化了好一阵。

"你们……不是同学吗，怎么他还读书？"

"他跟你说的？"均哥哈哈大笑，"难怪呢！当初他到劳务公司找我们哥几个帮忙搬东西，出价很高，后来经常约着一起玩，说结交我们几个，仗义讲江湖规矩！这小子搞不好一开始就是想追你吧？"

我的脸色变得很难看，隽绎去北京读大一，也就是说夏天的时候他其实刚刚高中毕业，他才十九岁。堂堂 TC 的白领精英，居然被一个高中毕业生玩弄于股掌间，那泪水浸染、煎熬难眠的日子立刻变成了笑话！仿佛是自尊心和虚荣心同时受到了羞辱，我的怒火腾然而起，几乎把自己烧成了灰！想到他戏谑略讽的得意眼神，感觉自己一个夏天都在出丑，而且毫无自知。

"哼！他倒想？"我无法面对均哥，骄傲地告别之后，空落的心底却开始不寒而栗。

我很害怕，害怕颜面尽失曝光于大众面前，害怕因此再也不会有男人对我献殷勤。

2. 在声色犬马中暧昧

揣着这种忐忑，我迅速接受了同事阿瞳的牵线介绍，准备试着谈一段感情。

于是，我认识了一个叫金回的男人，陷入了一段声色犬马的日子。

第一次见面的时候，我跟阿瞳来到体育场后的一处会所，刚踏进钢拱架玻璃笼罩的院子，就见里面翠竹浓荫、曲径探幽，一幢三层楼高的殿堂台阁赫然展现在眼前，重檐歇山顶，上面还有两个小歇山。年轻的汉服女孩坐在门前石狮子旁弹古琴，两侧粉墙环绕，身后的青灰色砖石组合成高山流水的造型，抬眼看去，三米高的阁楼屋檐下挂着"盛世逍遥"的匾额。这处闹市掩映下的幽居所在，居然将最现代化的材料和最古典的建筑融合得天衣无缝。

阿瞳的男朋友柱子接驾来迟，吃了一顿暴栗。

豪华茶室里围坐着七八个男子在玩扑克牌，一个个的打扮都非常时尚。

阿瞳为人真不错，她大概认为我是个羞涩的人，一直体贴地跟我窃窃耳语："那个最高个的，叫袁东，老爹是蜀汉集团的董事，这会所是曜石投资的产业，他们家经营着。旁边穿制服的是陈晟，省军区政治部文工团的。金回跟柱子一样，家里开厂，搞印刷的。他们几个是发小呢，天天一起混。"

曜石基金会、蜀汉集团，哪一家不是如雷贯耳，跟 TC 一样，在这个城市的名气不可小觑。

不一会儿，汉服美女前来招呼，宴席已经准备好。一群人便又簇拥着袁东走出茶室，穿过天井，绕过竹林，来到一间更为富丽堂皇的套房包厢。

包厢宽敞气派，头顶是施华洛世奇水晶灯，墙上挂着徐悲鸿的《八骏图》，背景是苏东坡的《赤壁赋》，地上铺着孔雀蓝丝绒毯，中间一张可容二十人围坐的大餐桌，摆放着喷泉造型的假山，抬头望不到对面的人。觥筹交错间，服务小姐在客人中如蝴蝶般轻盈穿梭，不停地撤下小盅鱼翅又换上煲汤辽参。

我爸妈是埋头做学问的人，从小到大都生活得随意而又简单，很少讲排场。我上这样档次的饭桌从来都是集团消费，没见过私人宴请这般奢侈的，况且都是些二十出头的年轻人。

酒足饭饱，袁东带大家去捧个明星的场。这个城市一位爆红的选秀明星回来开演唱会，今晚是第一场，她走红以前是袁东的朋友。大家都欢呼雀跃。说实话，我也好奇。

一行人跟在袁东后面，被几个警卫人员带入体育场前排。可容纳上万人的场馆被射灯照得亮如白昼，巨大的音响设备包围着舞台，LED 大屏安放在四周，到处晃动着荧光棒，舞曲狂放热烈，群情激昂。

在浓郁的欢乐气氛熏染下，大家的情绪都被点燃了，跟随着沸腾的人浪，我也渐渐开心起来。

大学期间活动很多，我唱歌跳舞自然不在话下。阿瞳被我用力拉上互动看台，一束灯光特意打在我们头上，舞台上的那位明星朝着我们走来挥手致谢，袁东带头向我们竖了个大拇指，惹得他身边的女孩直翻白眼。

得知晚上大明星有其他应酬，袁东立刻情绪低落起来。一群人便安慰他，开着各自的豪车奔赴郊县吃夜宵，直到凌晨才回家。当天晚上，我的头脑一片空白，累得倒头便睡。

第二天下班，阿瞳很自然地等在办公室门口，朝我努努嘴："走。"

我有些愣神，心想按传统好女孩的标准，我应该问问阿瞳，那位叫金回的巨蟹男士对我有什么看法，有没有考虑后续发展，如果没感觉我是不是需要终结这场相亲。

可是我没问，觉得好玩、刺激。这才刚开头，我还不想停下来。

我们到达"盛世逍遥"以后，依旧是那群人，依旧玩牌，依旧去奢华包厢吃饭，只是金回在向我点头打招呼的时候，我分明看见了他眼中一闪而过的灼灼亮光。我知道世界上大部分女孩都平凡，惊艳到倾城的只是少数，大红大紫如昨夜那位明星，成名之前同样只是极其平凡的邻家女。从这个意义上来说，我也还算得上是美女。在这点上爸妈给我的认知很正确，我从未因外表自负或者自卑。

而每一个女孩，经过适性的打扮，都可以焕发独一无二的亮彩。

好几个月，除非我出差，每天都是同样的行程。一到下班时间阿瞳便拉着我上"盛世逍遥"，等着他们玩完牌，吃饭，然后另找地方喝酒、玩牌，大部分时间泡吧。我感觉自己就浸淫在声色犬马之中，不过他们始终玩得比较干净，属于我能接受范围内的正常社交活动。但这些在他们看来正常不过的活动，相对于普通年轻人来讲已经非常奢侈了。

我感激阿瞳，也感激金回，是他们把我从恍惚的心绪中解救出来，走进另一种极端奢靡的生活里，这生活让我耳目一新。

出于礼貌，我也会力所能及地把TC的一些业务接待安排在"盛世逍遥"，或者帮金回介绍集团下游的印务生意，这样的暧昧关系便这么不进不退地保持着。

这天的节目是唱KTV，我们被带到全城最有格调的一家娱乐会所。这里简直是人间天堂，营业面积上万平方米，拥有大堂和几十个奢华包房，另外还有其他的楼层属于餐厅和桑拿中心。我们所在的包房尤其敞亮，有身穿白色薄纱背着天使翅膀的年轻女孩服务，袁东把她们都遣散出去，每人给了五百元小费，只留下两个男服务员切歌。

因为大明星执意要同经纪人一起回北京，袁东心情很不好，男人们一个个跟他敬酒，女孩子照顾他情绪，说话什么的都顺着他。有段时间麦就空了，我便上前点了首英文老歌。

包厢里闹哄哄的，音乐忽然变得婉转。

"I'm scared,"歌声刚起，嘈杂的声音立刻停了，我握着麦克风站在包厢中央，头顶一束橘黄的光打在身上，柔和暧昧的双眸闪动着琉璃般的异彩，红唇轻启，声音便从喉中破开，"So afraid to show I care, Will he think me weak, If I tremble when I speak……"

声音柔中带韧，一瞬间便击中所有人心底最深的某个地方，我可以听到他们的心怦然而动，甚至瞳孔也随之聚拢。

所有人都被镇住了，袁东盯着我面无表情。随着歌声起伏，阿瞳也拿了麦克风过来，我们并肩合唱："Tell him, Tell him that the sun and moon rise in his eyes, Reach out to him……"

这首有些年头的老歌叫 *Tell Him*，是芭芭拉·史翠珊和席琳·迪翁合唱的。原声非常霸道，讲述着一个女孩在向她的闺密悄声倾诉："我很害怕，不敢表明我的心意，他会否觉得我很没用，若在表白时，我浑身颤抖。"然而另一个女子高声地鼓励她："向他倾诉吧，告诉他，他眼中崛起的日月辉煌，令你心驰神往……"

我想起那个夏天午后没有说出口的话，眸光遥望，混合着可跟原唱媲美的歌声，整个包厢内如同在开小型演唱会，直到最后的吟唱随着曲调飘离渐远，大家依旧沉迷于美妙的旋律中没有转醒。

我原以为空寂之后会听到雷鸣般的掌声，不料袁东怔怔地站在原地，忽然"腾"地踢翻桌子，转身走了，陈晟二话不说便追了出去。

包厢里剩了柱子、金回和其他一干男女，气氛顿时尴尬起来。金回上前附在我耳边说："当年选秀的时候阿漫专门唱给东东这首歌。"

阿漫就是那位如日中天的选秀明星。

我双眼一闭，觉得今天真踩了狗屎，大声说："我想回家！"转身就走。

阿瞳站起来附和，她也被袁东当场踢桌子气到了。对一个矜持的女孩来说，这是彻底的冒犯。尽管那个人是袁东。

金回、柱子立刻跟上我们。走出会所等车的时候，我的眼睛落在侧门旁的袁东和陈晟身上。不是他们多么引人注目，而是袁东在跟一个女人说话，态度全没有包厢里那种桀骜冷峻，反而显得唯唯诺诺。

他面前的女人我认识。

是允芳。

当我感觉下一秒可能会见到隽绎时，便听到自己的心怦地猛跳，口唇干涸。我该怎么办？

可惜没有。直到金回开车出来，他们仨都还站在门口说着话，而那个让我心跳的男人并没有出现。

汽车载着我们离开，柱子给袁东打了电话请示先走，然后便跟阿瞳在后排纠缠不休，提议要再去别的地方喝酒，金回转头问我意见，我只盯着前方不言语。

我心底空落落的，满脑子想的都是梁隽绎。

又快到夏天了，他该放假了吧？

我一直以为我理性，之前袁东因为我唱了那么一首歌便发怒，心中很看不起他。我认为不论爱情还是友谊，秉承好聚好散的人生原则，让彼此体面告别才是现今这个社会最好的姿态。现在叩问自己，我忽然理解袁东了。

所谓体面，不过是历尽千帆后的选择，为了给彼此一份美好的回忆，爱恨这么深，回忆真的美好吗？那么多哭干的眼泪要不要人知道？世界欠我的债向谁去讨还？

不甘心啊，不甘心！

"我带你们去个地方。"许久没出声的金回忽然将方向盘往右一打，汽车轰地冲出大街朝沿河的一个小巷子钻了进去。

是一个喝茶的地方。

要说这个城市什么最多，自然是茶楼。从井市街边，到五星酒店都配备了各种档次的茶室，包厢门一关，玩牌谈事各不打扰。

在这安静祥和的地方，我却有一股说不出的烦闷涌上心头。

这么多日子习惯了大群人闹哄哄地来，闹哄哄地走，我不知道该怎么单独面对他们，我们其实并没有什么肺腑之言值得倾心交谈。

闷，闷得心痛，我起身想出去走走，"天台上风景不错，我去看看。"

"等我。"阿瞳也站了起来。

柱子看了金回一眼，没阻拦我们。

"岩溪，你觉得柱子这人好不？"阿瞳跟我站在顶楼的天台上，晚风将我们的长发吹得四处翻飞。

"挺好啊，对你唯命是从。"我敷衍她，心里有事，不愿意当她的心理医生。

"金回也不错，在这群人里面他和柱子最单纯了。"阿瞳忽然看着我笑起来。

"什么意思？"我问她。

阿瞳没回答，只是可劲儿地念叨金回的好。

这时，背后响起一串电话铃音，一个清亮的男子声音便飘了过来："来接我吧！"

3. 他的美德将变成你的把柄

那声音像槌子，猝不及防地敲在心上，我呆立在原地动也没动。阿瞳回头扯着我的衣袖说："进去吧，外面风好大！"

我便被阿瞳拉扯着，全身僵硬地转过身去。

天台玻璃幕墙的后面有个高个儿男人正猫着腰，身上穿着德约科维奇在法拉盛亮过相的"龙袍"战衣，一手拎着网球拍，一手撑在玻璃墙上试着单脚跳。

我迈不开腿，他抬起头来看到我了，隔着玻璃墙我们四目相对。

在以后的很多年的岁月里，我们不期而遇过很多次，每次都会看到那样的眼光，那是一双怎样的眼眸呢！比夏夜的繁星还璀璨；比秋日的月光还柔和；似同冬夜的烟火热烈，影落不绝；恰如春日的繁花络绎，明媚跳脱。

阿瞳已经走进玻璃门，回头看我还木头样地戳在外面，皱着眉问："怎么？"

我恍过神来，踏步走进大厅。

"岩溪，好巧！"隽绎背靠着玻璃墙对我笑着打招呼，露出整洁的牙齿。他的笑容一贯干净，优雅迷人，一年未见显得更加成熟。

我按捺着心跳的狂乱，平静地走到他面前问："隽绎，你来这里干什么？"话一出口，我自己都忍不住表扬自己。阿瞳见我碰到熟人，招呼着问："进来坐会儿吗？"

我抬了抬手还没说话，他就开心地点头说："正好，我包厢让人占了。"

"你不是要走吗？"我有些急，恨不得他马上消失。

"坐会儿再走。"他眯着眼睛凝视我半秒，伸出手说，"扶我一把。"

"怎么啦？"我见他穿着球服，一侧肩膀斜挎着网球包，左脚微微抬着。

"没事，扭了一下。"他说着，身体便朝着我的肩膀倒过来，体香混合着浓烈的男子气息瞬间汹涌，如波涛拍过。

他见我僵直着没动，闷闷地问："干吗？"

"我送你回去。"我说着顺手将他的网球包提在手里，我不想让他进包厢，不想让他认识金回和柱子。

"不用，允芳马上来接我。"他不理睬我，而是挂着网球拍，单着左脚独自跳进了包厢。

阿瞳已经在很热情地招呼他了，金回上前把他扶到沙发上坐下，回头示意我介绍。

我站在隽绎的身后，见阿瞳和柱子并坐在一起，金回单独坐着一个位置，便下意识地走到金回身边坐了下来。

隽绎只是微微挑了挑眉，便呵呵笑起来，他双手扶在大腿上左看右看说了句："怎么，会议现在开始？"

他话音一落，阿瞳和柱子便跟着哈哈大笑，我闷头闷脑地四下张望，确实，隽绎坐在上首位置，我们四个人则分列茶几的两边，整个是等着他主持开会的状态，加上他的个子很高，神态做派都很老练，一点不像他这样的年纪。

我不说，他们都看不出他还在读书。

隽绎是天生的外向型人格，自来熟的性子，他伸手拿过茶几上的小壶，垂着眼眸专注而迅速地洗了第一遍茶，问金回："这是明前蒙顶甘露吧？"

金回点点头。空气中立刻弥漫了一股淡淡的茶香。他侧身对着我，抬手扶着薄胎茶杯，像表演般细腻地沿着杯沿缓缓注水，眼睫毛在灯光下扑闪，神情专注。

当茶汤裹挟茶叶翻卷，天然淡香扑鼻而来的时候，他把茶杯放在杯托上递到我的面前说："尝一尝，这里的茶不错。"

我神情木然地接过茶杯，只见他又逐一为其他三人添满，看着他们品尝完毕，最后才为自己倒了一杯放在唇边，丝毫没把自己当外人的样子。

柱子和阿瞳毫不掩饰地喜欢他，他们探着身子问他这身球服是从哪儿弄来的。他轻描淡写地说是德约科维奇到上海做宣传的时候从他身上扒下来的，顺着话题讲起前不久在香港维多利亚公园当球童的时候顺道捡来各种签名球衣；在铜锣湾闲逛时，碰上李娜合了个影。

"你就扯吧！"我翻着白眼看着他们在隽绎天马行空的吹牛中不停地赞叹羡慕，已经知道他又一次毫无压力地撩拨起了众人的兴奋点，掌控了局面。他总有办法将鸡毛蒜皮样的小事情讲到趣味十足，逗得大家哈哈大笑，我们都在不知不觉中悲惨地沦为了背景。

不过我已经隐约明白他的厉害了，如果非说他在装，那也是顶级的那种。

聊得正高兴的时候隽绎的手机响了，他转头对我说："岩溪，你送我下楼。"

这个要求并不过分，可是我却瞪着眼睛对金回说："你，你去送！"

隽绎没理我，将我手边的网球包往自己身上一挎，对金回说："麻烦你，金回哥！"说完撑着金回的肩膀一瘸一拐地消失在门口。

我的心这才"扑通"落地，阿瞳眨着眼睛问我："不错啊，他是你什么人？"

"我以前的房东，不太熟的。"我极力撇清。

"哦"，阿瞳促狭地笑了笑，"他对你不错，没少要你点房租什么的？"

"哪有！"我笑了笑，心里却想着被他免去的三万元钱。房东是允芳，她怕我难缠特意带着堂弟隽绎来谈判，也不知后来他是怎么说服允芳的。

行尸走肉般回到家里，睡不着，脑子里反反复复回放着先前的画面，隽绎的眼睛一直在我面前晃动。半夜电话铃响，接起来果然是他，他哼哼着脚疼，低声下气地请我跟他见个面，我按捺着狂乱的心跳拒绝了。

"因为金回吗？"他在电话里毫不掩饰，"他配不上你，岩溪，你们根本不是一路人。"

"跟你没关系，隽绎，不要瞎操心。"我不知道该如何掩饰隐藏在内心深处的不甘和恨意，只好努力地心平气和，"金回不会撒谎，他性格淳厚，单凭这一点，我跟他就是一路人。"

"你很快会嫌弃他的。"隽绎在电话里面说得很肯定，好像很懂我的样子，"等你对他的那点好奇心消失以后，他就会变得索然无味，像是鸡肋一样，你抛弃也不是，不抛弃也不是。他的美德就变成了你的负担，你会纠结是离开他还是不离开。是啊，他善良、淳厚，你却变了心。这对你来说会是致命的把柄，你会在朋友圈里抬不起头，他们会认为你是个水性杨花的女人！"

我恨得牙痒痒，捏着电话半天没吭声。

他说对了。

其实我早就厌倦了这样的日子。我跟着这群人像加载宏的自动化脚本一样每天固定程式地玩牌、喝酒、泡吧，从这个地方玩到那个地方，看似花样翻新，实则重复单调。他们仿佛从不思考自己生活的目的，我很快就感觉毫无意义。

确实，我跟他们很难成为一路人。

"你相信我的话，岩溪你好好想想。"他带着恳切的语气在说。

"凭什么相信你？"我忽然找到要跟他讨要的东西了，"你想想自己吧，均哥都告诉我了，你做的每一件事情，值得我相信吗？"

"我没撒过谎，也不是故意瞒你。你一天到晚地胡思乱想，我告诉你那么多干什么？"他似乎很无奈，好气又好笑地说，"明天一起吃饭吧，想你了。"

他说他想我了，在这样一个冷清的夜晚，手机里传来他沙沙的声音说想我了，不知为何，我的眼泪悄无声息地滚落了下来。隽绎的话解脱了我，让我释怀，如果从前的情感不是自作多情，不是被欺骗玩弄，那段日子便值得。

"不要挂电话……"他在手机那端恳求，"我告诉你这些日子我都做了些什么吧，不过很无聊，你听不下去就闭上眼睛，不要挂电话。"

我没有执意挂断电话，整整一个晚上，静静地听他喃喃低语，我知道自己的心已经为他掀开了一道缝隙。

爱情需要洞悉真假，但凡经历过撕心裂肺的人，便会不知不觉垒高围墙，这便是摩羯女的心防。我还要看看他的努力再做决定。

不知是什么时候睡着的，我醒来时电话已经黑屏没电了。

我呆坐在床头凝神片刻，依稀还记得他最后的那句："岩溪，我爱你，你爱我吗？"

他爱我！

愤怒积郁在心底久了，变成一片泥垢，心镜蒙尘厚了，便看不清真实的自己。被那三个字轻轻抹开后的天，真是碧空如洗！我像战神满血复活，拣了一套杏黄色的洋装穿上，将头发挽成蓬松的髻顶在脑后，还特意画了淡淡的眉。

刚走出小区门口，便看见一辆褐色卡宴停在路边。集团大厦在新区，我住的公寓离得很近。清早，规划了的宽阔的街道上行人并不多，那辆车显得很醒目。

车窗滑下，隽绎那张琼玉般的面庞探出来，眼睛闪亮，像晨曦中的日光，"上车！"

我凝滞了片刻没动。

他高挑着眉："要我下来给你开车门吗？"

"不用。很近的，我走两步就到了。"也不知道我在跟谁较劲，燕子见到，一定会嘲笑我"作"！

汽车稳稳地跟在我身边滑动，到路口停下来等红灯时，隽绎的车也停在我身边，他一手握着方向盘，另一手搭在车窗外挥了挥："下午一起吃饭吧，约了均哥、炮筒和松子他们。下班我来接你。"

隽绎说这话我没法拒绝。去年夏天有我们一起走过的快乐日子，还说过"苟富贵，勿相忘"的话，我点点头答应了。

临走时想起他的脚伤，匆忙问了句："你的脚怎样了？"

他一听便笑起来，有点孩子气地挤着眼睛说："好疼！"

我忽然不知道该怎么回答，便老气横秋地回了一句："那就不要乱跑！"说完，绿灯亮起，我表情严肃地对他说："快走吧。"

他抿着嘴点头，不知在想什么。等我穿过人行道，回头看时，他的车已经不见了。

4. 低音共鸣腔的男子

一整天的心情都有些复杂，手里摸着鼠标，电脑屏幕上开着无数的小窗口，一个声音忽然在我身后响起："中病毒了？"

回头一看是我们发展部的经理王淮庵，我脑中一激灵，几乎跳起来："王经理！"

他拿了份吴总亲自签发的文件，要我替他去参加一个全省的能源产业转型升级研讨会。我明白类似会议太多，冗长繁复，领导们能避则避。

说话间，行政安排的司机老李已经过来问我什么时间出发。

我有瞬间的失神。出差开会对新人来讲是学习的机会，以前得到这样的机会我都会很兴奋。这次却感到胸腹被掏了似的失落，想到会因此没法参加隽绛的聚会，我觉得自己很扫兴。

会议安排在秀绝天下的世界级风景名胜区，距离这个城市两个小时的车程。

在巨大的桢楠木丛林中掩映着一座五星酒店。

会务组将我安排在七号楼，老李开车沿着黑化路面把我送到一幢蓝色的建筑跟前，抬眼看去，整幢建筑顺山而建，正对着著名的绝景"萝峰晴云"，加上毗邻湖畔，便形成了独立的院子。我的心情立刻豁达起来，惬意的意境让我把所有的不开心统统抛诸脑后。

我觉得自己一直是对的！

对未来我还没有足够的能力规划，但认真地在三十岁来临之前收获一份事业应该不难。我没有衔玉而生的身世，又过不惯声色犬马的生活，我只是喜欢刺激的状态以及和聪明人在一起，想和他们共同面对永远看不透的人生，携手走过永不厌倦的未来。

这样的人生便是我想要的。

晚餐自助，我在一群功成名就的男女中间尤为醒目，稚气未脱的身段和生涩的招呼应酬让大家有些好奇，也让我感觉很不自在。这个大腕云集的场合，男人们都显得略略肥胖，女人们的皮肤稍稍松垮，靠脸吃饭的人混不到这里的，靠才华的人也需历经风吹雨打后才能到这里的。除了我。

天知道我只是一个被临时抓包凑数的小人物罢了！

隐约间觉得有束深沉的目光在追随着我，每每不经意地回头张望，却又看不太真切。我的目光终于锁定靠窗的一个角落：射灯打在圆形的餐桌上，四周略显暗沉，仿佛是个身材略高的男人独自坐在那里，虽看不清脸，可是那双炯炯有神的眸子在暗处发出幽幽的光芒。

曾经我跟隽绎开玩笑形容过他的目光，有时候看人的方式直接裸露，像头狼。他非常满意，说目光如狼的男人是雄性激素分泌旺盛，温和的男性并不意味着纯良，也许只是教养好懂得掩藏，男人都是表里不一的"动物"。

"岩溪，你不懂男人！"

可是，说这话的人明明只是个男孩子。我承认我不太懂他。

正想着，手机便响了，果然是隽绎。

"他们说你出差了。"我还没来得及道歉他就开了口，声音闷闷的。

"是，通知的时候比较晚，对不起。你们，聚会还好吧？"

正在这时，主办方的韩处长过来，见到我胸前 TC 的徽章就问："吴总怎么没来？"我只好捂着手机认真地回答说因为有考察团调研，领导脱不开身，我会尽力把会议精神带回并做好相关报告云云。

通话被打断，回头再"喂"了两声，却传来均哥的声音："岩溪，太不够意思了！均哥我放了一天的钱不赚，陪你们喝酒哟！"

我忙不迭地道歉，那头电话却又被隽绎抓了过去："不说了，喝酒！"

话音未落便断了。

心情变得憋郁起来，我草草吃了点东西便独自走出餐厅，沿着湖畔的防腐木小道，行走在山林之间。晚风吹得有点冷，只有松涛的轻啸和溪谷的潺潺伴随在耳边，隐约还能听到藏在山间的寺庙的佛音袅袅，这天籁如童年的歌谣般缓缓安抚着我汹涌澎湃的心绪。

手机又响，我以为是隽绎，接起来却听到王经理的声音："小纪，明天另外安排你任务，一会儿组委会的人会来找你。"

"噢。"我心情并不好，难免有了一丝抗拒。

回到客房天色已黑，主办方韩姓处长上来说明来意。

原来这酒店还住着一位老夫人，带着从美国回来的孙女准备上山拜会普贤道场。

"他们一行四人，点名要你同行。"韩处长的语气颇有深意，"吴总与苏阿姨原来还有渊源啊。"

我皱着眉头仔细听他的话，似乎因为 TC 集团董事长与这位老夫人有渊源，所以我很荣幸地被点名陪游了。

"纪小姐有没有问题？"韩处长笑眯眯地问。

"没问题，"我站起来说，心里却想会有什么问题，你都抬出了吴总，难不成我不想混了！"只是山上恐怕刚下过雨比较湿滑，老人家走起路来不方便。"

"这你不用担心，明天汉森先生跟你联系。不打扰了。"韩处长说完道别，我只好得体地送他离开。

半夜打电话给均哥，他呵呵地嘟囔着今晚聚会真高兴，明天他就把出租车顶让出去，带着炮筒、松子投奔某家医疗器械公司做生意去！

"岩溪，哈哈！"他喝醉了，"我跟炮筒松子商量好了，以后收购了立诚，二楼卖场就归你！"

他醉得很厉害，越说越离谱，看到他们找到了事业的转折点，我挺高兴的。他一直都没提隽绎，我也问不出口，如果隽绎真的表现出对我有什么特别的情愫，就算借酒浇愁，均哥也一定会跟我讲，可是他滔滔不绝的话里，只字不提。

显然，那便是不值一提了。

我这样的心态做派跟燕子聊过，毒舌闺密根据多年临床经验判断我的症状较轻，属于幼时缺乏安全感，导致成年之后不相信爱情，情商太低，低至于无。

我相信我把她打成残疾也改变不了她的诊断，不过夜深人静时我也小心翼翼地拷问自己，他年轻、聪明、帅气、多金，尤其是年纪小我那么多，身边随时随地齐刷刷新鲜出炉的小女生漂亮得跟电影明星似的，如果我不辨真假一头陷进去，临死也没人会同情我。

某位女作家说过女人骨头轻，被男子抛弃的女人下到十八层地狱也死不足惜。我的小心，无非是要保护自己。

我心灰意冷地躺在奢华的房间里，天快亮了才睡着。

迷迷糊糊被床头急促的电话铃吵醒，摸着听筒放到耳边，只听一个低沉的男士口音传来："请问是纪岩溪小姐吗？"

我"哦"了一声，那头立刻笑着说："韩处长请我今早跟您联系，我是汉森。"

我一阵懵懂，挠了挠头想起主办方交代的任务："啊，是的，您好，汉先生，我这就下楼！"

"Hanson是我名字，我姓秦。纪小姐不必着急，十点在大堂碰头就好。"电话那头的声音很好听，带着低音共鸣腔的磁性，沉稳而礼貌。

挂断电话，我头痛欲裂，想到今天要上山，翻了个身不想起床。

磨蹭归磨蹭，我还是提前了四十分钟到达酒店大堂。正值会议时间，大堂里除了穿制服的前台，基本没什么人，我一眼便看见靠着落地玻璃墙的沙发上端坐着一个面带微笑的男人。

电光火石间，我已经认出他就是昨晚用餐时很不礼貌地盯着我看的那双眼睛的主人。的确太醒目了，那灼热的眼神似刀却带着温度，似箭却削了箭头，如星光却不见璀璨，像繁花却还未盛开，一时之间我的脑海里迸发出无数的形容词。

我在十米开外的地方停下脚步，四下打量着，暗暗调整自己的呼吸。

"纪小姐！"那个低沉的嗓音响起，只见他朝我招了招手："这里！"

我径直上前，主动伸出手去："你好，汉森！"

他已经站起来，身材显得瘦削，年纪约莫三十岁，穿着剪裁合体的浅蓝色尖领衬衣，打了根藏青色斜纹领带，头发黑得发亮，修剪得恰如其分。他的五官很精致，眼眶微陷，眉弓耸立，鼻梁尤其高挺，唇线分明，两道英气的长眉给整个面庞增添了许多硬朗。他的掌心柔软而有温度，不轻不重地握了握我的手便适时松开，比画了个手势请我坐下。

只是他的眼神太凌厉，我有点抗拒跟他对视，埋头看见茶几上已经放了两杯咖啡。

"我估计你应该会提前在这个时间点出现，所以为你要了杯拿铁。"他咧着嘴，露出整齐的牙齿，狭长的眉眼中带着一缕笑意。

我注意到他的眼睫毛很浓密，微微卷翘，我非常羡慕这样天然的眼睫毛，为了达到相同的效果，我试过种植、冷烫，好不容易才弄出应有的弧度，还必须定期保养。

"哦。"我有点好奇他是谁，那位神秘的苏阿姨又是谁。为什么昨天一直盯着我看，他是早就认识我了吗，还是因为我被安排替代吴总？

我知道有人天生具备跟陌生人沟通的能力，换成隽绎，也许此刻他们已经拍肩搭背形同兄弟，但我在这个名叫汉森的人跟前仿似透明，而他却显得神秘。

"为什么是我陪你们上山？"我忍不住问，对普贤道场的认知酒店的前台小姐都比我熟。

"不知道，你们集团的吴总安排的，他好像有事来不了。"汉森端起咖啡啜了一小口，眯着眼睛轻描淡写地说。

我立刻察觉这位苏阿姨与集团利益息息相关，否则不会刻意让我陪同。

正在这时，我看见汉森的眼神越过我的身后朝门厅望去，我跟随他的目光转过身，只见从旋转大门走进来一个高大的身影，浅褐色衬衣配牛仔裤。他拧着眉，径直朝总台走去，虽然竭力保持平稳的步子，还是看得出腿脚有些瘸。

"隽绎！"我大吃一惊，差点打翻了手上的马克杯。

5. 我抗拒不了的沉溺

隽绎目不斜视地往前走，听到声音停下脚步，转头在我脸上停留了几秒，胸口蓦地上下起伏，眼中分明升腾着怒火。

我慌忙绕过沙发，迎上前去。

他拖着左脚一步一瘸地朝我走来，却仰着下颌目不转睛地盯着我身后的汉森，我们俩眼神交会的瞬间，他一把抓住了我的手，拉扯着朝汉森的方向走过去。

糟了，他误会了！

我还没来得及跟隽绎介绍汉森，就被他提起来，连拖带拽差点扑倒在地。

当我站稳身体时，面前的两个男人已经横眉冷眼对视着，气氛剑拔弩张——当然剑拔弩张的只是隽绎。

秦汉森微蹙着双眉面无表情地看着他，全身包裹着沉静的气场，比隽绎还略显强势一些。

"隽绎，给你介绍……"我抬手示意，话音未落就被他拉进怀里，紧跟着唇上一痛被他狠狠地咬住。

"唔！"我发不出声音，手脚被他的身体禁锢着挣扎不出，几乎要窒息。此时此刻我在工作，秦汉森是重要的客人，隽绎鲁莽的冒犯让我恼羞成怒。

唯一能够自由活动的便是右脚，我下意识地抬起脚狠狠地踩了下去。

"噢！"只听一声大呼，桎梏的双手便猛然松开，隽绎倒在沙发上全身发颤，双手捂着左脚脚踝蜷缩成一团。

我愣神的瞬间，秦汉森已经上前扶着他问："你没事吧？"

"啊——断了！"隽绎皱着眉低吼，抱着脚踝倒吸着凉气。

我知道他打球伤了左脚，却不知道这么严重。我顾不得嘴唇火辣辣的疼，手足无措，掰着他的肩连声问要不要找医生。

隽绎咬着牙说不出话来，旁边秦汉森安慰说不要紧；一边掏出手机打电话。

不一会儿，便有一个微胖的男人从电梯间走出来。

汉森称呼他是"老泉"。

老泉很骄傲的样子走上前来，指着我的脸看了半天，憋着一脸的坏笑问汉森："你干的？"

我摸了摸肿痛的嘴唇没作声，秦汉森只是看着隽绎抬了抬下颌。

隽绎锁着眉脸色苍白，老泉俯下身将他的手拧起来，撩开裤腿看了一眼，淡淡地说："哪里断了，装得挺像啊！"

我一听老泉的话便火了，皱着眉头大声责备："梁隽绎，我在工作好不好，你胡搅什么？"

他"嗤"了一声，双肘撑在沙发上问，"工作？"被老泉揭穿他显得有些激动。

"大家都在会议室开会，你们好惬意啊，偷摸着来这里喝咖啡！"老泉坐在他身边轻声哼哼，趁他分心的瞬间，提起他的脚踝一揉一掐，我的耳朵里同时传来"喀"声的一声和隽绎"啊"的大叫，吓得浑身都软了。

这时老泉站起身拍了拍手，满意地说："接上了，休息两天就好。"

原本觉得隽绛很讨打，但看到老泉出手将他折腾到几乎背气我又不忍心了。隽绛的鬓角浸了一层湿汗，但很快冷静下来点点头，闭着眼睛跟老泉道了声谢。

老泉没理会，转头问汉森："这位就是 TC 的纪小姐啊？"

我看见汉森一边点头，一边微蹙着眉问我。"看样子纪小姐要留在这里，你是把男朋友送上楼还是怎么样？"他说着抬腕看了看表，"还有十分钟苏阿姨下楼，你决定呢？"

我第一反应是摆手解释："他不是我男朋友，我等大家一起上山。"

话音刚落，隽绛就腾地支起身体来，看着我喝问："岩溪你在说什么？"

我觉得今天的工作就快被他搅黄了，没好气地说："我让司机送你回去，工作完了我去看你。"

他显得非常无赖，粗着声音冲我吼道："不行！"

我不能在这里跟他吵，他忽然出现本来就不合情理，他不是我男朋友也是事实，眼前的状况已经给了汉森和老泉许多想象空间，我不希望被人误会我太不专业了。

此时老泉还叉着双手笑眯眯地看着汉森。

"我给苏阿姨解释，没关系。"汉森说着朝大堂经理招了招手，叫人去把残疾人使用的轮椅推过来。隽绛倔强地从沙发里直起身体说了句"谢谢，我自己走"，说完单脚跳到大堂雨伞架上拿起一根长柄伞当拐杖拄着，头也不回地往外走去。

我担心他，抱歉地对汉森和老泉道别准备跟着追出去。

汉森双眼泛着冷光不屑地哼了一声。老泉看着我直笑："回去记得给他打上石膏固定两周，脾气那么暴躁，说不准什么时候又脱位了！"

隽绛不是个坏脾气的人，他开心的时候能让所有人都找不到北。可是老泉的话也让我无言以对，我转过身三步并作两步追了上去。

他已经走到了湖畔的护栏边，汽车就停靠在他的身后。

我心里窝着火还没发作，他已经停下脚步单手撑在栏杆上，回过头来看着我。

"梁隽绛，你有没有成年，你知道你刚才在做什么吗？"

"对不起。"他懒洋洋地倚着栏杆，垂着眼眸说，"刚才太冲动了，你忙你的事，不用管我。"

我听他说这话心就软了，掏出手机说："我给允芳打电话，让司机把你送她那儿去吧？"

隽绎只是垂着头，细碎的阳光打在他的背上，额前碎发遮盖，眼眸下一片黯沉。

"你，过来。"他左手微抬朝我伸出五指，语气别样的柔和。

我依言迎了上去，温暖的阳光就这么洒在我的脸上，痒痒的，很舒服。

隽绎的手指触碰着我的唇："肿了呢。"

被咬那么一大口，不肿才怪。

他搂着我的后背，一手把我的头按进他的胸前："岩溪，你是爱我的，是不是？"

我看不见他的表情，但是他的心跳得很用力，随着话语的节奏怦怦地，搅动着我的心，他总有办法搅乱我的心。

如果可以说实话，我会告诉他，是的，隽绎，我爱你，可是我对你的爱有保留。我不喜欢没有物质保障、没有安全感的爱情，何况你这样说来就来，说走就走，疯一样的感情我如何敢爱！可是这些话说不出口，我不愿意让他感觉我是个俗气的、善于算计的女人，我决不让自己说出这些没有底气的话来！

我的沉默让隽绎得到了一些提示，他更加用力地搂住了我，整个脸埋在我头发里轻声地说："为什么不肯说一句实话呢？我知道你介意什么，我并没有故意瞒你。我还没有爱过除你之外的其他女孩子，我希望自己在能够给你想要的生活之前，默默地努力，我不想输给时间，所以请求你能够给我机会。如果你介意我比你年纪小，那么就让我们一起生活到 100 岁，到时候我们不就是一个时代的人了吗？"

他的话让我有些振奋，有一点击中我了，仿佛深暗的天空撕开一道缝隙，让我看到一丝希望。也许他是对的，再过几十年，三年的时间在光阴的长河里又算得了什么呢？至于物质，只要他肯，我们随时可以共同创造。

可我还是不愿意点头。在我二十三年的岁月里，"爱情"这两个字如此神圣，怎么能轻易地说出口，交付给一个尚未成熟的青年？

可是他俯下头吻我，我抗拒不了那带着特殊香气的味道。

即便如此，我选择沉溺而且心甘情愿。

从来没有人给我如此美妙神奇的感觉，他让我在极度爱与窒息的边缘燃烧灼热。车窗上印着我们交织的身影，他单手抱着我一言不发，身体埋在我的胸前控制不住地发抖。我确定自己在这一刻真的爱上了他，我吻着他眼睫毛上的汗水，看见他的眼睛发着光，很亮。

我们上了车他讷讷地不说话，从尾箱拿出毛巾，神情从未有过的严肃认真。

我坐在驾驶位，在他的指点下开车回到了我们所在的城市。

"去老房子，还记得路吗？"刚进城隽绎便问我。

记得，允芳的私房，我搬走之后房子就再也没对外出租。

"先去洵颐山堂把石膏打上，要不你的脚就废了。"我看了看他肿得发亮的脚踝。

"没关系，允芳在等我们吃午饭。"隽绎说。

我依言将车开进院子，邻居大爷还记得我们："隽隽岩溪，好久没回来了！"

餐桌上已经摆好丰盛的午餐，允芳面色微愠地坐在沙发上等我们。

"为什么没上山？"允芳看着我表情不善。

我一愣，她怎么知道我要上山？

"是我带她走的。"隽绎跳着脚坐到允芳身边，显得亲昵。

"哼！"允芳不屑地转过身，斜睨了我一眼，"先吃饭。"

我不喜欢此刻的气氛，尤其不喜欢他们姐弟二人默契地结盟谈论与我相关的事情，而我却被拒之门外。

"允芳认识我们吴总吗？"我们仨围坐在一起的时候，我扒着碗盯着她问。

"当然！"允芳并不回避，她轻描淡写的样子让我觉得这一切的安排是她授意的。

"原本我要陪客人上山，可是隽绎伤了脚，随行人员只好让我带他先回来了。"想到今天开会没参加，陪客人的工作也一并被隽绎搞得一塌糊涂，我不禁有些懊恼。

"嗯，我知道。"允芳安静地吃饭，抬眸看了我一眼。

"你知道？"筷子在我嘴里含着没动，"你知道什么？"

隽绎难得管住了自己的嘴没说话，他拿手肘碰了碰允芳："先吃饭，完了我送岩溪回家。"

6. 让我滚蛋的力量

允芳瞪了他一眼，扬着头慢慢地对我说："我知道很多，比如你出生在山城，父母任职于政法大学，你去年从上海毕业，八月份参加工作，有个男朋友叫金回，是金牛传媒广告公司的总经理……"

"打住！"隽绎放下筷子，认真地对允芳说，"岩溪的男朋友是我。"

允芳微微地笑了，她是满月形的圆脸，有富贵相，笑起来很妩媚，她看着我目不转睛地问："是吗，岩溪？"

我抬头看了看隽绎，镇定地对允芳说："还不是。"

隽绎的脸蓦然变色，先是质疑，看我的目光有些震惊，慢慢变成愤怒，一层一层的变化错综复杂，他转身掰着我的肩问："你什么意思？"

我知道他在说什么，遗留在彼此身上的痕迹还未消散我就说出否定的话来，让他一时难以接受。可是那并不表示我就因此顺理成章地成了他的女朋友——我不会轻率地成为某人的女朋友——在隽绎的逻辑里面也许是的。他见我半天没说话，狠狠地点了点头，咬着唇眼眸有些赤红，他望着窗外，一字一句地问："纪岩溪，你是跟我玩儿呢？"

我眨了眨眼，跟不上他情感起伏的节奏。

"隽绎，我没有。"

"翻脸那么快还说没有！"

"我说的是实话。"

"姓金那个，真是你男朋友？"

"不是。"

"我呢？"

"也不是。"

允芳一向咄咄逼人，我在她面前本能地保护自己而没有很好的办法将内心摊开，我一边观察允芳的表情，一边下意识地否认，觉得隽绎应该包容，应该善解人意，他应该理解我才对。

此刻他的表情让我意识到他不过刚满二十岁，还没有成熟到对自己的情绪控制自如，更别说体谅我。我分明看到他的脸色阴沉，几乎可以拧出水来。

允芳也很生气，但她很克制："那天晚上是我多事告诉他你的行踪，隽绎的脾气太倔，不得已我才请吴总安排你出个差，想让他冷静两天。他昨晚醉得一塌糊涂，岩溪你应该明白我的目的。"

允芳关爱自己的弟弟没错，可是她这样做让我很不舒服。

"允芳姐，对不起，我不明白你的目的。"

"你要知道我跟吴总的交情，如果不是隽绎我根本不需要提你。"她很傲慢的样子。

"你说得对，你根本不应该提到我。"

"不要得了便宜还卖乖，像你这样虚伪的女孩外面很多，隽绎告诉我你的优点，我可一点都没有看出来。"

"我的优点不是特意给谁看的，如果你没看到不看就是，何必麻烦。"

"如果我是你，我就不会说这些，你喜欢他就好好地对他，靠伤害疼爱自己的人取得存在感的女人实在可恶！"

"我没有不喜欢他，也不会伤害他！"之前我还言辞凿凿，瞬间就被允芳这句给打倒了。

"喜欢他就请你洁身自好！"允芳不屑地冷冷一笑，"要想进梁家的门就不要耍心眼！"

本来自己就很忐忑，听到允芳这样的话我顿时觉得无聊，不知道她哪来的优越感觉得我是为了进他们家门而耍弄心眼，"你还是不要费心的好，我没想过要进你家门。"

"简直不知好歹！"允芳的声音忽然提高，"他栽谁手里不好偏偏栽你手里！"

允芳把两件不同的事混为一谈，可恶至极，我准备了一肚子的话还没出口就听到"嗵"的一声，椅子被推倒了。

回头看到隽绎，他的胸口在深深地起伏不停，几乎是咬牙切齿地说："我告诉你纪岩溪,我一个假期都忙着推约会,好不容易得空去找你,我大清早跑去把你带回来不是想听你在这模棱两可,投机取巧。我就不明白你哪里来的傲性,你要把我逼成什么样子!你是不是心理有病啊,来消遣我!我知道你想要什么,可是跟那些人混有前途吗?那都是些靠爹妈靠后台混日子的人你懂不懂?你想利用他们向上爬,我打赌你一辈子都别想混出名堂,而且我告诉你,以后别指望着谁会像我这么迁就你了!你想玩儿本少爷不伺候你信不信!"

我承认他了解我,可是他同时也误会了我,听着他滔滔不绝机关枪似的话,突得我浑身成了筛子。我不明白同样一个人,嘴甜的时候跟蜜罐子一样,撂起狠话来也这般出神入化。

我看着他几乎失去理智的表情,努力地想着他拿毛巾的认真样子,忽然很想给他一个拥抱问他:"你说这些心里不难受吗?"

这时允芳将他按在椅子上坐下,朝他骂了声:"傻瓜!"

隽绎拂开允芳的手:"姐姐你别搞那么多事,求你了!"

然后允芳转头对我说:"岩溪,隽绎没经历过女人,他的心还没有对任何人设防,他经不起诱惑,你要爱他就不要扭着他不放手。"

我的自尊心让我无法接受允芳的话,凭什么认为是我在纠缠隽绎!

"放心,我要扭着谁谁也放不开手!"我站起来要走了。

"谁能扭着我不放!"隽绎火冒三丈的样子看起来跟平日判若两人,"我晚上飞北京,允芳你告诉我妈,我明早去相亲!以后,不要让我再看见你了!"他说完这通话,瘸着脚摔门进了卧室。

我觉得这些话真的伤到我了,我心底最害怕的,无非是他随时摆出备胎排到中南海的表情,他都说到这份上了,我没法不把他的话当真。

回到家,我盼望着隽绎冷静下来给我打个电话,我们可以单独出来好好谈谈,那时候我一定把自己的心仔细地端到他面前,让他看看。

可是他说他去北京相亲了,直到第二天傍晚也没有给我电话,那一定就是去了,我瘫坐在沙发上欲哭无泪。

当晚接到金回电话,他手里拿着一束玫瑰花在小区的楼下等我:"阿瞳说你出差了,这束花本来是昨天准备送你的。"

我深深地吸了口气,对他说:"金回,谢谢你的花。我并不是适合你的人，以后不用来了。"

"适合。"他不知哪里获得的勇气，很坚定地回答。他说他喜欢我，说我跟其他姑娘不同，保守沉稳中充满活力，他觉得正是这种古典的神秘气息吸引着他，他愿意守护我的这份纯真。

我知道我不是。隽绎说过的话有部分是对的，我跟金回不是一路人，我聪明懂事，为人通透，那是因为不走心、不动情，事实上我浑身上下每个细胞都充满着勃勃野心，梦想着凭一己之力在这个城市谋得一份出路。他善良淳厚的美德将是我的负担，我如果勉强接受他的爱情，结局将会变成我致命的把柄，一旦我变心，在他的朋友眼里，我就会是一个水性杨花的坏女人。

躺在床上睡不着，脑子里乱七八糟地想着隽绎，想着他的温柔细致，想着他的歇斯底里，我心乱如麻。干脆起身给金回发了一条长长的信息，我虽然拒绝他，可是这些日子我很感激他。"在这个陌生的城市遇到你这样的朋友，将是我一生的幸运。"

这是我能做的，力所能及地保护自己。

拒绝金回的消息传得很快，八卦几经辗转，回到我耳朵里时不过两周的时间。

这天财务部严墨请客，正巧燕子也在，我们三个女人便凑一块儿去吃海鲜自助。

"岩溪，你想找什么型号的男朋友跟姐说说，我给你留意留意。"

严墨三十岁，轻熟女一枚，有六年丰富的婚内生活体验，大概是长期做财务的原因，她说话做事总是爱标准量化。我乍听她说男朋友的型号，大吃一惊，抬头看燕子，她早就放下筷子一脸坏笑，知道我们都非常邪恶地想歪了。

"首先得是直男吧！"燕子紧跟严墨的思维节奏，换了一副认真的表情。

"那是。"严墨毫不怀疑这句话的正确性。

"直男是女人对男人的最高赞美。"燕子咧嘴大笑，"至于型号嘛……"

"暖男忠犬型、总裁霸道型、呆萌鲜肉型、谪仙男神型都不错！"我怕燕子口无遮拦，把严墨带偏之后无法恢复原状，赶紧接过话头扭转局势。

"嗯。"严墨点头，若有所思，"金回不是直男吗？"

这话怎么说来着？我盯着严墨"啊"了一声。

"难说。"燕子居然补上一刀，"上次阿瞳给我介绍的时候我看见他穿了条皮裤。"

"这跟直男有什么联系？"严墨果然求知欲旺盛，我抚额哀叹。

"总之爱穿皮裤的都很难说。"

"哈哈！"严墨撑着下巴笑得上气不接下气，"那闭着眼睛唱歌的都悬！"

我没找着她们的笑点，警惕地看着她的表情问："金回有什么问题吗？"

"这得问你啊！"严墨眯着眼睛说，"他的身价圈子、形貌体态都好，性格也符合你说的暖男忠犬型，为什么还跟他分手？"

原来是这样！

金回躺着中枪，不知道这会儿他有没有喷嚏连天。我很难告诉她们其实金回是个不错的男友，他彬彬有礼，对女人也非常尊重，正是他这样的态度让我放心，甚至我都没有想过我的拒绝对他会造成什么样的伤害。

"阿瞳在办公室抱怨，不知道金回看上你什么了。"严墨跟阿瞳同属财务部，自从拒绝了金回，我还没有想好怎么跟阿瞳解释。"财务部的小伙伴们分析，如果不是因为金回的原因，那就是你生性风流另有所图，尤其是吴总时常对你另眼相看，会不会……"

我一阵头晕，毕竟我跟金回从未开始，更谈不上结束，为什么要牵扯到工作？同事圈果然是黑暗的办公室名利场。听到严墨的话，我顿时感觉压力大。

但凡朋友分手，夫妻反目，一个紧密的圈子难免会被分割成两派，在这场事件中我所占人脉份额如此微小让我备受打击，我不禁又想起隽绎说过的话，"他的美德将变成你的把柄"。

是啊，如今我还没跟他怎么样呢，他的美德就开始惩罚我了，我拒绝了一个单纯的灵魂、爱人的心。那天在老房子里只图痛快，开罪了允芳姐弟，现在细想起来，仿佛有两股巨大的危险盘旋在我的身边，随时可以让我从这个城市滚蛋。

7. 拒绝了整个圈子的脸面

回家的路上我跟燕子讲起金回这事的缘由时，选择性地忽略了隽绎。

"正常啦，在他们的逻辑里，只有甩人，哪有被甩的道理，你拒绝人家就是拒绝整个圈子的脸面！难怪今天严墨会以为金回不是直男。"

我大失所望："为什么不可以与人为善呢，做不成爱人做朋友啊！"

"哈哈！"燕子大笑，看着我如同盯着外来生物，"同圈层的人与人为善是因为大家有相同的利益关系，抬头不见低头见，所以做不成爱人做朋友。可你看看自己，无名小卒一枚，人家凭什么跟你为善啊？倒是你自己愿意上赶着与人为善，自作多情吧！"

燕子的话有些道理，我狠狠地消化了一阵，除了尴尬还感觉有些受伤。

"得了，与其浪费时间郁闷，不如想想怎么优化自己吧！"燕子第一次送了双大白眼给我。她不仅是我的同门师姐还是老乡，早我三年供职于这个体量庞大的传媒集团。

工作这些日子，我第一次陷入了深深的危机，早前的优越感荡然无存。

小心翼翼地上班，办公室里气氛依然温和有礼，大家在各自的领域中得体地表达自己的意见，坚持各自的利益。

行政打来电话问我明天出差的事情。

"小于的商务签注没下来，明天还是你去。"电话里杨主任提到小于，我脱口而问，"小于也去吗？"这件事并不在我的知晓范围。

"哦，之前不是换成小于了吗，他签注没过，汪总指示还让你去。"杨主任的话让我的头犹如被铅石猛地一砸，一阵阵地疼。明天我去香港出差，临时换成小于我居然没有得到任何消息，要不是签注没下，那我明天一早会不会像个傻瓜似的拖着大箱子到公司写字楼等着坐车出发？什么时候我在集团的人缘这么差了？工作换人的事情都没人跟我打个招呼。

"好的，谢谢杨主任，我需要转告小于吗？"我没有表露哪怕丁点情绪，很得体地询问。

"也好，我就不再给跟他打电话了。"

挂断电话，我深吸了口气慢慢推开玻璃门。

我们计划发展部是集团最大的一个部门，也是实力最雄厚的一个部门，五十多人被划分成三个区域。远远看见小于正端坐在椅子上眼睛盯着电脑屏幕炯炯有神，他跟我是同一批参加工作的大学生，也是部门经理非常倚重的得力干将，平时我们接触比较多，都是年轻人，所以无话不谈。

"墨鱼仔！"直到我站在他的身边叫了他名字，他才抬起头露出恍然大悟的样子。墨鱼仔是王经理给他取的外号，只因每次部门聚餐他都点墨鱼仔。

"看什么这么认真？"我凑上去对他和气地笑了笑。

他立刻换了页面，可是一瞬间我还是看到了关于香港的天气资讯。"嗯，没什么！"他表情有些不自然，"找我什么事？"

"杨主任让我转告你，去香港的商务签注没下来，明天不用去了。"我面无表情地看着他。

"啊？"他脸色一变，瞬息间又换了张笑脸，"好的，我知道了。"

"就这事，回头再说啊！"我笑着挥了挥手转身要走。

"岩溪！"他站起身叫住了我，我笑眯眯地"嗯"了一声，停下脚步。

"哦……我，我也是刚接到王经理电话，还没来得及跟你说。"他挠了挠头。

"知道了！"我笑着，转身而去的时候，笑容却在脸上凝结了。

心累！

我忽然理解与我同时进来的这批人，他们在过去的日子里承受了怎样的压力，比如十分钟之前，当我体验了属于我的机会被替换的那一时刻的心情，我才明白我真的占据了属于同龄人的所有机会。兔死狐悲，物伤其类，其实我以为集团的蛋糕是很大的，需要很多很多努力奋发的人，我从来以为我们是队友，没想到会是竞争对手……

同行的人竟是秦汉森！出于保密需要，临行之前我只被告知因为香港分公司准备收购某制药企业一事，我作为总公司代表参与其中，具体事宜由经纪人负责，也就是业内俗称的"掮客"。

掮客在世人眼中的形象并不好，在买卖双方斡旋促成交易，价格提成便是他们的收入，跟房产中介的性质差不多。但更多人把他们当成人情和贿赂的代名词，都是些神通广大、左右逢源的家伙。我想起在酒店要陪贵客上山游玩的情景，很难不把汉森归于这一类人。

与他同行的还有投行的一位负责人，我们之前见过面，是个江湖气息颇重的中年男，我叫他李二哥。

除了他们外部团队，公司内部的最高负责人是香港分公司的副总——福建人胡冰。由于他们的口音"胡""浮"不分，我开玩笑叫他"浮冰哥"。

集团除我之外，还有财务总监汪总作为执行负责人参加，只是这一次仅仅为准备工作中的某小节协议签署，她便让我这个小角色全权代理。加上香港分公司雇用的审计、法律、财务方面的专家顾问，这些杂牌军就组成了这次的收购团队。

汉森看到我从汽车上下来的一瞬间，只是面带微笑，好像事前就知道是我，我却睁大眼睛感觉意外。

"怎么会是你呢，秦先生，我不知道你跟集团还有业务往来。"

"你不知道的事情还很多，是我的工作没做好，还要麻烦你跟我跑一趟。"汉森伸出手很商务地握了握我的手，然后随意地接过我手中的箱子。他身上有一股凝聚力很强的气场，身板很直，一步一步走得很有架势。

我跟在他和李二哥的身后，默不作声，心里一直翻江倒海地寻思着昨天发生的事情。我地位低微，对整个项目了解不够，公司的很多信息也完全不会经过我。他们随时都会因为某种突发奇想的原因把我替换下来，我身体里的不安全感统统涌上来，本能地使我要想办法利用机会留在项目里。眼前的两个人便是机会，很明显他们对项目的了解程度比我高很多，如果我掌握了核心信息，他们想换也换不成了吧！

心里有些烦躁，机舱里的冷气也不能让我安静下来。

"怎么了？"汉森似乎看出我坐立不安，侧头问我。

"之前有些感冒，没事。"我看着他的眼眸笑了笑，"聊会天也许会好些。"

"嗯，想聊什么？"他放下手中的杂志，温和地看着我，"对了，那天，你那位朋友的脚怎么样了？"

"应该好了吧。"我的心被扯了一下，痛得皱眉。这些日子压抑着不去想，被他突然间提起，难受得只想跳开话题，"我一直忙，没来得及关心。"

"噢，是吗？"汉森口气略显嘲讽，眼神微微下沉。

"秦先生，这个项目……"我想转移话题，不料秦汉森不客气地打断我，"汉森，他们都这么叫我。"

"哦，汉森，对方企业叫什么？"我仗着年纪小，透支自己的犯错机会。

果然汉森斜睨了我一眼，投行李二哥还侧身对着我的方向敲了敲桌面，"吴总不给你们培训保密守则的吗？"

"反正是闲聊嘛，不说也好。"我当即被两个大男人弄了个红脸，只好自寻台阶，接着自说自话，"集团凭借这一次收购当然能够进入新领域，可是对方报价跟我们的出价差别大吗？他们是否还在接触其他公司？如果有接触，那些公司的背景我们都了解吗？我们和对方的文化差异呢？如果很大的话进入谈判阶段会很难沟通。"

"呵。"汉森十指交叉放在膝盖上，"做过功课呢，难怪吴总欣赏你。"

我并不是为了卖弄，或者在男人的眼中，我只是个不值一提的打杂下手，连打探消息的权利也没有吗？

"嗯？"我睁着大眼睛望着汉森。

他有片刻的失神，眼睛里有什么我无法捕捉的东西稍纵即逝，卷翘的眼睫毛扑闪了两下，黝黑的眼眸便在长睫毛下积成深潭。

"对方的报价也在保密阶段，知道的人不多于十个，交易意向书虽然已签订，但一天不坐下来谈定，很可能就还有其他公司在跟进。"汉森收敛了戏谑的表情，认真地告诉我。

"噢，"我点点头，汉森明摆着在教我，"我明白。"

"哈哈！"李二哥在那头笑得爽朗，"聪明人一点就透，教起来不费神。把汉森抓牢啊，他干货不少，看你怎么往外掏！"

"那是必须！"看着汉森哼了一声，我忍不住咯咯笑了起来。

这一次的协议简单，是对财务审计的一项内容进行补签，有汪总权威的邮件扫描，我代表总公司来仅仅是为表达郑重。汉森事前准备工作充分得当，我唰唰唰签了自己大名便完事。

浮冰哥在四季酒店的龙景轩宴请，一行四人，简单隆重。我心满意足地品尝这里出名的正宗粤菜，只听浮冰哥建议说："明天晚上的飞机，岩溪要不要逛逛？"

我看着汉森和李二哥说"不用"，希望听他们定夺。香港我来过几次，这一次我更希望能趁机跟他们建立联系，近距离了解被内部团队称为"汉奸"的掮客与投行。

"我还有事，一会儿不用管我。"汉森擦了擦嘴，神态优雅。

李二哥呵呵一笑："浮总把纪小姐安排妥当就行。"

我连忙摆手："没安排我正好在酒店睡到自然醒。"

餐后大家各自散去，我被送回酒店房间。

工作以来，我出差的次数不少，习惯斛筹交错之后的冷清，自己在客房看书上网非常自在，这一次却备感不安，忐忑阵阵袭来，不知道下一步会面临什么，该如何自处。

一觉睡到傍晚，从酒店的落地窗望出去能看到维多利亚港夜景，华灯初上，朦胧的天际线下高楼鳞次栉比，灯光璀璨夺目，繁华都市衬托下是自己内心的惶然。

8. 我抢了大厨的饭碗

正胡思乱想，手机响了。

秦汉森在电话里的声音显得奇怪，舌头打结像是喝醉了。

"岩溪，纪小姐，下来喝酒！"

"你在哪儿？"我问完他，匆匆忙忙套上衣服出门。

酒店大堂的酒廊时尚雅致，位置不多，整体深色调装修，有黄蓝色琉璃镶嵌的墙。现在刚到鸡尾酒时间，酒廊的人稀稀拉拉。我走上吧台，坐到空置的高椅上对年轻的调酒师叩了叩手指。

他看着我笑了笑："试试赛萨拉克？"

"也好，多加一些菲奈特。"

旁边秦汉森一手撑着下颌，一手握着酒杯，侧头望着我半天没动，我看他的眼睛就知道他已经醉了。

　　"这位先生来之前已经喝过不少。"调酒师优雅地摆弄着手上的酒具对我说。

　　"噢!"我回望了汉森一眼,"原来你嗜酒。"

　　通常喝过还换地方继续喝酒的人定然是酒鬼,可是秦汉森穿着体面的灰蓝色格子衬衣,长袖袖扣严实紧密,尽管头发微微有些蓬乱,却丝毫不影响他仍是绅士的模样。

　　他没理会我的揶揄,端起手中的残酒一饮而尽,将杯子推至调酒师面前含糊地说:"再来一杯,跟她一样!"

　　这杯赛萨拉克原本就是帮他点的,菲奈特的苦味可帮助解酒健胃。我自己并不喝酒。

　　他有些烦躁地刨了刨头发,脸色看起来不太好。

　　"纪岩溪,嗯,你很好!"

　　"当然,我是一个很好的学生。"我歪着头顺着他的话题表达自己的想法。

　　他晃了晃身体:"岂止啊!你的好奇心让人疲惫不堪,即使沉默也无法让人忽视。"

　　"您是批评我咄咄逼人吗?"我问他。

　　他摇了摇头,"不是,我批评我自己,失败!"他一边说着一边使劲敲了敲自己的额头,嘴里嘟囔着,"男人嘛,帅不帅很重要,行不行更重要,搏还是不搏也很重要,有了这种奇怪的想法就算是彻底地走上作死的路了……"

　　我对他的话感到茫然,不明白他想表达什么,只见他向我晃了晃,"嗯"了一声便要滑下去,我正好伸出手,他居然顺势趴在了我身上,全身冰凉。

　　啊,好沉!

　　一个酒鬼!我从心底生出埋怨,咬着牙吭哧吭哧地扶他躺倒在矮沙发上,我能清楚地感觉他的心跳得发疯,比战场的擂鼓还厉害。我支起身体,拧着眉头仔细看着他,心想这算是借酒发疯吗?我静静地盯着他,只见他的脸色越来越惨白,口唇有些青紫,呼吸也越来越慢,感觉有些不对劲儿。

　　"嗨!"我使劲地拍了拍他的脸,毫无反应,我有些慌了,转身叫了吧台上的调酒师。年轻的调酒师一边扬手甩动着手里的摇壶,一边仰头朝不远处站立的一个黑西服男人努了努嘴,那男人向我们走过来,伸手摸了摸他的脖侧，又翻开他的眼皮看了看："先生是我们酒店的客人吗？"

"是！"我毫不犹豫地回答，"他怎么了？"

"酒精中毒，需要送医院。"

酒精中毒？我顿时呆立当场。

时间已经很晚，我打电话给投行李二哥，他的手机已经关机，酒店管理人员帮忙把汉森送到医院并叫来医生。整整一个通宵我不敢睡觉，汉森经过洗胃仍然昏迷，医生给他做心电监护观察生命体征，还挂水补液补糖维持电解质平衡。

医生叮嘱我："为防止并发症，家属最好在旁边看护。"我很害怕，看护就看护吧，连解释说我不是病人家属的话也省了。

这一次香港之行终生难忘。

汉森在我准备上飞机之前醒来，他谢谢我对他的照顾，说了些来日方长的话。我和他告别之后，跟投行李二哥先行一步回到公司老老实实地上班。

一周以后汪总召我去了她办公室，用很蹩脚的理由解释了临时换队员的原因，最后非常肯定地表示这个收购项目确定由我跟着她做，计划发展部的工作可以先放下，专心跟进这边。

我明白这次收购的里程碑意义，最高负责人固然是胡冰，但汪总作为总公司财务总监、项目执行负责人，她日后的功绩将载入集团史册，而我这个小角色因为所属总公司的位置也会显得闪闪夺目，前途不可限量。我至今不太清楚墨鱼仔替换的插曲是如何生起的，隐约听说是因为某次与吴总吃饭，受到不经意的点拨，引发了汪总的联想，后来发觉不是那么回事，又赶紧改了过来。

接下来我就正式从计划发展部出来了，财务总监办公室的旁边布置了一间虽然很小但是独立的办公室出来，作为项目组临时办公点，给我单独使用。

这期间我需要阅读海量的数据库文件，海量！

数据分析定性有香港的专家顾问团队，作为总公司代表的我全盘了解就好，权当汪总的眼睛和手臂。分公司会把具体进程定期汇报，我随时掌握情况挑选重要的信息定期给汪总过目。

全程进入一个项目收购环节对我的职业生涯绝对是个大礼包，不是每个新人都有这样的机会，所以我尽可能地努力学习。

就这样过了几个月，秋去冬来，紧接着快到春天了，秦汉森很诡异地一病不起，由助理小黄跟进，我给他打过几次电话也都是小秘书接通的。集团对他很信任，听到小黄汇报各项进程顺利的消息，包括分公司浮冰哥和汪总都高枕无忧地坐等好消息。

我却隐约觉得蹊跷，想起他在香港喝醉酒时说过自己很失败的话，感觉莫名的不安。

直到有一天早上，我刚上班便看见严墨对我挤眼睛，悄声说汪总在大发雷霆，让我小心点。

我走进办公室便看见汪总将我的文件丢了一地，赶紧识趣地关上门，还没来得及开口，只听她尖利地朝我吼了一句："你一天到晚究竟在忙什么？忙着吃屎吗？"

我愣愣地站在门口，脸涨得通红。挨上级批评这种事情我明白，曾经培训老师还做过心理压力测试，让同学们角色扮演上级和下级接受严厉的批评，做出最妥当的反应和对策。但是被活生生地骂"吃屎"还是生平第一次，我有些郁闷，不知道出了什么状况，到底为什么。

看到我目瞪口呆的样子，汪总的怒火更盛，索性抄起桌上的水杯砸了下去，只听"砰"的一声，杯子触地摔得粉碎。

我回过神来，拿起扫帚一边打扫一边问："汪总，出了什么事情？"

"什么事？"汪总的黑框眼镜也挡不住两把霜刀甩过来，"自己看！"

一份电邮扫描件丢到我的面前，上面赫然一个大标题：祝贺 ASG 澳圣集团成功收购香港南洋制药有限公司。还配有两边 CEO 握手言欢的正面照片。

我顿时愣住了，ASG 澳圣比起我们的香港分公司，体量大得多，之前怎么一点风声都没有听说呢，就算我们没听到，以秦汉森的专业他怎么会没听说。这段时间他故意避开我们，是不是就因为他早已知晓，但是他作为经纪人有什么理由回避呢？

我把自己的想法告诉了汪总，她无奈地摇了摇头问我："项目没成功对他们来说无非是少拿几千万的提成，对你我意味着什么你心里有数吗？"

说实话我心里没数，难道还会辞退我不成？我在这个团队中无足挂齿，有那么多人顶着，我没有一点负罪感。

幼稚！

汪总冷哼了一声转身离开。

又过了一周，我忍不住问王经理收购没成功，我要不要回计划发展部上班，他支吾了半天说等吴总安排。

一时之间我变得非常无聊，在财务部的范围内活动，阿瞳和她的小伙伴们一副反应不爽的样子看着我，真是度日如年。但是我总是需要做点事情的，于是财务部的卫生就让我全包了，还包括午饭的外卖。这里女孩子多些，不爱去餐厅吃饭便会叫外卖，我会勤劳地从楼下快递小哥手里接过外卖，有一天我抱着十五杯大可乐上电梯，跟耍杂技一样。

在二十楼停下的时候碰到了吴总，随行的还有王经理。

"董事长！王经理！"

"岩溪，公司的午餐不吃，搞这么多外卖你是想抢大厨的饭碗吗？"吴总皱着眉头问我。我知道他是调侃，便嘿嘿笑了笑没回答。王经理对我使个眼色，我知道他是要我趁机问问回计划发展部上班的事，我想了想没开口，觉得这件事的处理结果没出来之前，急于回原部门上班的话太不仗义。

董事长什么人没见识过呀，还是等等。

下午严墨请我帮忙替她跑趟腿儿，她朋友的新公司开张，送上花篮和红包。花篮可以请广告公司代劳，红包却需要在吉时奉上才好。

我很乐意地开着她的奥迪A3慢腾腾地去了城西的中医院，她朋友的医疗器械公司就在附近。

这家公司做国药器械的总代理，看样子规模还有点大。写字楼有整层宽敞的展厅，旁边是办公室，鲜花花篮已经摆满了楼道和展厅，人头攒动中，我忽然看见了两个熟悉的身影。

"炮筒、松子！"我很意外，看见他们一身黑色西服，胸前还别着一朵鲜花。

"啊！岩溪，你来祝贺哥们，够意思！"炮筒的声音就跟他的绰号一样，洪亮脆响。我一听立刻汗颜，祝贺他们这话从何说起呀！

忽然脑中一亮。想起去年均哥喝醉了说过带炮筒和松子投奔什么医疗器械公司的话，原来真有其事！

9. 人生的很多个第一次

这时，均哥从人群中走过来，他身材高大魁梧，看到我很高兴。

"我们跟着跑跑业务，股份少得可怜，不好意思跟朋友吹牛，所以没给你打电话，喏，隽隽刚才还来电话了呢！"

"万事开头难，均哥、炮筒、松子，祝你们生意兴隆！"我另外塞了六千的红包给他们，"我的心意，以后有好事要记得给我打电话呀！"

这几个生性耿直的人，是我和隽绎结交的江湖朋友，不管我跟隽绎怎么样，他们在我的心里都有份特别的情谊在。

"哎！"均哥接过红包有点感慨，"我们这些人除了一身力气什么都没有，岩溪和隽隽看得起我们，朋友这交情我记下啦！"

听到均哥提到隽绎，我故作平静地问："隽绎有没有说要回来？"

"本来是该回来，这家公司是他介绍我们来的，林总找写字楼的时候他回来看了一眼，好像是女朋友管得紧，这次回不来。"均哥毫不掩饰地提起隽绎的女朋友，他是真不知道我跟隽绎的事情吧。

我听到自己的心忽然"砰"的一声，好像什么东西裂开了，也不觉得疼，只是空荡荡的没有着落，失魂落魄的也不知道怎么跟他们告别，怎么把车开回了公司。

严墨在电梯门口焦急地来回走动，电梯门打开的瞬间她几乎是飞上来一把就抱住了我，低声地说：岩溪，怎么不接你电话？

我耷拉着眼皮"哦"了一声，掏出手机一看不知什么时候关了静音："没听见呢。"

"我告诉你啊，通知机关中层以上开会，要你也参加呢，我撒谎说你去银行帮我领托收单了，记住千万别穿帮哦！"她的神情看起来很焦躁，欲言又止的样子。我笑着拍拍她的肩膀："知道了！"说完便大步朝着会议室走去。

"岩溪！"严墨在后面叫我，神情异常严肃。

"嗯？"

"晚上一起吃饭，我约了燕子。"

"好！"

会议室在写字楼的北面，通常中层以上会议人数不多就在小会议室开圆桌会。我浑浑噩噩地踏进小会议室的一瞬间，忽然被异样的气氛震了一下。

王经理对我示意，让我坐到他的旁边。

会议已经结束了，吴总拿起手边的笔记本站起来说："王经理下来单独传达集团的决定。散会！"

看着汪总青紫着脸从我身边走过去，我隐隐约约知道发生了什么事情。可是项目收购的主体是香港分公司，收购失败在业内是常有的事，秦汉森在飞机上说过，只要还没坐下来谈定，就有其他公司跟进的可能，如果处理太重不合情理吧。

我硬着头皮看着王经理，他有些尴尬地展开手上的文件宣读了起来。

汪总被调任下属子公司远滩水电任副总，连降两级，胡冰从香港分公司调回集团总部，任后勤中心副主任，看似平调，可谁都知道部门经理与藩王如何相提并论！我更惨，即刻调到后勤中心，这下真被吴总说着了，跟大厨抢饭碗。

"呵呵，知道了王经理。"我没心没肺地笑了笑。

王经理本想安慰我几句，被我一笑弄得有些诧异，摸了摸他的秃脑门说，"岩溪，都是暂时的，等汪总下去过段时间我跟吴总提一提，还是回计划发展部上班啊！"

"谢谢王经理，你来吃饭给你开小灶，这点便利我该有吧。"

"呵，心态不错，这次误伤，过一阵就好了。"

王经理离开以后，我独自在会议室坐了很久，脑子里嗡嗡嗡地响，要炸开样地疼，什么也不能思考，直到后勤的孙姐来打扫卫生。

"小纪，脸色不太好，我给你倒杯水吧？"孙姐四十来岁，是个忠厚老实的农村妇女。

我谢了她，走到卫生间洗了洗脸，镜子里我的双眸无神，脸色真的很差。

"纪岩溪，你这样不行！要微笑啊！微笑——对了，深呼吸——微笑。"我一边给自己做心理建设，一边极力镇定下来，直到看起来正常一些。

我缓缓地走回办公室，除了严墨抬头关心地望了我一眼，其他人都埋头各自做事，仿佛没我这个人一样。我默默地收拾好东西装进了一个小纸箱放在办公桌上，下班以后孙姐会帮我搬到楼下后勤管理中心。

财务部的人今天很知趣，因为汪总的原因，都早早地回家了。严墨敲开我的门，倚在门口半笑不笑的样子："可以走了吗？"

我头痛欲裂，哪里也不想去，只想回家。

"回家做什么，发霉呀，走！"严墨拉我起身，"今天我特意跟昊天请假陪你！"

正拉扯着，燕子电话打进来，高声喊着在"忐忑"定了包间，请我吃龙虾。

忐忑龙虾是我的最爱，尤其是红油辣子爆炒的，味美料足。看来燕子今天下足血本，我不去真对不起她。

一走进忐忑鲜虾馆，只听得人声鼎沸，大厅里早已拥挤不堪，外间还候着不少拿号排队的客人。这样汹涌的排场下，燕子居然还订到了靠窗的四人小包，真是不简单！

一大盘红油鲜虾已经上桌，窗台上还放着醒好的红酒，旁边空瓶子显示"RESERVA"。

燕子见我和严墨进门，提着醒酒壶说："今天暴殄天物，开豪酒庆贺！"

我哭笑不得，明明知道我从不喝酒，是她想喝吧！

可是我被灌醉了，生平第一次。

人生确实有很多第一次，从呱呱坠地开始，第一次啼哭，第一次行走，第一次摔跤，第一次离家，第一次情动，第一次把自己交付给某人，第一次破碎。我很早就明白人和人难免会分开的道理，如同白天黑夜的起落交替，看着窗外的天，突然就变黑，说过要一起生活到 100 岁的人突然不知去了哪里，感觉青春跟谎言一起颠倒错落。墨菲定律说任何事情都没有表面看起来那么简单；所有的事都比你预计的时间长；会出错的事总会出错；如果你担心某种情况发生，那么它就会发生。

是的！它发生了！

喝醉酒的感觉谈不上很好，却让我松懈下来，我打电话让严墨家的昊天开车接走自家媳妇，剩下我跟燕子摇晃着朝锦江河边走。

"挖地三尺也要把那汉奸给找出来，问问他！"燕子挥着手，嘴里说的跟我心里想的是两回事。

"锄奸这种事轮不到我，汪总胡总都没找他，我找他做什么？"

"明摆着香港那家公司是想跟澳圣合作，借你们抬高身价呢。"

"是啊，那又怎么样……"

"算了吗？"

"还能怎样？"我感觉好笑，她的样子的确可笑，吃白菜的命操中南海的心。

不远的河边花园仅有一条长椅，我头晕到不行，摇晃着想过去坐坐。

那里有个胖胖的年轻男人背对着我们打电话，大模大样一个人霸占了整条椅子。

"让让，坐过去！"燕子借着酒劲大嚷。她是个美女，通常摆个POSS也能让男人肃然起敬、起身让座，今天是豁出去不顾形象了。

那男人被她一声暴喝吓得腾地跳起来，回头的瞬间我看见了那发亮的脑门儿。

不是老泉是谁！

他看到我的那一刹手机还放在耳边，指着我眨了眨眼说："咦，纪小姐！"

我一个健步跨上前去抓住了他的衣襟，眯着眼睛喝问："秦汉森在哪里？"

大概是因为满身的酒气扑了他的脸上，他有些惊恐地仰面靠着长椅，我居高临下一手抓着他的衣服，单腿跪在椅子上。

"汉森！"他结结巴巴地说，"在这里……"说着把电话举到我的眼前。

根据燕子的事后回放，我当时的造型很威风，却在下一秒扑到老泉的身上，把他吓坏了。秦汉森开车到河边的时候，我已经睡着了，他把我抱上车带回家。燕子不放心，我们与老泉一起，四人在秦汉森的豪宅里过了一晚。

"豪宅！市中区河心岛上三面环水的别墅！"燕子的眼眸闪着光，放眼望去充满了期待和憧憬，"毗邻千年古迹、百年名校啊。"

"算了吧！"我不得不将她从梦幻中拖拽出来，"只是顶楼天台的房间好不？"我醒过来时看到燕子和房东老太一起在露台上跟两个大男人吃早餐吓了一跳呢！

燕子并没有因此失望，她转头看着我说："岩溪，我觉得秦汉森对你感兴趣。"

"不,他感兴趣的是你!"我笃定地告诉她。

"如果他真的对我感兴趣,我倒不介意跟他接触。"燕子看着我直摇头。我知道她的爱情在大学毕业那年成了泡沫,至今没有恢复过来。从那时起世界上就少了一个痴情种,却多了一位情感专家。我不怀好意地看着燕子说:"他就是大名鼎鼎的投资顾问公司汉唐汇金的总经理。"

"汉唐汇金?"燕子闭目沉思,"大名鼎鼎吗?没听过,皮包公司吧?"

"你昨天还说帮我锄奸呢!"

"就是他?"燕子的眼睛几乎鼓暴了,"不像啊,彬彬有礼的!"

"还要不要找他算账?"我笑着追问。

"看你。"

我不会找他算账,但是很好奇,那段时间究竟发生了什么事情。在我有限的知识结构里,企业并购整合是一个冗长复杂的过程,收购失败的原因很多,其中企业并购脱离主业,盲目追求多元化而失去核心竞争力是一个非常重要的原因。集团二十一个子公司,主营业务是能源,至今没有一家是制药背景的,这也是汪总态度积极,而董事长吴光明却并没有表现出同样热忱姿态的原因。

燕子打了个电话拉着我到海鲜市场买了一堆活鲍生蚝,敲开了河心岛别墅的门。

房东老太对我们的到访很开心,保姆英子接过燕子手里的海鲜说:"我还以为汉森只有老泉一个朋友呢。"年纪大的老人喜欢热闹,老太姓苏,子女都在国外,丈夫去世以后独自生活。

10. 黑天鹅事件

苏老太带我们上楼,通向天台的房间就在楼梯尽头的一扇门后。

汉森开门,手里还捏着一本书,见到我和燕子有些意外。周末的原因,他只穿着居家的白色套头 T 恤和烟灰色长裤,显得健壮而性感。他的头发微蓬，下巴却刮得很干净，眼睛在晨光中愈发清亮有神。

"汉森，你的小朋友买了鲍鱼，我打电话让老泉过来。"苏老太说完便转身下楼去，汉森把我们请进屋。

这间屋子虽然是第二次来，可是昨天走得匆忙，今天再看才发觉房间的布置充满着浓郁的男性气息，整栋别墅是富丽堂皇的巴洛克风格，有大面积的雕刻和描金，这顶楼的屋子倒显得很简洁。客厅正中摆放着一张长方形大理石桌，中间有一只破碎但粘合了一半的青花瓷瓶，桌子上还散乱地摆放了些碎片，整个造型看起来像是某个以破碎为主题的艺术品，跟这处居室的风格明显不搭。

卧室和厨房都是开放式格局，有一整面墙全是书柜，摆放了各种各样的书。露台直接从客厅的落地玻璃门出去，大概有一百平方米，楼下花园里的樱花树开得正茂，一簇簇的花就搭在露台的边缘。从露台望去，视野开阔，正对着锦江的水，再往远就是这座城市延续千年的著名古迹了。

汉森刚才在露台的叠水喷泉池边看书，桌上的马克杯里咖啡还冒着热气。

我和燕子坐下来，汉森把手里的书扣在桌上，回客厅给我们倒了咖啡，我忽然感觉有些冒昧，想问的话全都忘了。我的眼睛落到他倒扣的书面上，是英文原版的 *The Black Swan*《黑天鹅》，我笑着说："听说这个叫纳西姆的教授喜欢在世界各地的咖啡馆沉思，并且游手好闲呢！"

他眯着眼睛，眼神在我脸上停留了几秒，有些玩味地点了点头："不好吗？"

我拿起书来，垂着眼睛认真地说道："等我到了他那份上也希望能够游手好闲。"一边说着翻到摊开的那页，只见一段文字被指甲划了一道深深的痕迹："Indeed, we have psychological and intellectual difficulties with trial and error, and with accepting that series of small failures are necessary in life. My colleague Mark Spitznagel understood that we humans have a mental hang-up about failures: "You need to love to lose"was his motto. In fact, the reason I felt immediately at home in America is precisely because American culture encourages the process of failure, unlike the cultures of Europe and Asia where failure is met with stigma and embarrassment."（翻译：事实上，我们需要具备反复试验困难和错误的心智，并在必要时接受生活中的一系列小失败。我的同事 Mark Spitznagel 了解，我

们人类有一个精神障碍是关于失败的："你需要去爱上失败"，这是他的座右铭。其实，我之所以立刻感觉到家在美国，恰恰是因为美国文化鼓励失败的过程，不像欧洲和亚洲，其中失败会是耻辱和尴尬的文化。)

我看到这段话时有所领悟，想起汉森酒精中毒那晚他说自己太失败的表情，此刻再看这被重重划刻的一段话，不禁有些怅然。

"我理解这段话想表达的是，接受失败是我们常说过程大于结果的表现。因为重视过程而非结果，失败便可以让自己反思，找到失败的原因又能激起人前进的动力，对吗？"我一边说一边把书放回原位，笑了一笑，此时此刻说这样的话，何尝不是在鼓励自己。

汉森的眸子闪过一道亮光，他的嘴唇牵动出好看的弧度："比我理解得好。"

也许是受到他的鼓励，我忽然想到对于这次的到访应该怎么起头了："汉森，我可以打听一下香港分公司收购失败的原因吗？"

果然，他听到我的问话，眸中的亮光明明灭灭几番浮沉，端起手中的马克杯啜了一口说："原因很多，你是想听跟我有关的失误还是让我还原整个事情的经过？"

我一时不知道该如何回答，猜测他此前应该已经自我检讨了很久："你也有失误？"

正说着，只见燕子站起身来笑吟吟地往汉森的身后看去，我头一偏，只见老泉略胖却敏捷的身影已经跨过客厅的玻璃门朝我们走来。

"啊哈，燕子，岩溪，你们好！"老泉一边跟我们打招呼，一边随意地往汉森身边一坐，提了提裤腿问，"怎么？还没想通这次收购中的黑天鹅事件？"

汉森看了看我没说话，我的眼睛在他和老泉身上移动，不知道该怎么回答。

"是这样，我来分析，"老泉自说自话，拿起汉森的马克杯喝了一口，嫌弃地看了看燕子说，"咕，就是美国人把用马克杯喝咖啡的恶习传染给了全世界！"

燕子单手撑着下巴"扑哧"一声笑起来："嗯，用骨瓷的都是欧洲贵族。"

老泉的眼中明显有笑意，回头对汉森说："成天抱着你那本书看，把收购失败的原因硬归结到某个事件中太牵强了，这种失败在资本市场多如牛毛，为什么一定要钻牛角尖？"

汉森轻描淡写地回答："没硬套啊，看这本书只是用来更新世界观。"正说着，他的手机在桌上振动起来，他挑了挑眉，拿起来对我们说："接个电话。"

我点点头，他便起身朝客厅走去。

老泉看着汉森的背影意味深长地吸了口气说："我一直觉得男人的成熟是从学会量力而行开始的。但姑娘们却觉得这样的行为太尿，不是吗？"

我眨了眨眼，燕子在旁边嗯嗯直点头："确实，很多不成熟的女人以为谨慎的男人不够男人味。"

"大多数的欲求不满都是因为贪心，创业途中面对接二连三的打击，真正需要的是敢于做个鬼脸大步向前空翻七百二十度跟跄落地却不回头看的勇气。"老泉得到燕子的肯定后更加任性，我不知道他想表达什么情绪，可是这番话明显对上了燕子的胃口，她的表情告诉我老泉的话 very cool！

我忽然明白过味来："你是在说汉森吗？"

"不是！"老泉又猛喝了口咖啡，"是炒股亏了三个月生活费的苏老泉眼含热泪给你们送心灵鸡汤呢！"

"送我们做什么，我们不炒股。"燕子不接受。

"要不给纪小姐？"老泉半笑不笑的，"你转送给汉森吧，反正他这几个月活得跟在地狱里没两样。"

我有点震惊，他说汉森过得如此艰难。

从老泉的口中，我和燕子得知了整个事件的一些脉络。

香港南洋制药是百年传统药企，从来不出售自己的业务，但太子爷亲政后，人年轻加上野心勃勃，不知通过什么渠道和汉森接上了线，大家一拍即合。汉森便联系了香港分公司的浮冰哥。能够收购百年药企对胡冰的吸引力很大，太子爷同时也看上了香港分公司的 TC 背景。汉森和浮冰哥北上与吴总谈了一阵，吴总却没有表现出太大兴趣。

说到这里老泉露出一丝得意："这别墅的主人苏阿姨，她去世的丈夫在这个城市还有些人脉，于是我就想了个主意：趁她孙女回国休假带她们去拜普贤道场。"

我恍然大悟，那天替吴总开会，正是汉森和老泉带苏阿姨准备在酒店堵吴总的时候。我心想吴光明果然老道，他一方面让我替他开会，另一方面顺手还给了允芳面子。

"可是你们吴总老奸巨猾，居然找你替他开会，还假惺惺地安排你陪我们一起上山。"老泉显得很无奈，遇到这样的状况，需要表现出更深的职业操守来演足全套。

"你跟那个坏小子前脚刚走，我就演不下去了，没事跑到海拔4000米的山上干吗啊！苏阿姨一眼就看出我们俩不怀好意，可是她还是亲自上门找了你们吴总。"老泉眯着眼睛说。

我点点头。于是吴总卖了苏阿姨的面子答应汉森运作这次收购项目，总公司这边交由汪总负责跟进。赶巧我们的财务总监汪总也跟香港那位太子爷一样期待命运改变的时机，与汉森一番推心置腹之后觉得这是上位的好机会，立刻王八绿豆的就对上了眼。

但商场如战场，风云莫测，刀光剑影，接下来我方报价泄露，澳圣集团横插一脚，以超过我方报价20%的巨资抢先收购了南洋公司。汪总和胡冰他们傻乐着等了几个月，反应过来的时候大局已定了。

事已至此，老泉说这几个月他和汉森通过多方渠道基本把事件还原得差不多了，汪总是被吴总趁机修剪的分叉枝丫，我和浮冰哥以及其他团队成员纯属误伤。吴总虽然答应汉森运作这个项目，但他从头到尾就没有想过收购成功，南洋制药的幕后老人对太子爷的激进行为也非常不满，双方核心势力一碰头，前方的主战团队就被幕后的老江湖们摆了一道。

我们成了澳圣集团的陪练，至于谁透露的报价根本不重要，重要的是吴总铲除了身边的异类，对方公司也给了年轻人应有的教训，同时获得国际巨头的青睐，真是几多欢笑几多愁啊！

"汉森呢？"我问老泉，"他损失了多少？"

"金钱损失对他来说不算什么，无非是顾问费用，损失最大的是信誉和尊严。"老泉剩下的话没说，几个亿的融资，成本年息13%要找替代项目。汉森那晚喝醉，我没猜错的话，其实当天下午他就知道内情了。

这时汉森在客厅喊："下楼！"

我们一行便跟着下楼来，男人径直去了厨房，留下三个女人在金碧辉煌的餐厅聊天。

燕子环顾吊顶上繁复的弧线和大块的金箔，啧啧赞叹："简直是丧心病狂地炫富！"

苏老太走上来说："这房子是我家老头留给我的，他活着的时候屋子里每天不少于三拨人玩牌抽雪茄喝红酒，热闹惯了，他走了就只剩我一个人住寂寞得受不了，还好汉森愿意过来住，我很高兴。"苏老太六七十岁的年纪，烫着卷曲的棕色头发，穿着普拉达最当季的雪纺上衣，从脖子到胸脯镶满了大块碧玺，亮闪闪的显得非常浮夸。她是个开放的老太太，神态很年轻，跟这个城市的同龄人相比，她的生活似乎很遥远，与现实隔离。

"老泉不老啊，苏阿姨也叫他老泉。"燕子忽然笑起来，我也觉得好笑，他只是长得着急了些，年纪跟汉森差不多大吧。

"因为他名字叫苏洵啊！"苏老太说着皱了皱眉，"也不知他爸妈怎么想的。"

"哈哈！"我恍然大悟，苏洵自号苏老泉，难怪大家都称呼他"老泉"。

"因为我们老苏家出了几个大文豪，可巧老泉还是其他两人的爹！"老泉的声音从厨房门口传来，他穿着绛紫色的休闲衬衣，袖口挽在肘部，正端着满满一大盘的清蒸生蚝向我们走来。

燕子听闻，立刻上前接过老泉手里的餐盘。

苏老太悄悄附在我耳边说："你朋友跟老泉性格很搭啊！"

我笑："怎么呢？"

"我昨天就想说来着。"苏老太的眼睛里闪着光，意味深长的笑意在唇边荡漾。

餐桌上，英姐早已摆放了整套的暗红色玮致活骨瓷餐盘，汉森帮我拉开高背靠椅，完了坐在我的身侧，对面是燕子和老泉，苏老太自然而然地坐在主位。每个位置上都有一个竹编小几，紫砂小壶冒着丝丝热气。

"煲的什么？"我探头闻了闻。

"藏红花与松茸一起煲的海参，我家英子是广东人，这道菜很地道。"苏老太一边揭开盖子，一边侧头看着旁边笑。

英姐站在苏老太的身后腼腆地笑着："你们先用，蚝皇扣大鲜鲍最后上。"说完转身将醒酒壶端了过来。燕子长吐着气息连连咂舌："我也一直努力地工作赚钱，换来的只是现实的需求，永远不会有这样精致的生活。"

苏老太笑呵呵地说："你们不知道我年轻时跟老头在大凉山种烟叶呢！那地方要靠勤快和凶悍才能生存下去，漫山遍野全是我家的烟叶，北京来的工程师引进津巴布韦的烟叶给我们，后来加入复烤集团，年纪大了我们这才回的城里。"

我总算明白为什么苏老太给人感觉跟这个城市不相融，原来她身上的浮夸来源于野性与不安分。

正说着，英姐将酒壶递上餐桌，我一看到酒便头晕，立刻摆手说："不用管我，你们喝！"

汉森看着我，站起来接过酒壶说："确实，你不能沾酒。"

我的眼光扫在众人脸上，见燕子咬着下唇似笑非笑的表情，立刻领悟到昨天我喝醉了酒一定出了什么丑。

"昨天，我没发酒疯吧？"我很担心。

"那倒没有。"苏老太微微一笑，"不过你生气打碎了汉森的花瓶，他收藏好多年的明成化青花瓷。"

"啊！"我大吃一惊，想起了在他客厅里见到的那件残缺艺术品。

"我……"我转头看着汉森，他正面无表情地看着我，卷翘的眼睫毛偶尔扑闪，愈发显得瞳孔深邃无波，"我要不要赔偿？"

说这话的时候我一点底气都没有，万一汉森点头，估计我下辈子都得卖给他做牛做马。

"要赔啊。"他开口说话，漫不经心。

我后悔地垂下了头。

"陪我一起把它粘好！"

旁边苏老太、燕子和老泉已经发出嗤嗤的笑声了，我红着脸看着汉森无语，心想人生的跌宕起伏也不过如此吧。

饭局正式开始。

老泉作为自学成才的医生，警告汉森伤过的胃还需调养，于是整瓶"拉菲古堡"被他们三人分而饮之，似乎还不尽兴，饭后三个人又上了露台，老泉从汉森的橱柜底下掏出一瓶蒙着厚厚灰尘的里奥哈2005年份酒继续喝。

我跟汉森坐在大理石桌旁无奈地随他们去疯，他看着我的眼神像隔着重山的深潭，眼波却在阳光下流云飞舞，这种眼神让我忐忑，难怪昨天燕子说他对我有兴趣呢。

汉森见我不自在，转身从柜子顶上拿下一个瓷碗，跷腿坐到桌上，说里面是特别调制的黏合剂。他神情专注地拿下一块瓷片在破损处比画，我则非常无聊地帮他在散乱的瓷片堆里寻找看似适合的碎片递给他。

"不，不是这块，这块也不对。比对纹路和破损的边缘，拿这块试试。"

"我猜你小时候爱玩拼图。"我一边划拉着一边说。

"嗯，是的。我十岁那年拼四千片莫奈的《睡莲》，只用了半天。"

"难怪。如果不是我碰坏了这个瓷瓶的话，迟早你也会把它给摔碎的吧？"我觉得无聊极了，看着他兴致盎然的样子，忍不住开玩笑。

汉森放下手中的瓷碗，目不转睛地看着我，眼神灼灼。

"不！我的意思是，如果它不是价值连城，你会不会摔了它再拼出来？"我情急之下有些语无伦次，看着他瞳孔一点点在紧缩，我的声音越来越低，"实在不行，我去送仙桥看看，能不能淘个差不多的赔你。"

汉森没说话，他放下瓷碗，站起身来望着门外。

露台上苏老太和燕子、老泉不知道聊着什么，正在哈哈大笑。

我上前站到他的身边，微风带出他身上特别的气息，我不禁动了动鼻子"咦"了一声。汉森双手插在裤兜里，侧着脸问："什么？"

"像是太行崖柏的草药香。"我脱口而出，笑眯眯地看了他一眼。

他转身看了我许久，慢慢伸手圈过来，自然而然地。

那胳膊又紧又结实，掌心托着我的脸侧，整个身体强压下来，那股香气如同从皮肤下浸润而出，铺天盖地。我下意识地推开他，我的抗拒让他愈发强势，那是一种属于雄性的必须要征服的力量，他的唇舌起初只是细腻地熨帖触碰，接下来却越来越坚持要撬开我的嘴唇，我不得不紧紧抓着他才能在发狂的晃动中找到依靠，他已经在热烈霸道地使劲吻我，全身散发着灼热的气息。

"不！"我的下颌被他捏得骨头痛，挣扎着很清晰地喊了一声。

他怔了怔，双手松开撑在桌面上，胸口深深地起伏了许久才平静下来，清澈的眸瞳犹如蒙上了一层迷蒙的水雾，深不见底。

"对不起。"他的声音很低，说着用手往脸上抹了一把，又捋了捋头发，垂着眼眸踏出玻璃门去。露台上那三个人都有醉意了，看见汉森前来，拍着他的肩膀不知在说些什么，只见汉森端着老泉面前的酒杯一口便吞了下去将酒喝了个精光。

我的心情变得很糟糕，不愿意继续待下去，转身下楼跟英姐打了个招呼便离开了。

我独自沿着锦江边慢慢地走，眼泪一直在哗哗地往下流。

那样的画面很凄凉，一个刚被集团抛弃的马前卒小白领，心存善念拒绝不爱的人却被误解，得知心爱的男人有了新欢，转头还被莫名其妙地强吻……一时之间满满的负能量如同洪水一般几乎把我淹没了。

回到家里，我关了手机倒床便睡，直到凌晨才醒过来。

第二部分　慧极必伤

1. 世界颠倒错乱，我在泥潭中挣扎

打开电话，各种未接提示短信纷至沓来。燕子的最多，汉森也打过电话，我看到妈妈给我留了言，说了句莫名其妙的话："礼物很好，喜欢。"

我一看时间才凌晨四点，便没打过去仔细询问。

早早地收拾妥当走出家门，到办公室的时候，整栋写字楼只有孙姐一个人在打扫卫生。

"岩溪啊，你的东西我放在后勤中心前台的房间里，我都帮你收着呢！"

"好的，谢谢孙姐。"

我在茶水间里倒了杯咖啡坐等领导上班，期间给妈妈打了个电话。

"妈，你收了谁礼物把留言发我手机了？"

"咦，不是你送为娘的羊绒围巾吗？这段时间我收礼物太多，记不过来。"妈妈是典型的金牛座女人，为人师表备受尊敬，可是私底下却爱财如命，从小我就知道她的理想是有好多好多钱，去好多好多地方，买好多好多奢侈品，以至于我爸的青春全都奉献给她了。

我使劲拍了拍额头，自己居然把妈妈的生日给忘了！还好她记错了，否则我以后回家还怎么被双亲温柔以待啊。"嘻嘻，围巾放那儿冬天再用吧，过段时间回家看你们哈！"我回避了自己忘记送礼的事实，打着马虎眼跟妈妈再见。

刚挂断电话便看见一个熟悉的身影从茶水间门口一闪而过，我站起身跟随上去，看见胡冰穿着浅蓝色制服衬衣，他今天也来集团总部报到。

"浮冰哥！"我上前跟他打招呼，他转身对我点点头，丝毫没有在香港

时候的意气风发。

后勤中心经理姓薛，是个快五十岁准备内退的女领导，平常诸事繁杂，她的脾气随着更年期的到来便显得愈发古怪。

"胡总在香港待的时间长，回来会有一段适应期，不过后勤保障工作就是那些，说起来不打眼，做起来也看不到成就，但是没有就是不行。"

浮冰哥坐在沙发上，态度谦逊，我也连忙跟着点头。

薛经理说了自己的意见，把分管物业、治安、保卫、消防和各个驻地辖区的行政事务交给浮冰哥，我则跟着她负责后勤保障，说白了就是员工餐厅、活动中心、洗涤中心等的事务。

胡冰没有任何意见，非常爽快地答应下来。我偷偷看了他一眼，心想港大高才生，这么憋屈地做些消防治安的工作都没意见，我还能有什么怨言啊！

走回办公桌前，孙姐已经把我的小箱子搬了过来，人还没坐稳电话就响了。接起来一听是员工餐厅的采购王师傅，听说今天负责人换了，要我去把先前的账给核对了。

"好的，这就来。"刚挂断，电话又响，是活动中心事前预约器械维修的人来了。

"哦，师傅先坐会，我这就来！"说话间隔壁负责员工住房管理和设施维修的穆大哥接了电话对我说："洗涤中心电话打我这儿了，问几位老总的制服已经熨烫好，什么时间去取？"

"立刻，二十分钟之内过去。"说完，我拿起桌上的手机便朝门外走去，"穆大哥，有事打我手机啊！"

"岩溪，电话！"我还没走到门口，穆大哥就笑着高举电话对我扬了扬。

原来是行政中心的荔莉："今天财务部有接待，午餐准备一个小厅，吴总要参加。"

"噢，好的，记下了！"

我刚想走，又很神经质地停了停，确认说："不会再有电话进来了吧？"

穆大哥看着我的样子笑了起来："难说！"

一整天的时间就在忙碌穿梭中过去，仔细想想根本不知道做了哪些事情。我送走了最后一个前来对账的维修队小哥，拖着疲倦的身体走出写字楼。

燕子的电话打过来，之前已经响过无数次，我都掐了，给她留言说太忙。

"嗨，没事吧？"她关心我昨天的不告而别，"汉森听说你提前走了，闷了好久。"

"他本来就闷好不好，我看你们喝得开心，不忍心打扰你们！"我一边讲电话，一边沿着街边往回走，这时一辆黑色奔驰缓缓地贴着街面过来，车窗滑下，我看见汉森淡泊缥缈的表情。

不知怎么搞的，心里居然突地一跳。

"上车！"他朝我侧了侧头，还是那种充满磁性共鸣腔的低音。

我举着手机迟疑了半秒，只听燕子在那头问："是汉森？"

"哦。"

"好，你们玩，再见！"

我不知道是不是她在搞怪，但我确定自己不想跟他上车，于是婉言谢绝说："我还有事，不好意思。"

他的眼光一沉，嘴角却带着没有任何温度的笑意："预约明天，好吗？"

"明天？"我眯着眼睛笑了笑，"那我得翻翻日程表。"

我说这话的时候纯粹是开玩笑，记得某个脱口秀主持人讲她接到总统邀请时故作姿态的桥段，我顺手借用。没想到汉森很认真地将双手放在方向盘上，眼睛一眨不眨地看着我。

我看着他期待的神态，只好捏着手机胡乱地翻了翻备忘录："下周好吗？"

老天知道，别说下周，从这一秒开始直到明年我的时间都是大把大把的！

"下周？"汉森皱着眉似乎为难的样子，"我要去一趟上海，不过我会尽快赶回来的。下周周末好吗？我来接你。"

我赶紧点头，心想他赶不回来最好。

接下来的一周，到员工餐厅吃饭的人很少，好几个部门的人一个都没来。严墨说远滩水电站首台机组提前并网发电，他们都去山里参加交接仪式了，好些大人物参加。

我有些感慨，想起集团子公司兼并远滩时我刚参加工作，曾经跟着吴总他们去调研，没想到这么快就投产了。

我这边每天忙到脚不沾地，可都是些微不足道的工作，自己却如同强迫症一样不能停，只要一停下来心里就如同被剜掉一块肉似的痛。我其实想过自己要不要这么敏感，如果我傻大粗一些，在很早之前就可以飞去北京给隽绎一个惊喜，向他解释自己跟金回并没有什么特别的关系，更加不是如他所说的在利用那些人企图上位。

可惜那次圆满的温存之后我们瞬间翻脸，隽绎和允芳的话比得过世界上任何锋利的尖刀，他眼光锐利地看出我在这份感情中的弱势，却毫不留情地解读为模棱两可、投机取巧；他知道我的交友原则向来是以心换心，还刻意贬低成我跟着他们混日子有所图谋。

"我还没有爱过除你之外的其他女孩子。"

"我不想输给时间，请求你能够给我机会。"

"如果你介意我比你年纪小，那么就让我们一起生活到100岁。"

"你是不是心理有病啊，拿自卑来消遣我！"

"以后不要让我再看见你了！"

"你不爱他干吗扭着他不放手？"

……

很长一段时间我整夜整夜地失眠，一遍遍地回想隽绎跟我说过的每一句暖心的情话，每回味一次便觉得那颗火热纯良的心还被我捏在手中，可是一转头，他冷冰冰的表情又在眼前闪现，不确定的感觉席卷全身，冷彻透骨。

一个声音在告诫自己：纪岩溪，如果你确信他是你一辈子要好好守护的对象，就去解释吧，扑上去痛陈利弊，告诉他你心里的每一个细节！只要他肯听你解释，他心就会软下来，他就会跟你和好如初。另一个声音在说：岩溪，别去找他！你控制不了他，这段关系中你做不了主，除非你放弃。如果他爱你必然会回头来找你。

我的心就在来来回回之间被撕扯得血肉模糊，迷乱中抓不住任何有用的信息，自己给自己做心理建设也不行，较量的结果是干脆早起，每天六点就起床晨跑，跑到胸口扯风箱几近呕吐。

我不得不把自己弄得很忙，燕子曾经告诉我她失恋时就让自己很充实，每天累得上气不接下气，一见到床就倒下去睡，不给自己时间胡思乱想。

"可是好艰难啊！"我终于忍不住告诉燕子，事件都过了这么久我还煎熬到无法忍受，世界上也只有摩羯女人的反射弧才这么长。

"你跟他上床了？"

"怎么？"我冷不防被她这么一问。

"被我猜对了。"燕子注视着我，眼睛的穿透力很强，"假如你尊重自己，不随便跟他上床，现在急得到处找你的人会是他！"

我看着毒舌而冷静的燕子，想辩解说不是你想的那样，正是因为尊重自己，我才跟隽绎在一起的，有句古话叫"凡心所向，无惧以往"，是说听从内心的声音，不计艰辛得失，追求而无愧前往。可是越辩解越觉得好像面对的是隽绎，也是那样满肚子的话找不到方向，全世界都颠倒错乱了似的，仿佛在泥潭中挣扎。

"莎士比亚老人家说：'适当的悲伤可以表示感情的深切，过度的伤心却只能证明智慧的欠缺。'我呢，是旁观者清，不管怎样，爱自己的女人才值得男人爱，对吧？"

我承认燕子说得对，对于感情，我确实缺乏智慧。

"为什么不考虑秦汉森呢？"燕子说得含糊。她看着我有气无力的表情为之可惜，天蝎座的汉森很完美，不光造型讲究，身材霸道，而且为人开朗，要智商有智商，要情商有情商，另外财商、德商、逆商、胆商、灵商、健商应有尽有，眼光毒辣如她也找不出毛病。

我想说恋爱中的女人智商为零，秦汉森在燕子口中这么完美完全是因为老泉的缘故。

2. 精致的利己主义者

这个周末正值三天小长假，我想是时候回家拜见父母了。

美丽的山城是我的家乡，巴渝山水冠绝于世，长江干流自西向东横贯全境，行走在浓荫密布的歌乐山下，空寂寥寥，烟雾蒙蒙。

电话响了，妈妈亲切地说："溪溪，快回家，你的朋友在等你了哟。"

"我的朋友？"我大吃一惊，想起跟秦汉森的约会，虽然预约在这个周末，但是他并没给我电话，我早就把这个约会扔到脑后了。听到妈妈说朋友在家等我，顿时一股冷汗如同瀑布般往下淌。

我几乎是挪着脚步走出电梯，家门打开，迎接着我的回归。

想到客厅里端坐着汉森的情形，我就有些沮丧，恨不得转身逃离。正在门口磨叽，只见一张满月般丰韵柔媚的脸庞从门后探出来，眼若灿星，面如桃花，声音轻柔细腻："溪溪回来了？"林雅稚教授今天一袭浅色碎花长裙，脖子上挂着一串珍珠，头发蓬松地挽到脑后，露出饱满的额头。

"妈，'西政'最美的女教授，没有之一！"我从小就从爸爸那里习得了如何讨好母亲的真传。

没看到爸爸，换成以前他一定会站在妈妈的身后迎接我回家。

"走吧。"妈妈跟平常没两样，接过我手里的挎包，转身朝着餐厅走去。

还没进餐厅，就听到门后传来哈哈大笑的声音，父亲今日这般洒脱，都是为了给足女儿的面子。我心中感动至极，大力推开餐厅的门笑盈盈地叫了声："爸！"

那声音在零点零一秒之后并没有脱口而出，而是凝结在了我的唇边。只见长方形的餐桌上摆放着一瓶打开的飞天茅台，纪鲁教授端着酒杯形骸放浪，套头灰色 T 恤松垮垮地罩在身上，架着双腿正在侃侃而谈："十一世纪大学制度确立以前，随着法学与神学、哲学的脱离，法学男性的规范性思维就已经跟女孩青睐的气质——男神的素养绝缘了，我带的大部分法学男生都有一种气质让他们的师母很不舒服。大概就是自以为是，表现为特别喜欢跟别人以斩钉截铁的态度争论。而且很容易让人看出他的观点是道听途说来的，本人没有经过深思熟虑就随意辩驳，忽悠一下非法学的貌似单纯的小姑娘还可以……如此如此，一点风度都没有。"

他的身边坐着一个态度恭谦的男人，竟然是梁隽绎！

我愣愣地站立不动，见隽绎穿着深棕色拉夫劳伦的马球 polo 衫，同色系的宽牛皮带扎在腰间，他目不转睛地看着爸爸微微颔首，一手端着酒杯抵在爸爸酒杯的底座，只等着他发表完自己的高见就点赞碰杯。

"怎么是你？"我忍不住低低地呢喃了一句。

话音刚落，两个男人同时回头，爸爸很高兴，扬着眉毛对我说："今天跟小梁聊起来才知道原来你们还是朋友，真是好巧！"

隽绎站起身来说："是啊，原本打算跟老师讨个论文选题。"

我眯着眼睛看了他一眼，他俊朗明亮的眼睛迎上我的眼神充满诚意，一点没有撒谎的样子，让我想说的话没出口。

妈妈走到我的身边说："溪溪陪隽绛坐会儿，妈妈给你们做两个小菜。"

隽绛表情灿烂，看起来非常阳光。他帮我拖开椅子，很自然地坐到了我的旁边："岩溪，好久没见。"他离我很近，说这句话的时候呼吸就打在我的耳旁，清新的木质体香萦绕在我的身边，一瞬间我感觉爸爸的声音飘得很远，世间就剩下我跟他。

是啊，好久不见。

看着他端正的眉眼和优雅的姿态，我却一句话也说不出来。

从中午到下午，从餐厅到书房，爸爸和隽绛把酒言欢，很少见他如此放开。短短半天时间，爸爸几乎把隽绛引为知己，讲了很多在公众场合绝不可能发表的观点，隽绛则恭谦地频频点头，在精准的节点表示纪教授的言论精彩得令人惊讶，不仅有缜密的逻辑、丰富的内容，还具备生动的语言。

他撩拨人的能力才叫人叹为观止，自己的学识零星半点，在学者面前却能保持稳重的姿态，还可以在关键时刻接上两句，妈妈对他的评价：是非常聪明，懂得做人很难得。

"妈妈，他真的是来找爸爸要选题的吗？"

"不像。"妈妈和我倚靠在阳台上，所在的角度刚好可以看到屋中的两个男人聊天，"这个男孩子的眼神很灵光，一边跟你爸爸求教，另一边眼睛却在四处搜寻，说明他要么是听不懂，要么是并不认同。"

"噢！"我觉得我特别需要把妈妈的这番话装到心里去，"还有呢？"

"还有一种情况事关人品，我不能妄断。"妈妈意味深长地看了看我，"北大钱教授讲过他们培养了很多精致的利己主义者，我看不出他到底想求什么。"妈妈确实是个理智到极致的女人，听说金牛座的家长都很专制，体现在林雅稚教授的身上尤其明显，她从小带给我的压迫感直到现在还有阴影，虽然她一旦对我好起来也会感天动地。

"你们是怎么认识的呢？"妈妈这么问，跟她爱看《福尔摩斯探案全集》有关。

"租房的时候，刚好是他的房子。"我如实回答。

"他在追求你吗？"

我轻轻地"哦"了一声，心想林雅稚教授的推理是不讲过程直接得出结果的吗？

"如果假设成立，很多疑问便迎刃而解。"妈妈笑嘻嘻地拧了拧我的苦瓜脸，"总体来说，小伙子人不错。他知道单送那种会凋谢又不具备保值功能的礼物一点也不符合走务实路线的我，羊绒围巾老妈就很满意，想做我的女婿，你可以直接告诉他，足斤足两的999纯金是送老妈最好的生日礼物啦！啊哈哈哈！"

"什么，羊绒围巾？"我抓住了妈妈言辞中的关键点。

妈妈从开心的脑洞中停不下来，只是说"你送他送都一样"。

我没搞太明白妈妈为什么这么说，明明自己已经打马虎眼敷衍过去了呀，怎么又跟隽绎扯上了关系："围巾是从北京寄过来的？"

"对。署了你的名从北京寄过来的。"妈妈那双具备X光的眼睛看着我肯定地说。

难怪，妈妈得出了她自己的推理结果。

我不想跟她讨论了，说多错多。

书房里爸爸还在大肆发表关于制度的看法："从法律角度来看，真正的理性不是纯粹的趋利避害，而是兼顾、让渡和妥协。现存的制度和政策确实有太多太多不合理，但事实上人性还在低级阶段的时候，制度的强制性就显得尤为重要。"

纪鲁教授是个典型的学者，更多的时候怀着一片赤子之心，遇到知音就不懂得防备。妈妈一听他说这些话，三步并作两步走进书房将他从沙发上拖拽起来，命令道："该休息了，纪教授！"

隽绎笑了起来，看着妈妈解释说："老师和我只是讨论学术，我很受教。"

纪教授被挽着胳膊朝房间走，这时还不忘转过头来对隽绎的话点头表示赞许："是的，我反对将学术讨论意识形态化！"

爸爸被妈妈架走了，书房剩下我跟隽绎两个人，他看着我低哑地唤了声"岩溪"，昏暗的房间里顿时充盈着暧昧的气息。见我迟迟没有反应，他伸手拉住我："瘦了好多。"

我觉得自己的心脏又开始熟悉地撕扯得疼痛起来，这一次似乎勒得更紧，全身不由自主地微微颤动，我想问他上一次那些比机关枪梭子还狠毒的话是不是就不作数了，还是他自己早就忘了。

但秋后算账不太符合我的个性，何况事情已经过去那么久，久到我都不知如何提起——除了心痛。

隽绛埋下头很轻柔地将手臂围拢，呢喃着呼唤："岩溪，岩溪。"

他的声音就在耳边，给我的感觉是这么近却那么远，我张了张嘴一句话还没说，眼泪就已经无法抑制地淌了下来。他双手捧着我的脸，拇指在我的脸颊上一遍一遍擦掉泪珠，他的眼睛专注而深情，流露出满满的疼惜。

"不要哭了好不好……"我的眼泪却怎么也擦不干似的，他说着动了动嘴唇便贴上来吻着我的眼睛，吮吸我的眼泪，他的唇轻柔而温暖，舌尖轻轻掠过我的眼皮，让我的心随之颤动。

"岩溪，对不起。"他在我耳畔低声地说，"我不该说那些话，我知道你伤心，好好的，不要哭了，我心里很难受。"他的眼圈有些泛红，"告诉我你在想什么，我看不透你……"隽绛把我搂在身下，下颌蹭着我的头发，声音哑哑的。

"你，不是很忙走不开吗？"我的骄傲让我始终没把那句话问没出口，"怎么从北京过来了？"

"松子说公司开业那天你去了。"隽绛轻轻地将我鬓角的碎发理到耳后。

我一听这话，眼睛就不由自主地沉了沉："我帮朋友送花篮，赶巧碰上。"

他点点头："那个公司，我是大股东。你的那姓林的朋友，是我的代持人。"

我"噢"了一声，原来严墨的朋友只是代持人。我不知道还可以说什么，隽绛肯在我跟前讲这些，应该是用过心，按他的脾气不会随意讲出口。

我轻叹了口气，把脸贴在他的胸膛，他的皮肤凉凉的。

"还想知道什么才肯放松警惕？你问我答啊。"他忽然笑了笑。

我心想，原来你明明知道我一直警惕着，最关键的却不说，我也说不出口。

正在僵持着，我的手机响起来，隽绛去卫生间，我接起电话一听是汉森。

"岩溪，对不起，我还在上海。"他很抱歉，"失约了。"

"没关系！"我很高兴他能主动失约，那样我就免去了寻找借口的负罪感，"节日快乐，我回老家了。"

他听说我回了家，放心下来。

挂断电话，我回头看见隽绛已经面色如常，他倚靠在门框边玩味地看着我："男朋友电话?"

我垂着眼眸,认真地说:"我还没有男朋友。"

他点点头"哦"了一声,声音拖长显得轻佻:"男性朋友。"

我以为他会像上次那样紧接着问:"我呢?"或者其他什么都好,那样我就可以自然而然地表白自己的内心。

可他只是"哦"了一声,仅此而已。我突然想起听说他是有女朋友的,如此说来他有女朋友是真的,那为什么他还煞费苦心跑到我的家乡!

想到我也许只是个备胎,我的心就此乱得毫无章法。纪岩溪你运筹帷幄的谋略呢?你出色了那么多年,就因为爱上一个男人,就变得如此平庸狗血?你那颗玲珑剔透、千机百巧的心,是不是就因为一个男人,就支离破碎脆弱不堪,你是不是就脸孔朝下堕入凡尘,摔成了傻瓜?就算你情根深种,无法自拔,可你是纪岩溪,纪鲁教授和林雅稚夫人天上地下独一无二的乖乖女,你居然做别人的备份!

隽绎完全无视我跑马场一样的内心活动,走过来埋头想吻我,我忽然哆嗦着说:"你出去!"

他愣了愣神,转身走出书房。

我在屋子里冷静了很久,才慢慢走到客厅。偌大的房子,只有隽绎安安静静地坐在沙发上埋头摆弄着茶杯,爸爸妈妈都不见踪影。他们就是这样的人,绝不会因为到有客人到访,就重新考虑自己的安排。

"我在假日酒店订了房间,明天一早的飞机回去。"他看见我出来,微笑着说。

"那,你的选题都搞定了?"我问。

"嗯。"隽绎的神情显得落寞,他自嘲似地笑了笑,"老师在休息,我先走,明天一早再来道别。"

看到他的样子,我忽然就有些情不自禁,迎上去抱着他的腰,把头埋在他的胸前"隽绎,一会儿再走啊,不吃晚饭吗?"

他被我抱得有些振奋,半天没回答,而是捏着我的手哼了哼:"真不知道你是聪明到绝顶,还是笨到绝顶啊!"

我不明所以,望着眼前的聪明人希望他不吝赐教。

他深沉地看着我,清澈的眸光中好似深藏着整个宇宙,闪动着我无法解读的内容："我觉得现在自己就像在悬崖边上，岩溪，你推我一下我就掉下去，拉我一下就好，我自己也能上来。"

我使劲眨眨眼，愣了半天，他是在请求我吗？

他说的话每一个字我都听得懂，可是连在一起却不明白他想表达什么。好端端的他怎么跑悬崖边上了，他是遇到什么困难了，或者是什么事情让他走投无路而来寻求我的帮助？他从北京来找我爸爸，难道是学业上遇到难题，求爸爸帮他过关？但是爸爸不会的，他是个严谨的学者，绝不会帮他开口子，他说这话的意思是求我帮他吗？

隽绎是个如此活络的人，妈妈嘴里说的那种精致的利己主义者，他们聪明、世俗、老练而善于表演、懂得配合，此刻看着隽绎，如此活生生地站在我的面前。我的心情本来已经荡到了谷底，此刻更是感觉寂寥。

"隽绎，每个人都有底线，有些事情我帮不了你。"

他听到这话，眉头蹙得更深，一副仿佛受到深深伤害的表情，过了半晌才勾着唇呵呵一笑："岩溪，你这样的女孩子好少，真的……"

他后面的话没说出口，第二天一早到家里来给我爸爸妈妈道别之后，就飞回北京了。

妈妈问我怎么回事，是不是两个人起了争执。

我依偎在她的怀里，不知道该从何说起。爸爸妈妈是大学同学，毕业之后就结婚，他们都是彼此的唯一，尤其爸爸向来唯妈妈马首是瞻，何曾有过跌宕起伏的虐恋伤情。

我跟隽绎到底有没有过开始，我很怀疑。

他一而再地接近我，彼此都有强烈的愿望在一起，那就是爱吗？

如果是爱，为什么他的表现如此反复，也许如同他评价金回那样："等你对他的那一点点好奇心消失以后，他就变得寡然无味，好像是鸡肋一样"。我和他之间也不过如此。

这样的结论真让我伤心，可是我真的找不到其他更合理的解释。

也许可以问问燕子。

3. 他不具备给你幸福的能力

三天小长假结束以后，我见到了燕子。

她和老泉一起从 3600 米的高原上露营回来，皮肤晒得红红的，看起来光彩照人，连头顶上都泛着一圈光晕，我知道那是恋爱中的女人独有的异象。

有老泉在，不可避免地就会谈及秦汉森。老泉说他忙着找新的替代项目，好像有了些眉目，很长一段时间都会待在上海。

"汉森对资本市场的嗅觉很灵敏，不是一般人。"

"当然咯，他靠鼻子吃饭的呀！"燕子笑嘻嘻地说。我心里却想的是如何把老泉支开，如果不赶紧跟燕子讲出心里的话，我担心自己会被自己给憋死。

"看电影，我请。"老泉按下燕子的手。

我不感兴趣，燕子却显得很兴奋，掏出电话准备招呼严墨。

"《速度与激情 5》，我打包票，从头 High 到尾！"

燕子一听转头对我眨眨眼，摆出一副既要异性也要人性的样子。

"汉森有一辆限量版 Skyline R34 GT-R，卖给苏阿姨了。"老泉说起，非常遗憾的样子。东瀛战神 GT-R 在爱车人的眼里绝对大名鼎鼎，在他所介绍的电影里面也有相当高的出镜率。老泉这么一说，燕子更好奇起来，她单手撑着下巴眯着眼睛看着老泉问："他现在很落魄呀，又是卖车，又是租住在天台屋顶，秦汉森究竟怎么了？"

"怎么？"老泉摸了摸脸，"汉森是真正的爷们儿。"说着这话，他的神态看起来认真严肃，脑门亮堂堂的。他的长相普通，可是连我也不得不承认老泉有超越常人的智慧和冷峻，常常会让人忽略他的外表而真正佩服他的机智。他说这话的时候没人会觉得他在开玩笑，反而因为有分量让燕子不由自主地追问下去："你和汉森，什么关系？"

老泉没回答，自顾在手机上买了票，而后去排队取票，剩下我跟燕子坐在咖啡座。

"汉森不错，只是现在遇到麻烦了。"燕子简直为我操碎了心，"如果你愿意陪他东山再起，他就会还你君临天下！"

我不想听这些，转移话题说："燕子，他来找我了。"

"谁？"燕子脱口而出，忽然眼光一闪，"那个……家伙？"

我其实不确定他究竟是来找我，还是来找我爸爸。燕子少有地没有插嘴，静静地听完我的纠结。

"感情需要心灵感应，靠直觉，能分析出来的是数据是科教书。"燕子垂着眸子，摆弄着手里的咖啡杯，"我也许会被你强大的分析能力给误导了。他大老远从北京到重庆找你爸爸要论文选题，这样的可能性存在的概率有多大，我问你？"

"不大。"我肯定。他的专业跟我爸不沾边，"但是他有女朋友，我亲耳听到的。"

"也许他希望你能在这段感情中给他一些肯定的表示，所以他说自己站在悬崖边。"燕子蹙着眉，"不过岩溪，我并不看好你们。不管他是不是真的爱你，他都不具备给你幸福的能力。"

"没关系，我有。"我急切地想要得到肯定，肯定我没有自作多情，"问题在我，我知道。"

"任何男人，优越感越强越骄傲的男人，他们对感情的选择要求会越高，毕竟不论财富多寡，他们都愿意得到一个女孩是为了他这个人而不是为了某种其他的原因跟他在一起。那个男孩子聪明世故，可能他接触女孩子很早，普通人能让他一眼识破伪装。你让他看不透，所以他才会对你念念不忘吧？"

"不是，不是这样。"我摇头否定。我记得允芳对我说过，隽绎在我以前没有经历过女人，"他看不透什么，看不透我是为了他还是为了他的财富，抑或财富背后的东西？"

"你觉得呢？"

"我告诉过他，我希望有稳定的有物质基础的感情，我曾经很认真地跟他探讨过这个问题，可是他根本不感兴趣。"

"也许你所谓的那些很重要的东西，对他来说都不重要啊，你们第一次吵架不就是因为他觉得你企图心太强吗？"

"那他为什么还告诉我他是某个公司的股东呢？"

"很明显他希望你不要纠结关于财富的问题，他给得起。希望你能够把精力放在他本人身上，我估计他自己在这方面也颇受困扰，呵呵！"

"我这样的女孩子，真的很少见吗？"

"少见，固执又不通情理，少见！"

被燕子这一番清理，我仿佛清醒了一些。是的，我都没有真正把自己的心给他摊开过，所以我们才总是误解彼此。

我很感激燕子能告诉我关于男人的秘密。隽绎是男人，而且是聪明世故的男人，所以他喜欢那种感情至上的女孩。我以前为什么那么蠢，跟他讨论未来讨论前途，讨论那些本该属于男人之间的话题，我真是太蠢了。那么，我可以开始学的，比如调情。我种植的睫毛又长又浓，眨巴眨巴像羽毛一样扑闪个不停，就像跟金回他们结交玩耍的时候一样，我是怎么让金回着迷的就怎么让他着迷好了，这并不难。

回到工作岗位又是一个月过去，盘踞在我心头的长久的痛苦变成了高涨的炽热信心，随着时光的流逝更加狂热起来。

天气越来越热，我穿着浅蓝色衬衣和深色短裙制服，在开着中央空调的写字楼间蹿上蹿下，各种琐碎的事务层出不穷，还没到中午，背后已经被汗水浸湿了。

洗涤中心来电话后，我和孙姐一起过去把几位老总的制服拿出来叠好，拿去了行政前台。

正准备离开，电话就响了。

"财务部下午开会，要求统一制服，马上叫人过来收衣服送去洗涤中心熨烫！"电话里是阿瞳的声音，毫无感情。

"这，以前都是自己送过去的啊。"我很为难，洗涤中心并不负责普通员工的制服。

"这一次例外，新总监上任，要求不同了。"阿瞳冷冷的态度，分明是拿着鸡毛当令箭使。

"哦，好。"对阿瞳，我始终欠缺一些硬气，潜意识里为金回的事情感到抱歉。

刚走出电梯便迎头碰到了吴总，他的身后是新任王经理和财务总监廖敏。

"吴总、廖总、王经理！"我声音响亮的招呼。

吴总看着我皱了皱眉："手里拿的什么？"

"是熨好的制服，我去交给前台。"

"噢！"他点点头刚要转身，忽然回头对王经理说："下午的会，让胡经理和小纪列席。"

"好的！"王经理身体一怔，挺直腰板回答。

说完他便走了，王经理递给我一个微笑："小于来通知你。"

我站在原地愣了半天，默默地朝行政中心走去。

下午的会议跟集团控股公司远滩能源的资产重组有关，参会的人员级别都较高，我和胡冰被临时召集列席，拿了个笔记本坐在圆桌会第二圈层的后面，胡冰看了我一眼，敲了敲笔尖问："最近怎么样，习惯了没？"

"嗯，我没问题！"我看着他笑起来，他点点头没再说什么。

散会以后小于跟我一起到茶水间，他看着我很熟练地将茶水倒入篮子里过滤，有些神秘地走到我身后说："岩溪，苦日子到头了。"

我心里一跳，面不改色地问："怎么了？"

他审慎地看了我一会儿，意味深长地笑了笑："我知道刚进会议室里面的都是皇亲国戚，以后要有用得着我的地方，招呼一声就是了。"

墨鱼仔分明话里有话，可是他所谓的"皇亲国戚"肯定不是我，也许是什么地方让他误会了吧！

下班的时候，我看见柱子开着金回那辆汉兰达停在门口，他看到我很高兴地走下车来打招呼："岩溪越来越漂亮了！"我以为他在等阿瞳，却听他说："金回过生日，他希望你能参加又怕你拒绝，怎么样？赏不赏脸？"

"大家都是朋友说什么赏脸啊，可是我都没买礼物！"

"借个由头大家聚聚，买什么礼物啊！"

4. 空虚深入骨髓，堕落只是时间的问题

阿瞳没有像以前那样拉着我的手上车，而是径直坐到了柱子的副驾位，我暗自叹息着拉开后座的车门，一瞬间有些迟疑，觉得似乎不该赴这趟约，

既然我在他们的眼里不算他们圈子的人，去不去又有什么关系呢。是因为曾经他在我眼里是一个善良淳厚的人吗？还是因为我对他说过那样的话："在这个陌生的城市遇到你这样的朋友，将是我一生的幸运。"

我正是恪守着这样一种信条与他们交往，所以才没有感觉冒昧。

还好柱子是个健谈的人，他似乎对隽绎印象深刻，还问我那个房东现在去了哪里。

"他现在在北京，我们也很久没有联系了。"

"哦，如果他回来，记得约着一起玩一玩。"

谈话间，汽车绕向三环朝着城郊开去，"我们去长岛酒店。"

我知道那是一家由本地富豪投资修建的超五星高尔夫酒店，还在试运行期间，并没有对外接待。这处酒店地处郊县一个巨大的湖泊边缘，独享临湖半岛，临路而建，道路两旁栽种着各种名贵的花木和果树。超过 1000 亩的 18 洞高尔夫球场延绵于眼前，刚刚修剪过的草坪散发着清新的草木香气，远处是呈扇形排列的别墅群，沿湖还有四五个网球场，湖边码头停靠的几艘豪华游艇随波荡漾。汽车穿过高尔夫球场，在酒店的高大门厅前停下，立刻便有一个穿得像英格兰皇家卫队的保安上前帮忙泊车。

走进酒店豪华的石柱门厅，1000 平方米的中心大堂全是高大茂盛的乔木，绿意盎然的树冠下摆放着一簇簇咖啡休闲座椅，整个给人一股不差钱的感受。

其间只有一个穿着深色衣服的男人独自坐在咖啡椅上，背对着我们看不清脸，微微伸长的腿脚很随意地安放在侧，露出褐色的麂皮牛津鞋。

酒店还未对外营业，大堂内显得格外冷清，只有前台三两个穿着绛紫色制服的女人仕细细低语，见到我们走来立刻双手交叉按住下摆，礼貌地点头问好。

"袁先生还没下楼，要不要先带你们去餐厅？"一个看似大堂经理的女孩走上前问。

"不用，我们先上去看看。"柱子说着便朝着转角的电梯走去。

刚走到电梯口，门就开了，一个身材娇小的黑发女子走出电梯，与我们擦肩而过。

阿瞳"咦"了一声，我也跟随着站立回望。

那女孩穿着一袭黑衣无袖衫，墨绿色包臀裙，手上拿着一个紫红色香奈儿手包，身上 COCO 香水的气息跟阿瞳一样。

"阿漫！"我和阿瞳还没开口，柱子已经喊出了她的名字。

那女孩好像没有听到一样，头也不回地往前走。我们三人看着她的背影愣愣地忘了进电梯，只见她踩着高跟鞋直接走到了大堂那个背对我们的男人身边，说了句什么。

那个男人伸手搂过她的腰，慢慢地站起来，两个人便这么并肩走出了大堂。

"娱乐周刊报道过那个经纪人，是她的新男友吗？"阿瞳瞪着眼睛问柱子。

"不知道哇，上去问东东！"

正说着，另一部电梯门也开了，袁东衣衫不整地冲了出来，他的身后紧跟着陈晟和金回。我们还没来得及说什么，就见到袁东双眼赤红，下巴上滴答着的不知是汗水、泪水抑或口水，嘴里在高声狂吼："阿漫，你是个婊子！你给我回来！"

陈晟抓着袁东的肩膀，袁东身材高大结实，被陈晟这么一抓却跟跄着差点摔倒。

金回也去抱袁东，忽然看见我在一旁，放开抓着袁东的手说："阿瞳，你带岩溪先上楼。"

阿瞳却没有离开的意思，她站在墙边冷静地看着眼前的一切，对金回的话置若罔闻。

这时袁东已经挣脱了陈晟，他显得异常亢奋。

我从来没有见过这样的情形，靠着墙根惊恐地看着变了个样子的袁东，只见他的脸上露出狰狞的笑容，嘴里不停地大声叫骂，愤怒和亢奋让他看起来很扭曲，"你他妈全忘了，当初你是怎么跟我说的，要跟我一辈子！为了你这句话，老子这么多年从没碰过其他女人，你他妈今天跟我说要分手，还让我开个价，你当老子是什么？啊啊啊啊——"

他一边骂一边朝大堂外冲，外面的几个女孩子吓坏了，躲在前台不敢抬头。我跟在阿瞳的后面随着陈晟、金回和柱子一起追出大堂。

阿漫跟那个男人上了一辆黑色的保时捷走了。

袁东跟在车后跑了一路，终于颓然停下，怒气冲冲地转向停车场。

"他想去开车！"陈晟说着迈腿就跑，金回转头对柱子说："糟了，拦住他！"

说话间，眼前一道白影呼啸而过，袁东开着一辆白色捷豹冲向阿漫离开的方向，目测车速超过150码。汽车的后面，陈晟徒劳地扬着双手，一副神情紧张大祸临头的表情。

我虽然不知道发生了什么事情，可是看到袁东的表现，隐隐约约明白了些什么，嘴角不由自主地哆嗦起来，有种自己被拖拽着不知不觉走进坟墓的压抑，心底涌起一阵阵说不出的恐惧。

隽绎气急败坏的表情清晰地出现在我眼前，那时他刚得知我跟金回这群人有交往。我想他是对的，我理解了他火冒三丈的心情。

柱子开了金回的车过来，陈晟跳上去对金回嚷着："上来啊！"

金回看了我一眼，咽了口口水说："我得去把东东找回来，让阿瞳先陪你好不好？"

我盯着他没说话。金回毅然上了车，汽车便"轰"的一声冲了出去。

阿瞳脸色有些发白，转身回到大堂坐到咖啡座上出神。我走过去对她说："阿瞳，我想回去了，你跟我一起吗？"

"楼上还有其他人，你不想待就走吧。"阿瞳瞥了我一眼，显得疏离冷淡。

我跟她道别，请大堂经理找车送我到酒店外，给燕子打电话让她开车来接我。

夏天的夜来得迟，这里道路宽阔，位置偏僻，当地的住户拆迁时都被集中安置。夜色中只有天际间一丝朦胧微光，四下里雾霭蒙蒙，显得空旷寂寥。

我一个人走在路上恍恍惚惚的，想把身外所有的东西统统抛到脑后，仿佛我这么任性地走下去，就可以忘记恐惧和害怕。只是越走越荒凉，纵然铺天而来的孤寂，也不见得能让人平静。起先我只是压抑着喉咙痛苦地小声啜泣，随着越走越远我开始控制不住号啕大哭起来。

悲伤，为自己的愚蠢、自以为是，也因为感觉自己对不起隽绎。

他当初骂我是对的，跟这些人混有什么前途啊，他们都是些靠着父母、后台混日子的人，空虚深入骨髓，堕落只是时间问题。那些原本以为正常不过的健康娱乐，不过是照猫画虎徒有其表，即便是金回的淳厚善良也不过是因为灵魂的卑微而并非我所敬重的强大慈悲，一旦稍显强势的力量出现，他们立刻脆弱得不堪一击。一如我以为我理解袁东对感情的不甘心是执着，其实自己只是被繁华迷乱了眼睛吧，既没看透，也没看懂。

耳边一遍遍回响着隽绎的话："真不知道你是聪明到绝顶，还是笨到绝顶啊！"

事实上，我是个笨到绝顶的人。

这时，一辆黑色奔驰迎面过来，悄无声息地停在我身边，车窗滑下，竟是汉森。

他向我挥了挥手说："上车！"

两个月没见，没想到他会出现在这里，我收敛哭泣，抬头看了看灰暗的天空，打开后车门正迈腿，他却走下来侧了侧头对我说："你开。"

"噢？"我不解其意。

"我说你开，我躺会儿。"他说完转身的瞬间我才注意到他的脸色看起来很差，很快他便绕过车头坐到了副驾的位置。

"出什么事了，眼睛哭得跟桃子一样。"汉森看着我问。

我谨慎自制，这样失控的状态很少见。我发动汽车没说话，他回头看了看我走来的方向，若有所思地闭上了眼睛。

他应该误会了什么，这条路是为长岛酒店单独开辟的一条四车道黑化公路。一个女孩子夜晚从酒店哭着出来，在男人心里的联想必然丰富多彩。

可是我不知道该怎么解释。

缓缓开了一路，想到伤心处又忍不住呜咽着哭起来，泪水模糊了眼睛。

"好吵。"汉森眉头蹙立，转过头嫌弃地看着我。

我被他打岔，强行收起泪水。他这样开启战斗模式的表情很少见，不知什么事情惹到他心情如此不好。

我见他闭上眼睛，悲从中来重重地叹了口气，还没来得及发出声音，只见汉森蓦然坐直身来，冷冷地喝道："停车！"

我在他的威严中踩下刹车，见他扶着额头神情漠然地说："这样，你下去蹲路边哭，我在车上躺一会儿，什么时候哭够了再上来，好不好？"

"哪有这样的道理？"

正说着，电话响了，汉森不耐烦地说："下去接。"

我依言下车，走到路边坐在草坪上，电话是金回打来的，他哆嗦着告诉我袁东毒驾，以超过180码的速度从高速公路冲出护栏，车毁人亡，他在电话里哭了。

"你说认识我很幸运，不过我知道你跟我们从来不是一个世界的人。"

我不知道该说什么安慰他，事情的发生让我震惊，从悲伤中醒悟过来之后我提心吊胆感到不安，我经常听到前辈们叮嘱，知道社会很复杂，可是没想到复杂成这个样子。

当时袁东发疯一般驾车冲出去，在场的所有人都知道要出事，陈晟和柱子那副大祸临头的表情已经表明他们知道袁东的状态。

金回说阿漫回来，是想跟袁东讲清楚，免得他总是三天两头飞到北京探班。

"当初选秀的时候，是袁东把阿漫推出去的。她欠了袁东很多情分，希望可以偿还，所以谈的时候让他开价，东东就火了，控制不住打了她一巴掌。"

金回很伤心，为袁东也为他们这样的一个群体悲哀，表面上都是些有钱有势的人，面对女孩的翻脸却无力招架，他说袁东不是坏人，光逞个嘴上功夫，却没做过伤天害理的事情。

"当初阿漫很落魄，一直是袁东在照顾她，他真的很爱她，可是为什么到头来会是这样的下场？"

金回在觉悟，如今袁东死了，不知道听到这个消息阿漫会怎么想。这时金回在电话里说："警察过来了，酒店里面的人全部被带回去做笔录了，你没事吧？"

他吓坏了，我捏着电话不知所措，连哭也忘了。

坐回车上发愣，手握在方向盘上一动不动不知道过了多久，汉森睁开眼睛看着我，哑着嗓子问："干吗？"

"汉森，袁东死了，警察把酒店的人都带走了。"

"哦。"他似乎觉得事不关己，很冷漠地哦了一声。

可是我该怎么办，也许天不亮警察就会找到我，长这么大，除了捡钱上交以外，我从没跟警察打过交道！

汉森见我全身发抖，扶着头问："你吓成这样，他是你弄死的？"

"怎么会！"我瞪着眼睛吼了一声。

"那不没事嘛！你怕什么？"他看着我，嫌弃我没见过世面的样子。

"确定吗？"我好像抓到了一根救命草，"汉森，我不怕警察，但是害怕集团里的风言风语，如果他们知道我因为涉毒被传唤，我以后怎么在机关里待啊？"

"这样哦。"他想了想说，"明天一早你先找胡冰，告诉他事情的经过，他知道轻重会帮你的。"

汉森稳重的样子给了我很多信心，慌乱的心绪平复之后，肚子却咕咕地叫起来。

开车回到市区已经很晚了，送他到河心岛别墅，苏阿姨便让英子给我做了顿简单的晚餐。

5. 妈妈不许我随便接受别人的礼物

刚回家，燕子就来了电话，她做媒体消息很灵通，手机一通劈头就问："高速路上的车祸跟你有关吧？"

"没有。"

我详细地告诉了她整个事情的经过，燕子给我支的招跟汉森一样，明天要赶在警方传话之前给领导汇报，争取他的理解，这样如果事情传到高层还有人帮着开脱。

挂断电话我陷入了沉思，第一次主动拨通了隽绎的手机，我很想，很想把自己的内心好好地跟他讲，讲一讲这段日子的成长，无关爱恋，只是像个好朋友那样。

那边传来声音："您所拨打的电话已关机。"心里的失落无以言表，手里握着电话直到天亮。

一早便先去了胡冰的办公室，我们之前有些交情，告诉他比告诉更年期的薛经理更踏实。

"浮冰哥，昨天遇到了点麻烦。"我一见他便开门见山。

他饶有兴致地看着我，听我说起昨天的经过，"其中一个冲动起来开车出了车祸，死了，也许我会因为目击而被调查。"

"没听出什么麻烦啊？"

"死者涉毒啊！"

"你呢，有没有？"

"没有！"我皱着眉，胡冰的质疑我理解，如果集团每个人都这么质疑，我还怎么在机关立足呢。

"嗯，我明白了。"胡冰是个很好沟通的人，他理解我找他的原因，"如果有人问起我会解释的，放心。"

"谢谢浮冰哥。"

中午下班，果然接到电话请我配合调查，警方了解到我在长岛酒店出现过，还跟认识涉事的人在一起。我如实回答了一番，两个警察做完笔录便离开了，临走谢谢我的配合。车祸事件在网络上很是轰动了一阵，有人发帖说这辆白色捷豹是从长岛酒店出来，立刻有人跟帖说在酒店见到了当红明星阿漫，正当大家如同打"鸡血"般振奋着要往深里挖掘的时候，忽然之间所有的议论烟消云散，话题仅限于某个"富二代"飙车失事，阿瞳和金回柱子他们也都安然无恙。

接下来的日子我过得很轻松，很快就回到计划发展部上班了，而且还成为集团预算管理委员会成员助理，职务上有了小小的提升。胡冰从后勤中心出来担任计划发展部副经理，跟王淮庵一起直接对总经理负责。

任职文件下发已经是7月底，胡冰走到我办公桌前笑眯眯地说："岩溪，走，庆祝庆祝！"

自从他在香港四季酒店接待我们吃过那次饭，我跟他还没有在外面一起用过餐，更别说私下邀约了。不过今天确实值得一贺，计划发展部虽然跟香港分公司副总不能比，但到底是总部机关，而且还是最人的业务部门，职业生涯的前景立刻柳暗花明，变得光明而灿烂。

我下班回家换了一件白色蕾丝上衣配牛仔短裙，脚上跕了一双马诺洛墨绿色敞口单鞋，胡冰微笑着看了我一眼，说了句"身材不错。"

我以为会是我跟他两人单独用餐，不料他的汽车沿着锦江河径直朝着河心岛的方向开去。正值浓荫盛夏，整座城市花团锦簇，混合着车流滚滚、人潮如织，繁花在空气中肆意散发着浓郁的香气。

当落日坠入天尽头的群楼后面，天空就只剩下了一抹淡红的晚霞，汽车缓缓停在苏阿姨的别墅前，我问胡冰："汉森回来了吗？"

老泉说他上次回来休息了两天便又出门了。

胡冰回答说"是"。

英子给我们开门，苏阿姨穿着一件非常风骚的巴洛克绿色印花连衣裙，腰上刺有两只金色的猴子，她迈着悠闲的步子牵着她的爱犬金毛从客厅向我们走来。

我上前去亲热地跟她抱了抱，她说："岩溪越来越有女人味了。"

胡冰提了两瓶波尔多向苏阿姨弯了弯腰，自我介绍说："你好苏女士，我是胡冰，汉森的朋友。"

"我知道你，胡冰先生，汉森在楼上倒时差。先过来喝杯咖啡，等老泉和燕子来了再叫醒他。"苏阿姨接过胡冰手里的波尔多红酒递给英子，领着我们来到楼下的花园落座。

她说汉森去美国待了两周，顺便接回了她在洛杉矶 UCLA 读大学的孙女，看得出苏阿姨很开心。"汉森住在我家简直太棒了，弗洛拉以前不爱回国，自从汉森住过来之后，她每个假期都会回来。这样，就免去我来回奔波，太辛苦。"

胡冰十指交叉着靠在圆桌边缘，面带微笑着说："的确，我了解的汉森一直很有女人缘。"他一边说着还一边朝着我挑了挑眉。

我朝他瞪了瞪眼睛，不明白他对我挑眉算什么意思。

聊了一会儿天，老泉和燕子结伴而来，看到和我一起的胡冰略显意外，我给他们相互介绍。老泉到底在做什么事情燕子也说不清，历史上的苏洵大器晚成，27 岁前都游山玩水去了。

"所以我现在整天在家看书，不像汉森满世界地绕着地球跑。"老泉笑嘻嘻地告诉我们。

"再给你十年，看你能不能扬名立万吧！"一个清亮明快的声音来自转角，我转头看去，只见汉森腰背挺直，一步一步地向我们走来，夕阳在他身后透着微光，浅灰 T 恤衫，卡其色的休闲长裤，整个人比上次消瘦了些，精神却饱满得如同迸射开出的繁花。他的身后跟着一个细高个的女孩，头发蓬松微卷，棕黄色吊带长裙在晚风中飘逸翻飞，如同夏天的向日葵那般惊艳张扬。

"啊！我的小小乖乖。"老泉站起来张开双臂迎向那个女孩，"你可回来了！"

女孩狭长的眉眼有着天然昏昏欲睡的感觉，她蜻蜓点水般跟老泉贴了贴面，抿着嘴坐到了我的身边，好奇地眨了眨眼："岩溪？"

我对她笑了笑："你好，弗洛拉。"

胡冰也站起来，跟汉森一个熊抱，挥手捶了捶他的背："辛苦了！"

汉森跟燕子招呼了一下便来到我的面前，他在长岛酒店接我时路上的那种嫌弃的表情已经荡然无存，他伸出手很友好地唤了声"岩溪"。

我也对他挑了挑眉，手指被他握在掌心，"汉森。"

紧接着，汉森便将在座的几个人相互介绍，主要是弗洛拉，她的中文名叫苏小小，跟随很多当地人都有的恶趣味，她把自己的名字弄得与西子湖畔早逝的名妓一样，好在苏阿姨待在文明社会的时间不多，随了她性子。她本人在 UCLA 研习金融专业，马上就会修满学分。

苏阿姨牵着金毛去餐厅看英子晚餐的准备情况，港大出身的胡冰显然对苏小小很感兴趣，由 UCLA 宏伟大气的大学校园展开，两个人聊得不亦乐乎。

老泉问了两句汉森最近的项目情况，我才得知那晚他到长岛接我的时候，其实刚坐了十多个小时的飞机，听说我出事便把小黄支开自己开车过来。

老泉回头在跟燕子打情骂俏，剩下我和汉森便显得有些沉默了。

汉森坐到我对面的椅子上倾身向前，膝盖碰着我的膝盖，我能闻到他身上那股特别的崖柏草药香。他掏出一个金色的细手镯递到我的面前说："给你带的礼物，我看到很多人买，觉得你很适合。"我一看是卡地亚玫瑰金四钻 LOVE 手镯，即使在美国价格也不便宜。

无功不受禄，我觉得很为难。

他见我迟迟不接，沉吟了片刻才说："香港那次，多亏你照顾，一直想不到该怎么感谢你。这个，是我很久以来的心意。"

"可是你已经照顾我很多了，何况我还打碎了你的古董花瓶，应该是我买礼物给你道歉才对。"

他将手镯拿在手里摆弄着，眼睑朝下，卷翘的眼睫毛遮住了眸子，显得深沉严肃，过了半天他把镯子放回兜里，有些自嘲地笑了笑说："那个你不必放在心上，上次失约的事我很抱歉。"

我听懂他话中的意思，他以为我不接他的礼物是因为五月份他失约的事，我连忙摆手说："我没有因为那个生气，是我妈妈不允许我随便接受别人的礼物。"

这个时候抬出林雅稚教授，我自己都感觉惊扰了她。

"呵！"汉森的脸上出现一丝温和，整个人放松下来，抬眸看着我的表情，如同欣赏一个尚未断奶的小孩，"上次那件事情没影响到你吧，浮冰过了一段很悲惨的日子，我猜你也一样。"

"不是已经变好了吗，你看我们今天过来欢庆来着。"

"嗯。"他点点头，"确实应该庆贺一番。"

正说着，英子过来告诉大家可以入席用餐了。

一群人的晚餐异常热闹，苏小小提议下次BBQ，可以更随性，大家都赞同。汉森给众人倒了酒，唯独把我面前的酒杯收了起来。我不满意自己受到歧视，皱着眉头问他："你给自己都倒了酒，为什么偏偏不给我？"

老泉和燕子哈哈大笑，苏阿姨也忍不住噗地笑出声来："汉森的意思是，他可没有更多的青花瓷让你摔了！"

我顿时无语。

6. 思念一个人的滋味

夜色已浓，别墅的草地上四处亮着地灯。苏阿姨出门散步，年轻人就都到了花园里。

这时我的电话响起，接起来竟然是隽绎，我便躲到了客厅里去。

上次不欢而散，我以为他不会再跟我联系了。长岛那件事发生以后我有很多话想说，给他打电话他又关机，过了这么些日子，那些话亦无从谈起。

但是很开心他能打来电话，他说最近很忙。

"岩溪，我想争取到创业者天使投资基金，从明天开始跟师兄一起闭关，很想你。"电话里隽绎的声音很诚恳。

"嗯，你忙吧。"我窝在落地玻璃窗前的沙发上。

"有两个德国朋友明天从北京飞过来，可以帮忙接待一下吗？"

"好。"

"我把联系方式发你手机上。"

"嗯。"

"唉——"他叹了口气说，"除了'好'跟'嗯'，没有别的话跟我说吗？"

"哦。"

"岩溪——"隽绎无奈地唤了我一句，低声呢喃，"我很想你，岩溪，你知不知道，你从没试过思恋一个人的滋味吧！感觉像喝着一口冰水，得靠自己的体温焐热了它才能化成滚烫的泪，你知道吗。忙得受不了的时候就想你，娴静的你，温和的你，稳定的你，倔强的你，甚至你跟允芳对峙惹恼了她，我也控制不住自己地爱你，你是我见过最干净的女孩子。"他说的这些话，让我感觉有些晕，心里一阵阵悸动着，眼泪不由自主地在眼眶里打转儿。我是一个天性自卑的人，从很小的时候我就一直跟自己的自卑抗争，我所有的努力韧劲都来源于希望可以摆脱天性中的自卑，从而看到理想国度里的自己。隽绎的话让我很感动，他让我认识到自己的美好。

"第一天认识你，我就知道你的心很大，比我还大，你就好像隐藏在某个角落里的我自己。有时候回想你说过的话、做过的事，我知道换成我也一样会那样做。你懂我，我也懂你，信吗，岩溪？"

隽绎沙沙的嗓音回响在耳边，他的话击中我了，他确实懂我。

"哦。"我心里很感动，忽然也很想他，但是我说不出比他还动听的情话，我的心在甄别、鉴定，如果他知道我一边热泪盈眶地听着他的电话，一边在警告自己他的话也许同时在跟别的女孩说，那他会怎么想我？

这时候，我面前的玻璃上映出一个头影，老泉站在花园的草地上对我挥挥手，口型在说"等你出来玩游戏"。

我朝他比画了个手势，电话里隽绎很敏感地觉察我在神游打混，问道："你那边还有人？"

"今天我的工作有些变动，在朋友家聚会。"我跟他解释。

"噢。"他忽然有种被打击到的感觉，"我没听你说……"

"没什么。"我听出他的不高兴，但是真觉得不值一提。

"岩溪，你不要把我往外推。"他闷闷地说完这话便不再出声，愉快的通话瞬间就冷了场。

又一次听到他说这样的话，我不知道该怎么做，我和他所有的喜怒哀乐都是被他主宰着的，我只是迎合而已，他开心我就开心，他不高兴我一点办法也没有。

"明天，我去机场接你的朋友好不好？"我很不容易才在慌乱中找到一个话题问他。

"嗯。"

他这样回答让我顿时就找不着北了，只好搜肠刮肚地又说了句："我会把他们接待得很好的，放心。"

"哦。"

"等你忙完了，给我打电话好吗？"

"好。"

我绞尽脑汁，再也找不到话题了……沉默中，忽然觉悟到被他故意捉弄，懊恼地握着电话走出了客厅。

燕子看着我明知故问："谁的电话打这么久？"

我做了个无奈的表情，仔细分辨，电话里只有隐隐约约的电流声。

"那，我们玩，你是跟汉森还是跟我？"他们准备玩非常流行的扑克游戏"斗地主"，三个人上场，另外三人跟。

我用手指指了指她，老泉挡在她身前扬着眉毛说："你跟汉森。"

我无所谓，跟就跟。

花园里比客厅喧闹，过了很久终于听到隽绎叹了口气说："岩溪，等我回来我带你去西藏，就我们俩。"

"哦。"我看了眼前的众人一眼，转身朝客厅走去，"去西藏，你说的。"

"嗯，好。"隽绎那头的语气总算有了一些生机。

说再见之后，我站在客厅的石柱旁深深地吸了一口气，这才慢慢走回花园。

这一晚，我跟汉森的组合大输特输，两人轮番上阵，不管是当地主还是民工都输。散场的时候老泉哈哈大笑："二人同心，其利断金，可惜啊可惜！"

我感到汗颜，老泉的话直指我今天心不在焉。回头看汉森，只见他安静地坐在位置上，眼角含笑地看着老泉、胡冰两组人恣意猖狂，稳稳当当的样子流露着不同寻常的沉静深邃。他的镇定自若仿佛一根定海神针，我立刻放弃了要在嘴上再争输赢的打算，放任他们在我和汉森的面前摆开心。

"岩溪：上次的约会明天补上好不？"汉森忽然转头问我。

我顿了顿："不好意思，明天有安排。"这一次千真万确。

"哦。"他点点头，不死心又问，"约会啊？"

"是两个德国朋友来玩，下班后我得去接机。"

"这样，"他笑了笑，"正好我曾是巴伐利亚的交换生，可以帮你做翻译。"

我有些犹豫，汉森能够与我一起接待隽绎的朋友固然很好，可是想到那天他忽然失控的表现，又觉得不妥。我并不拒绝结交异性好友，可是须得在两个人都心无旁骛的基础上，"备胎"和"女神"的交往方式于我而言都是非常抗拒的虚伪的友情。有人说摩羯座女人是纯粹爱情最坚定的捍卫者，换位思考，一如隽绎与那个未曾被我们提起的女朋友，或者正因为如此，我的心始终有所保留，做不到全心全意去爱。

汉森看着我出神久久没有回答，倾身过来附在我的耳边悄悄地说："放心，我不会再冒犯你了。"

我斜睨着他，动了动嘴皮："确定？"

"嗯。"他的样子很诚恳，"正好练练口语。"

我要承认我的英语口语一般，更别说面对傲慢的日耳曼人。刚才还在寻思要不要在燕子那里借个翻译用一用，如果有汉森在身边当然求之不得。

"那好！"

远滩水电面临集团注资重组，相关部门开了一大的会。今天周末，下班的时候已经很迟了，从写字楼出来，我看见汉森的奔驰E300已经停在路边。

我赶不及换衣服，便上了他的车。汉森什么话也没有，打转方向盘便朝机场开去。

一路沉默，汉森专注地开车。

我转头看着他精致的侧脸，有雕刻般的轮廓，心想该找点什么话说才好，"谢谢你，帮我的忙。"

不料他只是扫了我一眼，嘴角勾了勾没回答。

　　我被他轻视，立刻噤声，翻出手机看隽绎昨天给我的留言。这两个德国人并不是隽绎的同学，其中一个头衔是某世界 500 强制药企业的大区经理，另外一人是他的女朋友。我对隽绎的社交网一无所知，每次一看都大开眼界，跨界好广，弹性好大，HOLD 不住的感觉汹涌而来。

　　飞机晚点，接到客人的时候已经晚上十点。两个德国人高大健硕很醒目，白里透红的皮肤，金发碧眼。但在他们硬朗的外表下，透过双眼表现出的更多的是谦虚。

　　汉森上前用德语跟他们打了招呼，聊了聊飞机晚点的话题后，便帮忙把行李带上车。

　　女人看起来开朗些，她自我介绍中文名叫梁爽，男朋友名叫梁快。我不明白为什么他们会同样选择姓梁，而且名字有恶搞的嫌疑，当汉森翻译给我听是认识隽绎之后在他的帮助下改的名，我忍不住哈哈大笑起来。

　　把梁爽和梁快送到酒店安置妥当，已经半夜十二点，汉森送我回家。

　　"他们不是你的朋友？"汉森问我，"梁隽绎就是上次被你踩到骨折的那个？"

　　"对！"我利索地回答，很快做好了汉森会撂担子的心理准备，"隽绎拜托我帮忙。"

　　"这样。"汉森点点头，我以为他问这样的话就表示到此为止了，没想到过了一会儿他又问，"明天，确定是上山去吗？"

　　我迟疑半秒点头说："是的。"

　　"那我明天换辆越野车。"

　　"哦。"我松了一口气。

7. 湖水中的冒犯

　　秀绝于世的天下名山，是我爱上这座城市的理由之一。盛夏的炎炎烈日当空而照，空气中弥漫着腾腾热浪，当汉森开着不知从哪里借来的凯迪拉克SUV 滑进山门后，仙气便裹挟着凉意扑面而来。

只有两天的旅行，我便给梁快和梁爽设计了只到半山的短途行程。

即便是这样，当汽车在山间盘桓时，梁爽看着浓云如瀑布般萦绕着翠色欲滴的群山，居然用汉语念了句"车行白云上，人在画中游"。

下车之后，我们四人步行前往。一路溪水潺潺，寒潭清澈，我指着脚下清冽如玉的溪水告诉他们古代传说中白娘子打败了小青，所以溪水变成了如此碧绿的颜色，而我们即将住下来的地方就是白蛇和小青修炼的场所。经汉森翻译之后，他们频频点头，梁爽说起四月份的时候刚去了杭州西子湖畔，知道白娘子和许仙的故事。

"那，你们也许不知道西子湖畔的飞来峰便是从这里飞过去的吧？"

"真的吗，太神奇了！两个""没见识"的家伙立刻兴奋起来，汉森只好自由发挥现场编了个故事出来糊弄外国友人。

半山的住宿条件一般，以农家乐居多，但集团接待通常另辟蹊径，我很熟稔地找到了半山最宏伟的七重大殿的寺院主持，请他安排我们住到专门接待贵客的厢房里。这样的安排颇费心思，住进寺庙不仅环境清幽，而且别有意味。的确，只要不牵涉感情，我的头脑转速是平常人的十倍，但凡走心必然当机。

庙中的素食斋饭让德国友人感到新奇，他们跟随游人玩闹了一天，累得早早睡下，别院中除了晚课的僧人再无其他走动。

最近失眠是常事，别院厢房里檀香袅袅，半夜睡不着，我索性就着长裙趿了双拖鞋便出门散步去。

整座寺院依山而建，古朴厚重，厢房所在的山体仰头向南、居高临下。山间夜凉如水，夏日的晚风吹得松涛古柏哗哗作响。仙山上从来不乏动人的传说，很多湖光山色都低调地藏于世人所不能窥探的世界里。

走过静谧的偏殿后院，鼻子里是药草味的柏树香，耳边传来阵阵蛙声，我放慢脚步踏上参天古柏掩映着的石阶，在蓊郁灌丛后的一片湖水边停了下来。

我望着整面青翠的山壁在月色中的倒影出神，忽然听到"哗啦"巨响，好像有一条巨大的鲤鱼跃出水面，惊起蛙声一片。

借着月色，我走下石阶，看见湖中央居然有人在旁若无人地徜徉游弋，划开的水纹在月华里荡漾出层层波光。这处湖水是由山体中的泉水浸润而成，清澈透底，平常绝不允许游人玩耍，我好奇地探头望了一阵准备离开。

大概是我所在的位置太醒目，游泳的人看见我便扎了个猛子沉入水底，待他再次探头出来的时候，人已经到了我的脚下。

"下来！"只听呵呵一声，我只觉得双腿被猛然一扯，猝不及防地俯面而下，夹脚拖鞋飞到一边，整个人"扑通"一声便落入水中。

"啊！"还没来得及呼叫出口，湖水已经从四面八方灌进耳鼻，双手双脚不停地扑腾，"呜呜"地发出阵阵哀鸣。

我在长江边长大，却不会游泳。

眼前晃动着忽明忽暗的光，我的手脚却无处攀附，越是挣扎越是无力，只好在用尽最后一丝力气之后，慢慢地往湖底沉下去。那个时候的意识开始轻飘飘地往上升腾，我想我会死，死后就伴随青灯古佛做普贤座下的一朵莲花吧。

想起来觉得好美，死亡也就变得没那么可怕了。

不知过了多久开始有微弱意识，我感觉自己的身体被紧紧拥抱着，很踏实，可是胃里难受，喉咙也痛，"咳、咳、咳！"我忍不住呛出声来，"哇"地吐了一大口水。

这一下好受多了，意识慢慢回到了身体里，像在妈妈的怀抱里那样感到安全，可是鼻子嘴巴里传来的却是一股浓烈的男性气息和好闻的崖柏体香。我被拥在他怀里，狂热而猛烈的吻袭来，那股窒息的热力让我瘫软，被动地承接了这个深吻，仿佛又沉溺到了水中，不住地眩晕。一只柔软的大手慢慢地轻抚着我的身体，温柔的暖流激荡而过，全身涌起一阵阵暖暖的、昏沉的情绪，四肢无力，好像冰冷的湖水变成温热的浪潮在卷拥着我。

这样的感觉让我沉迷，缓缓睁开眼睛，映入眼帘的居然是一对阖眼卷翘的睫毛，汉森还在贪婪地吮吸着我的唇舌，我猛然间一惊，牙齿用力咬合，"呜咽"着推开了他。

汉森舌头吃痛，"嘶"的一声离开我的脸，双手撑在身后的地上。他光洁如玉般结实的胸膛控制不住地急促起伏，水雾缭绕中的眸瞳里窜烧着两道火苗。"对不起……我不知道你……"他忧郁地望着我，声音里蕴含着极度的痛苦，听起来备受折磨，他烦躁地伸手刨了刨头发，熟悉的严谨和自控力突然间荡然无存。

我这才看到他是半裸着身体坐在地上，而我就躺在他的怀中，衣衫浸透伏贴在身。

"啪"的一声，不知道什么时候我的手已经甩在了他的脸上，奋力给了他一个大耳光，"可耻！"

我不知哪来的力气一跃而起，顾不得找寻丢失的拖鞋便起身跑开。踏上石阶的一刻，我听到身后"扑通"一声，转头看时汉森已经重新跃入水中沉入湖底。

我光着脚板跑回厢房，洗完澡出来都还觉得气喘，心跳得砰砰直响。

"该死！"我居然沉溺在他的拥吻中几乎迷失，想到这儿，我不由得感觉到深深的内疚。

躺在床上不知什么时候睡着了，第二天睁开眼时发现已睡过了头。

换上T恤短裤走出厢房，迎面碰到负责别院的小沙弥。

"圆果师傅，跟我一起的客人呢？"

"他们上猴山去了，临走时让我转告你可以多休息一会儿。"

我皱着眉头心想，汉森大概也不知该如何面对我，才带着梁快和梁爽出远门吧，去猴山来回最快也要到下午了。我独自在幽静的参天古木间游荡，因为心绪惆怅，我的步履放得很慢，环顾着一程的好山好水，耳朵里传来似有似无的阵阵佛音，未被融化的平和，便在幽静的水畔悄然滋长。昨夜发生的种种，就这样在翠林碧水间被摊开、抚摸，然后迎风吹散。

我原谅了汉森，同时也原谅了自己。

轻松平静之后我沉沉睡去，一觉醒来已经是夕阳西下。

汉森和客人还没回来。

山里手机信号很差，打他电话一直不通，打给游客服务中心询问也迟迟不见回复，等待间我开始焦虑起来，担心他们出事。直到六点钟，我的耐心已被耗尽，起身留了张字条给圆果师傅便走出寺院。

我在当地人开的饭庄里租了一辆小摩托，沿着去猴山的公路飞驰而去。

迎面过来的车辆很少，好不容易看见一个骑摩托的当地人，我拦下他询问，他说是一辆越野车被滚落的山石砸中，把前路都堵死了，拖车刚过去。

"越野车？"我心头一跳，"什么车？"

"我不懂，只看见是辆白色的车。"

汉森借来的那辆SUV就是白色的！我忽然感觉双腿一软几乎要跌倒了。

跟那人道谢之后，我开大油门，小摩托摇摆了几下，便如同离弦之箭一般朝前冲去。

大约开了二十分钟，前方不远处果然有一堆山石，挖掘机正在清理。我的摩托车小而灵活，跟交警请求一番后被允许前往，但不准停留。经过事发点的时候，我看见拖车上的那辆车并不是汉森的SUV，心头的一块石头才"咚"地落地。随后我便一辆一辆地在车流中挨个儿寻找，终于在一个弯道口看见正在路边摆姿势照相的梁快和梁爽。

"嗨！岩溪！"梁爽用英语跟我打招呼，"你看起来好酷啊！"

我取下头盔，把小摩托停在路边："汉森呢？"

"他在车上休息。"梁爽把单反递给梁快，我连猜带蒙地听出她好像说的是，"给我和岩溪照张相，回北京拿给隽绛看。这就是他思念的岩溪，太美了！"

我跟梁爽合了影，听她这么说心头一动，便问道："隽绛还在读书，你们怎么认识的呢？"

"啊，隽绛有很多朋友，很多。"梁爽笑起来，说了一大段，可惜我只听懂了这一句。她接过梁快手里的相机回放给我看，镜头下我跟梁爽笑如花，路边的断崖有潺潺的溪水，背景是纵深的山谷，如血的夕阳把画面渲染得更加艳丽。难怪他们遭遇堵车也不觉扫兴。

我跟梁爽挥了挥手转身走到车前，透过车窗看见汉森在放倒的座椅上睡得正熟。

这时前面的车流开始动了，梁快把小摩托放到后备厢，我上车坐在汉森旁的副驾位上，他已经醒了，看见我轻咳了两声，什么也没说。

两个人仿佛有些尴尬，我故作轻松地笑了笑："我怕你把我丢在寺院里自己走了。"

"怎么会！"他轻轻地回了我一句，却看也没看我一眼。

虽然堵车耽搁了很久，我们还是连夜赶回了市区。把梁爽和梁快安置下来，将他们的机票改签，结束之后又已经是半夜十二点。

"想不想吃点东西？"汉森问我。

"不用。"

"昨晚上……你没事吧？"问得避重就轻，他说过他不会冒犯我，可是他冒犯了。

我还能说什么呢，多说矫情，当时我很享受的样子一定刺激到了他。

8. 我的莫名其妙的干妈

揭过这一页，下来的日子变得非常忙碌。集团对远滩的重组牵涉人事变动，调任的汪总不死心，想借着这个机会回到集团总部，她用当年在财务总监位置上掌握的一些资料跟吴光明谈条件。

这些事原本隐秘，只因为牵涉财务，严墨现在跟新总监廖敏走得近，我这才有所耳闻。

按照总助的指示，我们计划部门需要配合财务从数据分析上得出与人事调整步伐一致的结论，以方便高层做工作。这是一项高屋建瓴的系统工程，还涉及公司内斗，我那颗八卦的心熊熊燃烧，可以亲身参与听起来就让人激动，好不痛快！

八月的一天，下着倾盆大雨，胡冰带领着我和墨鱼仔几个计划发展部的同事加班到很晚才结束，我们为了几个指标阀值久久争论。

下班之后，我提着车钥匙先到写字楼下面的西餐厅吃东西，坐在靠窗的卡座上，时间已经很晚，加上下雨，里面的客人寥寥无几。

对面位置上坐着一个四五十岁的女人，和我隔着一张桌子的距离，她面前摆放着几本时尚杂志和一壶果茶，看样子已经坐了很长时间。

她保养得非常好，脸庞圆润白皙，卷曲蓬松的短发修剪得非常时尚，露出饱满的额头。身上穿的是一件拉夫劳伦的黑色上衣，肩部用串珠装饰出几何图样，还有麂皮镶边。我自己虽然平常都是T恤牛仔装扮，可是练就了洞悉奢侈品的本领，眼睛不由自主地在她身上多停留了一些时间。

那个女人也正看着我，两人目光相交的瞬间，她很温和地朝我点点头笑了。

我也笑了。

晚餐我点得很少，一份蔬菜沙拉、一份什锦虾球和一杯摩卡。服务生给我端来一杯柠檬水，附在我的耳边轻问道："那位夫人希望可以跟你共进晚餐，不知道您愿不愿意？"

"当然！"我站起来朝着面前比画了手势，"您好，很荣幸。"

服务生把她的餐具重新铺到我的对面，那女人提着挎包优雅地走过来。"没想到雨会下得这么大。"她的声音很好听，软糯软糯的，跟这个城市一样有着慢腾腾高贵的悠闲气质。

"我很喜欢下雨。"我对着女人傻乐呵。想起两年前的这个时候因为一场大雨遇到了隽绎，大雨过后意味着隽绎闭关的时间也快结束了，我期待和他一起去西藏，等我们回来，两个人的关系一定会有所改变。

女人告诉我她叫吕青梅，看到我面前的晚餐，她的话匣子便打开了："你们这些小孩吃东西不科学，怕胖就摄入低卡低碳的食物嘛，减肥最开心的是什么啊，当然是不运动不规划，吃吃喝喝也能瘦对吧？我儿子跟你一样，到了二十岁就感觉钙质跟不上了，经常脚疼。"

吃过饭我送她回家，随口问了句："阿姨你儿子都这么大了呀，看起来你还这么年轻。"

她很高兴，滔滔不绝地讲起她的儿子，总之此男只应天上有，人间难得几回闻。我理解她做母亲的骄傲，在我爸妈眼里，我也是天上地下仅此一枚。沿着锦河向着城西的方向，有一处三米高的白色围墙，河边曲径通幽，不远处有三个穿着制服的保安踏着重力感应车在昏暗的路灯下巡逻。

吕青梅请我停车，她很高兴地对我说："下一次，我请你吃饭。"

我点头说好，与她道别。

过了两天，果然接到她打来的电话，原本只是一面之缘举手之劳，她居然认了真。接连一段时间我隔三岔五便会接到她的邀约，要不就在新区闲逛，要不就在我家附近的咖啡馆聊天，我工作之外的闲暇时光并不丰富，空了我也会去赴约坐坐。一来二去地熟了，我知道她是某个集团老总的夫人，平时清闲，遇到我感觉很谈得来。

我于是便知道她那个跟我差不多大的儿子很叛逆，平常给她惹麻了不少烦，"如果他像你这么懂事就好了。"她总爱这么感叹。严墨了解我最近的行踪后跟燕子一合计，认定吕青梅这是在给儿子物色对象。

知道她有这样的心思之后，我便开始有意无意地回避起来。

这天刚下班又接到吕青梅的电话，她说她家里遇到了些麻烦，心情不太好，希望我能陪她喝喝茶，吃个饭。

我找了个理由拒绝了，挽着严墨去一个香港人开的港式餐厅吃饭。

服务生刚给我们上了一壶花果茶，我便透过清水砖墙外栽种的几簇翠竹看到吕青梅坐在不远处的青色沙发上独自用餐。

人生何处不相逢，我只好承认这是一份无法拒绝的缘分。我走过去打了声招呼，很自然地把两个人的聚会变成了三个人的晚餐。

吕青梅性格开朗，当着严墨的面也不避讳谈及她的儿子。

"他高中那年喜欢上一个女孩，立刻便要带回家给我看，连人家女孩家里做什么、父母怎样都不知道，你说是不是太草率？"她端着果茶啜了一口，定定地看着我。

"嗯，确实草率。"严墨是婚内人士，自然更懂得为人父母的心思，她一个劲儿地附和。我心想隽绎认识我那年也是高中毕业，连我都觉得他很不靠谱，何况人家做母亲的人呢。

"纪小姐你一定也有男朋友吧，你们这样年纪的女孩选择另一半的标准是什么呢？"

"标准……"我眨眨眼，说实话我没仔细地考虑过这个问题，但是爸爸妈妈影响着我对婚姻的看法，经历了一些事情也正好有些心得。"首先得是玩得来的朋友吧，大家有相同的人生观，看问题的方式和思维方式都差不多，相处愉快。"

吕青梅很认真地点着头，饶有兴趣地鼓励我继续。

"志趣相投的男女朋友如果产生爱情，大家都希望稳定地维持下去，自然就结婚咯！"

"光是爱情就可以把婚姻维持下去吗？"她紧接着问。

"很难。"严墨肯定地回答，"不过没爱情更难。"

吕青梅把目光投向我，我很惘然，想起燕子的同圈层理论，吞吞吐吐地说："也许理智一些，门当户对的更容易幸福。"

吕青梅听我这么说，收敛了笑容，认真地说："是啊，谁不愿意跟理想的人恋爱结婚呢，人一辈子风雨几十年，如果满脑子的理想，跌入现实的时候难免失落，人一旦失落就会心生怨恨，欲壑难平会把人扭曲。任何真实的男人和女人都经不起放大镜的观察啊！"

我心想，这个女人的儿子果真把她折磨得够呛，让她如此痛心疾首，于是便安慰说："阿姨，您别担心，如果两个人过不了现实这关，说明他们感情不牢固，自然就散了呗。"

吕青梅摇头叹息："我们家呢，跟普通家庭还有些区别，需要面临一些世俗的选择。我是想说，在能够选择的范围内，我赞成他按照自己的理想去选择女朋友，如果在范围以外，纵然有心仪的女人，但是带给家族的伤害会很大，比他想象的大。"

噢，我想我明白了。看她的衣着打扮，事关豪门恩怨，婚姻更不能儿戏。

"阿姨说得对！"我说，"在确定的范围内选择婚姻，是保障也是一种责任。最大限度减少失败的概率，那样更容易获得幸福。"

"你也这么想？"吕青梅看着我问。

"嗯。"我点头。

"像你这样思想成熟的女孩太少了，我问过很多年轻人，他们会把爱情摆在至高无上的地位，尤其向往着冲破世俗的牢笼，仿佛那样的感情才经得起时间的考验一样。"吕青梅笑着说，"在文学作品里面，没有站在世俗之巅的爱情就不称其为作品，很多孩子深受影响。"

"呵呵，"我也笑起来，"艺术啊，不癫狂不疯魔不成活！"

吕青梅放下手中的杯子，神情特别认真："我只有一个儿子，没有女儿，很多人都希望把自己的女儿拜契给我做干女儿，我从来没同意过。倒是你，我第一眼就喜欢了，你这么聪明、懂事，为人也通透，我多希望有一个你这样的女儿啊！"

她的赞赏让我飘飘欲仙，连忙谦虚着说："其实我很普通啦！"

"我的儿子如果有一个你这样的姐姐引导，比我这个妈妈有用多了！"

"呵呵呵。"

"做我的女儿吧！"她诚恳地看着我，眼睛里充满期待。

来真的？

我愣住了。

9. 酒店里的偶遇

我莫名其妙多了一个干妈，严墨没说什么，燕子却啧啧称奇。

"事出反常必有妖，我平时话多也精辟啊，怎么没遇到找上门认女儿的妈！"燕子挽着老泉，和苏小小一起围坐在汉森房间的露台上喝茶。

"我猜啊，为儿子活着的女人前途黯淡，好不容易遇到我能附和她谈两句，索性认个亲，找个聊天伙伴。那天严墨也在，谈了好几个小时的婚姻与情感哪。"我不以为然，觉得这样的亲戚认了就认了，除了称呼上阿姨改成吕妈外，没损失什么，"我估计以后见面我们就相互吹捧吹捧，语言按摩嘛！"

苏小小一口茶水没咽下，"噗"地呛到，忍不住笑，"岩溪姐姐！"

"这样啊！"燕子接着问，"你不是还负责引导她儿子回归正途吗？"

"人家什么时候要我引导她儿子了？"我不满燕子断章取义，"人家是见我三观端正，希望我给她的家庭注入正能量！"我沾沾自喜地回答。

老泉本来埋头看电脑，这时眯着眼睛盯着我打量了半天："岩溪，你这么亢奋，有好事了？"

老泉说我亢奋？

我敏感地收敛了情绪，被发现了吗？因为隽绎就要回来了，我的期待溢于言表。

燕子说："岩溪终于不是举目无亲，也算有个妈了！"

"我不是问这。"老泉似笑非笑地看着我，等我回答。

这时候玻璃门口传来一个慵懒的磁性低音："岩溪举目无亲？"

我们转过头去，见汉森风尘仆仆的样子倚靠在门口微眯着眼睛。

"汉森！"苏小小首先跳上前去拥抱着他，"回来啦！"

他健步走过来坐到我的旁边，燕子拿过来一个空杯给他续了茶，他端起了闻也没闻一口便倒进嘴里，完了不满地对苏小小说："虽然房子是你的，可我交了房租，你不该趁我不在带人随便出入我的房间，北美大农村也没这规矩呀！"

苏小小笑呵呵地对老泉努努嘴，表示这一切都是他的主意。

但汉森的注意力已经不在那上面了，他侧过头望着我问："刚才你们在说什么，你没有亲人的吗？"

我还没回答，老泉已经抬起头来，意味深长地表情看着汉森说："岩溪刚认了干妈，大家跟她开玩笑呢。"

"哦。"汉森表情复杂地笑了笑，我不知道怎么形容，当时以为只是寻常。

老泉问汉森："这次又去哪儿了？"

"跑呗，揣着地球仪跑。"汉森轻描淡写地笑，我们对他频繁外出已经习以为常，也许连他自己也不知道今夜会在哪里停留。

"上次空置的资金，找替代项目后来怎样了？"我问。

"还好，一直在跟踪。"汉森不太想说，可是看起来志得意满的样子。

"我接触的做这一行的人都拽得不行，接个项目动不动上亿甚至几十上百亿。没有几亿还不做，没见着谁跟你似的累成这样。"燕子侧头说着同时丢给我一个眼神，"喏，岩溪最清楚了。"

"我清楚什么啊，一直在外围打转，好不容易进了个团队吧，还被人给忽悠了。"

"这一行很乱，有时候很小心了还是难免被骗，吃一堑长一智。要考虑这些资金的风险，不得不拼命跟人周旋，而且单凭一个人的资源是不能把事情全部做完的，必须联合其他比自己更高的人，结成一根链条，合力完成全部业务。只有每一个节点上的人都是精英，事情才有成功的可能。"汉森低垂着眼眸，摆弄着手中的骨瓷茶杯。

他很少说起自己的工作，这里的人除了我算半个业内人士，其他都是外行，这些话显然是跟我说的。

我点头受教。

老泉嘿嘿笑着对燕子说："你接触的那些人手里既没项目也没钱，必须自己打鸡血先把自己给骗过去，然后画个饼忽悠上家完了再忽悠下家。这一行良莠不齐的，骗子不少，奈何傻子更多，骗子不够用，遇到汉森这样靠谱的，倒成了异类。"

大家聊着天，苏小小说了好几次去长岛酒店BBQ。因为汉森忽然回来给了大家团聚的理由，眼看众人兴致高涨，我便给胡冰打电话邀约他一同前往。

汉森兴致不高。

我也不感兴趣，算着时间，这个周末隽绎应该给我来电话了。

但他们非拉着我们去不可，于是苏小小坐胡冰的车，我们坐老泉的。燕子要跟着老泉坐副驾位，我只好和汉森挤后排。汽车刚发动没一会儿，汉森跟老泉勉强聊了两句便开始打瞌睡，先是耷拉着头很不舒服，慢慢地一颠一颠着，整个人就顺势靠在了我的肩上。我推了他两下，他居然"嗯哼"着换了个更舒适的姿势。

燕子回头看了我一眼，对我的行为很不满："不至于吧你！"她哪知道之前发生了什么，居然摆出一副不当好闺密也要主持正义的样子！

到了酒店已近午后，阳光正烈，苏小小在前台开了两个套房，汉森一进房间倒床便睡，燕子他们一行约着到泳池游泳，我只好捏着电话在大堂角落的一棵巨大洋槐树下坐了下来，要了杯咖啡，翻着闲书打发时光。

不知过了多久，我听见身后一个女人软软的声音："儿子，五盘结束就过来噢！"

回头一看，不正是新任干妈吕青梅嘛！她的身边还站着一个气质婉约的女孩。

"吕妈！"我还没张口喊出来，她已经看见我了。

"好巧！岩溪快来！"吕青梅扬着手里的电话，愉快地向我招了招手。

我刚走上前，吕青梅便扶着身边的女孩说："豆豆，我给你介绍，这是我的干女儿纪岩溪小姐。"

她首先把我介绍给那个女孩，对我只是说了句"这是豆豆"。我体会到眼前这个女孩在吕青梅的心目中何等尊贵，会是她口中可供儿子选择范围内的对象吗？

她们一齐坐下来，我仔细打量着这个皮肤白净的女孩，她的眼睛很水灵，一头黑发如瀑布般垂散在肩头，瘦削的身体撑着一袭拖地长裙，平跟鞋，显得飘逸出尘。她的模样看着单纯稚嫩，仪态却有一种天然高冷的疏离感，是铭刻在骨子里的气质，跟从小生活的环境息息相关。

我顿时好奇自己未曾见面的弟弟喜欢的那个女孩又会是什么样子。

"岩溪，一起晚餐好吗？"吕青梅心情愉快地邀约我。

我告诉她我和朋友一起，没答应。可是她却很执拗，一手握着豆豆的手，欢快地说："今天豆豆在，菌子也回来了，叔叔伯伯都在包厢聊天，我带你去跟家里的长辈和兄弟姐妹见面，要不以后碰到了也不知道是一家人。"

她这么一说，我反倒紧张起来，觉得太冒昧。

我深深地懂得这种场合，根本不是隆重推出我这个莫名其妙的女儿的好时机，但吕青梅很认真，她并不是一个做事有条理讲规矩的女人，否则也不会兴之所起就认了我做干女儿。

"我还有朋友，自己半途跑开不太礼貌。"我四下望了望，希望燕子能够突然出现，我好顺利开溜。

"岩溪姐姐跟我上楼，我备的衣服多。"这个叫豆豆的女孩皱着鼻子冲我笑。

"我穿你的衣服啊……"我有些尴尬地瞥了瞥她瘦削的小身板。

"放心，不会撑破，只会让你更加性感。"吕青梅右手轻抬，手指做了个捏捻的动作，下巴扬得高高的，我和豆豆哑然失笑。

"见长辈得体就好，至于性感嘛，等相亲再穿。"我促狭地望着豆豆挑了挑眉，心想难道你不承认今天是跟心上人见家长吗？

她的脸颊泛起一片绯红，很可爱的样子，我有点喜欢她了。高冷的疏离感褪去，剩下单纯和真挚，让我对她产生了妹妹般的亲近感。

"你是豆子，跟那位菌子……认识多久了？"趁吕青梅走到一边接电话，我凑上前跟豆豆开玩笑，心想这么单纯可人的邻家女，可惜男朋友居然有其他心上人。

"我跟菌子哥从小就认识啦！"她笑嘻嘻地告诉我，"我虽然出生在北京，可爷爷的故乡在这里，奶奶走了以后，剩下林奶奶住在这个城市，爷爷每年都会回来看她，我从小都陪着爷爷一起回来，有时候会住在菌子哥家里。"

我怎么听着人家这是青梅竹马，关系牢不可破呀！不明白吕妈瞎担心什么。

"他对你好不好？"

"他以前老拿我当妹妹，去年夏天忽然变了，我其实也讲不好。"豆豆双手捧着下颌，有点羞涩，也很含蓄，"你没见过菌子哥，他真的很好。告诉你一个秘密吧，今天的聚会，其实是向大家宣布我跟菌子哥订婚的事情。"

果然不出我所料，难怪吕妈一定要我参加今天的晚宴。

过了不久，吕青梅接完电话，对我和豆豆说："杨爷爷午休起床了，岩溪跟我们走，还要介绍几个小家伙给你认识，晚餐的时候再把你朋友叫上好吗？"

10. 你又一次丢下我扬长而去

于是我便糊里糊涂地跟着吕青梅去了附楼的 VIP 会所，穿过有八盏巨大水晶吊灯的中央大堂，豆豆牵着我的手走向另一个更敞亮的房间。透过打开的法式长窗户和厚重的孔雀蓝帷幔，我看见这是一处居家设计的巨大会客厅，挑高的双层空间，书柜、沙发一应俱全，施华洛世奇吊灯让房间显得璀璨夺目。

里面聚集了十来个年长的男女，男人们都穿着正装高谈阔论；女人们则花枝招展，一边吃东西，偶尔窃窃私语。两个礼宾打扮的年轻男子手托银盘，时而弯腰微笑，穿梭着向男人们奉上高脚酒杯。

在我们三个人踏进房门的一瞬间，聊天的人都止住声音转过头来。

人群围聚正中，高靠背、阔扶手、深座位的绒面椅子上端坐着一位年逾花甲的老人，他穿着洁白的长袖衬衫，黑色绸裤，眼神矍铄面容安详地对我们说："豆豆，菌菌没跟你一起过来吗？"

豆豆走上前附在老人身边亲昵地叫了声"爷爷"，她回头向我招招手，"菌菌跟诚他们还在打球，我给您介绍岩溪姐姐啊！"

我上前行了礼，豆豆拉着我的手说："这是纪岩溪，梅姨的干女儿。"身边一个同样花白头发的妇人朝我微微点了点头，豆豆对我说，"岩溪姐姐，这是爷爷，这是林奶奶。"

我口音清亮地跟他们打了招呼，老人很高兴，指着旁边的椅子让我坐下："菌菌的姐姐啊，是个漂亮女娃！"

吕青梅又挨个地把我介绍给其他几位女性，紧接着豆豆便被其中一位长辈带着上楼换衣服去了。

这时站在靠窗位置的一个身材颀长、眉如远山的中年男人举着高脚杯，声音淡淡地说："历年经济工作的定调都不同，去年保结构控制通胀预期，到目前为止 CPI 同比上涨 4.2%，创 11 个月以来新低，上半年受欧债和美债危机影响，蜀汉集团在美国和欧洲的订单下降 35%，年底工作会怎么定调子提前透露一下，我们好配合嘛！"

他口中的蜀汉集团，跟我们 TC 一样体量庞大，只是主营业务不同，袁东的父亲就是蜀汉的其中一名董事。他们的谈话因为我们的到来被打断，这时又开始继续。

左侧身穿条纹衬衣的男人呵呵一笑："三弟爱发牢骚，杨老跟前也把持不住，一味控通胀不好，现阶段调结构会要求在一定时期、一定程度提高对物价水平上涨的容忍度。"

杨老的脸上一直是荣辱不惊的平和微笑，他摆摆手说："我退了，说不过问就不过问，我养养花，让豆豆带我四处走动走动就行。只是权力交给你们，用在该用的地方，无愧于心就好。"

他嘴上说得漫不经心，身边的几个男人却依旧毕恭毕敬地聆听，仿佛有种坚定下沉的气场，如铜胎鎏金的镇尺，轻而易举地就压平了纸张的翻卷和毛边。我从吕青梅的口中已经隐约猜到这个家族的深浅，听着他们聊着如此高端的话题，自己无法领略其中的高度和深度，只有乖乖听话的份儿。

过了一会儿，我屁股发麻，皱着眉暗暗地跺脚。

如果不是莫名其妙遇到吕青梅，我这会儿该躺在树荫下喝咖啡翻闲书，多惬意啊！想着在水里畅游的燕子和在房间里呼呼大睡的秦汉森，只觉得肠子都悔青了。

正在胡思乱想，门外响起咯咯咯的轻快笑声："爷爷、林奶奶，菌菌让我给洗刷干净带过来啦！"

我没来得及回味，抬头望去的时候，脸上还挂着笑容。

好像被什么东西捅了一下，心里钻出熟悉的锐痛，手忍不住抖了抖，周边所有的声音都变得空濛遥远，嗡嗡作响，只有一双黝黑深邃的眼眸如同巨大的黑洞将我整个人和心乃至魂魄都吸了进去，那双寒潭似的冰眸似乎刮起阵阵飓风，让我感觉到心尖一阵寒冷和颤动。

我想我当时一定像没见过世面的土包子，神情呆滞地看着门外走来的几个身姿卓然、衣袂蹁跹的高大青年。走在最前面的是身穿紫红色长裙的堂姐允芳，她笑嘻嘻地挽着隽绎的胳膊，身后还有两位稍显年长的男子，均是挺阔干练，龙章凤姿。

隽隽！

原来"菌菌""隽隽"。

我的唇角不自觉地勾了勾，自嘲似的笑了笑，眼睛里却好像被飓风塞进了一把沙子，痛得睁不开。一个声音在呼啸的狂风中说他不是答应闭关结束就给我电话的吗，我都准备好一起去西藏了呀！

既然菌菌是他，那么豆豆便是他货真价实的女朋友了。

一直让我回避的事实终于得到证实，那么久以来我的确扮演着丑陋的角色！今天是他们订婚的日子，我这个莫名其妙的旁观者到底是有多滑稽！

隽绎身穿着洁白的长袖衬衣和黑色西裤，就那么笔挺地站在离我几米开外的地方岿然不动，脸色似染了霜雪般冷漠。

这时我被人拉扯着站起来，我的干妈吕青梅挽着我的胳膊一步一款地迎上前去，一直走到他们跟前才停下来，我听到她的声音略含责备："菌菌，怎么了？"

听到这句提醒，隽绎的喉咙上下动了动，眼光从我的身上收了回去，他擦过我的肩走到身后的爷爷和林奶奶身边，低沉着唤了声："爷爷、林奶奶下午好！"

那边爷爷和林奶奶到底在跟他说什么我已听不清了，只看到允芳眼睛中不可置信的神情，她细眉微挑，看了看我，又看了看吕青梅，满脸疑惑地从我身旁擦过。紧跟着的是身后的两个男人，他们也一一上前很礼貌地跟长辈们问好。

这时，吕青梅站在人群外对隽绎招手："儿子，过来！"

隽绎听话地走了上来，他就站在我的跟前，跟那个夏天第一次见面时候一样，我眼前黑了一片阴影。只是脑子已经无法运转，心停了跳动。

"岩溪，你们还没见过吧，这是弟弟梁隽绎，叫他隽隽就好。"吕青梅并没有看我的表情，而是欢乐地拍了拍我的肩，"以后找个时间谈谈。"我使劲眨了眨眼，努力地睁大眼睛看着隽绎，他也蹙着眉冷静地看着我，虽然离得那么近，可是我觉得他好像被什么东西蒙着，一会儿清晰一会儿模糊。

"隽隽，这位纪岩溪姐姐跟妈妈的相遇特别传奇，空了跟你仔细讲。"

"好啊，妈妈，我喜欢听传奇。"隽绎开口说话，口气冷淡而不屑。

隽绛说这话的时候，允芳也走了过来，她趴在隽绛的肩上目不转睛地打量着我，露出欣赏的笑容："纪岩溪小姐，欢迎你进入我们家！"

我不知道还可以说什么，我清楚地记得允芳曾经说过："要想进梁家的门就不要耍心眼！"那天我还振振有词地讽刺她来着。

此时此刻，我却是一句应对的话也说不出口，喉咙被什么东西憋得痛，耳朵一直在嗡嗡地响个不停，心里有个很坚定的信念在说：纪岩溪你要撑住，拿出你的尊严来！

"你们好！"我不知是怎么发出这个清脆声音来的，而且脸上仿佛还带出了一股明媚的微笑。

隽绛在我笑容绽放的一瞬间，头也不回地走出了会客厅，我愣愣地看着他消失的方向，所有的思绪都停顿了。

允芳趴在他的肩头，猝不及防被甩开，她晃了晃身体说："隽隽有点紧张，今天要当着爷爷和林奶奶的面跟豆豆求婚。"她说着，脸上的笑意也满满地全都流露了出来。

我皱了皱眉头。

隽绛的背影消失在门口的一瞬，耳朵里传来的允芳的话，真像是一把刀插在我的眼眶里啊，我想我的眼球一定红得不成样子，除了十指攥成双拳狠狠地陷进掌心，我别无他法。

可是隽绛，你这是又一次把我丢在众目睽睽的耻笑之中扬长而去了！

会客厅里发出"嘤嘤"的笑声，主角是豆豆和允芳，没人注意到我。听起来大家都知道接下来将要演出的戏码，商量着到时候如何装着毫不知情地鼓掌，迎接惊喜的到来。大家都体谅他因为紧张而离开去整理情绪。

允芳走到我面前直着腰身，傲慢地对我说："我出去看看，岩溪跟我一起？"她一边说着走到我和吕青梅的中间，正好把我挡在身旁。

"好。"我刚发声，允芳就拉着我往外走，并还转头对屋里的人说："放心啦，隽隽不会搞砸的，保证让豆豆开心。"

我几乎是被允芳拖拽着往外走，刚离开众人的视线，她便甩开我的手臂冷冷地说："如果你想败坏梁家人的名声，我告诉你，没戏！"

我想自己可以不用装了，眼睛又涩又痛，连跟前的允芳都变得模糊，天知道我今天原本与朋友们来这里愉快地 BBQ，我不知道中间哪个环节没对，是谁跟我开了这个玩笑，我才不想知道梁隽绎到底是跟谁求婚呢！

虽然我看不清，但我知道允芳的黑眼珠一定喷射出怒火，恨不得把我连骨带皮地熔化在这里。我想她不会相信，隽绎也不会相信，在他们眼里我揣着不可告人的目的，潜伏在他母亲身边，试图颠覆他们整个家族的联姻大事，这个仇怨简直可以用到杀人灭口的手段了吧。

除了吕青梅，任何人都无法解释。我又如何跟她开口，告诉她我就是他儿子在选择范围以外的女人？再也没有比这更艰难的时刻了，我现在每挪动一步都承受着煎熬。

11. 尊严

我不知道自己是怎么跟允芳走出会所的，眼睛被外面的阳光直刺，呼啦啦地淌下泪来。

"哈，居然哭！"允芳气极而笑，紫红的长裙被风吹拂得四散翻飞，"你想在隽绎身上得到什么？告诉我，我能办到的都给你！"

我眼睛里流着泪，听允芳摆出谈判的架势，摇头说："放心，我什么都不要。"

"说得好听，什么都不要，其实是要得到更多。你除了要他的人还要他的心对吗？你说你真的爱他，是吗？"

"是，我爱他。"事到如今没什么不可承认，我很平静。

"但是岩溪，洒脱一点，姐姐奉劝你，世界上爱而不得的感情很多，让它升华不好吗？你既然已经想到办法做了婶婶的干女儿，我欣赏你的聪明，你可以趁机了解这个家族，你就会明白你跟隽绎是完全不同的两种人，你想完全拥有隽绎是不可能的，你的想法会让你痛苦终身！你今天认识爷爷和林奶奶啦！看看他们吧，年轻的时候隐忍放弃私人的感情，一辈子快走完了才又选择在一起，他们两个人还彼此关爱，子女健康，并且获得了整个家族甚至旁系的认同，这是多么不容易，这样的感情不比一时的激情来得更珍贵吗？你知不知道男人活在世上，要担当很多感情，这里面爱情是最微不足道最私人的情感！隽隽跟豆豆一起回来也没有告诉你，这就是他的选择！姐姐知道他心里有你，你不要不甘心，成全他，也成全自己，好不好？"

允芳在我的眼里一直是世俗而傲慢的，刚才一席话很长，却比我听过的很多劝诫更像肺腑之言，我抬手蒙着双眼对她说："我懂。因为懂，所以我可以很好地控制自己，一次次地纵容隽绎在我的世界里走来走去。可是你们怎么可以一点退路也不给我，要我好像小丑一样在众目睽睽中得知真相，你们要我如何自处？"

允芳并没有被我的话打动，她冷冷地说："没人要你当小丑。既然你说你懂他，既然来了，就务必要配合着把这场戏演完，如果被人觉察出任何端倪，你不仅会毁了隽绎，也会毁了你自己，就算长辈们不屑动你，立诚和隽驰动动手指也能灭了你，信不信！"

她的威胁并没有吓到我，相反我知道她说的每一句话都正确，不仅正确而且很重要。当初我不过拒绝了金回，就得罪了整个圈子，何况这一次。

她见我没说话也没回答，便伸手递给我一张房卡："你自己去我的房间洗个脸，找身衣服换上，再化好妆，别再跟耗子一样瑟瑟发抖，你有胆量骗得婶婶收你当干女儿，就要学会怎么见大世面，而且我告诉你，你现在的身份是隽隽的姐姐，我怎么摆自己的位置，你就怎么摆你的位置！"

我原本觉得我应该离开，可是她要我撑下去，在我自己的认知里面，逃跑也不是我一贯的作风，只是我有必要混在里面吗？我叩问自己。

正在这时，身侧不远处有个声音在叫我："岩溪，你怎么在这里？"

我一听是汉森，转过头去却只见他朦朦胧胧的影子。

我伸手抓了抓他："汉森！"

一双温热饱满的手握住了我的手，我听到他在柔声地问："你怎么啦？"

我抬起手来揉了揉："眼睛进沙子了。"

允芳"哼"了一声说："我去找隽绎，记得换身衣服化好妆再过来。"说完跨出去两步又转身凑到我耳边，"你不会逃跑了吧？"

我没回答，手指却在汉森的掌心里抖了抖，他很敏感，另一只手便立刻搂在我的腰上。

允芳咯咯一笑："逃跑算不了什么，如果确定自己无法承受，我会给你找个借口。"

我听她这么说，心底的倔强胜过了悲哀和胆寒。纪岩溪出生在知识分子的家庭，从小接受的教育里从来没有落荒而逃这个词，失去感情已经失礼，如果再失去尊严，才是一个女人最大的悲哀。

我重整了自己的姿态，放开汉森的手，捏着房卡向大堂中央电梯走去，汉森跟在我的身后一起进了轿厢。

"几楼？"

"18。"

"你哭了……"

"没有。"

"刚才那个是谁？"

"隽绛的姐姐。"

"他，也在这里？"

"嗯。"

"你这是……去房间等他？"

"我去房间洗脸。"

"刚才她说你不会逃跑是什么意思？"

"没什么。"眼睛好像没那么痛了，可是看不清，我抬头趴着汉森的肩膀问，"我眼睛红吗，好像看不清东西。"

汉森还没回答，只听"叮"的一声，电梯门打开。我走出轿厢，汉森却没有跟出来，只是埋着头关了电梯门。

我叹了口气，径直走进允芳的房间里，首先洗了一个澡。

裹着浴袍出来的时候，看到镜子里的我还是忽而清晰忽而模糊的影子，还好眼眸已经不人红了。

我打开允芳的衣柜，里面挂着三件晚礼服，都是迪奥的爆款，我慢慢地伸手拨弄，觉得穿上去会显得古典优雅，却富贵有余，魅力不足。

这时我发现旁边挂有一条金红色的丝绸睡裙，细细的吊带，深V前胸用蕾丝勾勒出一圈白色玫瑰，藤蔓延伸到脊背，质地也不错，摸上去的手感如水般细腻。

我脱下浴袍看着镜子里的自己，打定主意以后套上了那条睡裙，白色蕾丝伏贴地包裹着饱满的前胸，两根藤蔓分别从左肩和右腋延伸到后脊，落到后腰窝里。

我从镜子里看到自己的后背，曲线玲珑而妖娆，睡裙单边开衩，一直到大腿根，与睡裙恰好相配的是我的鞋子，黑色马诺洛敞口细高跟鞋。

我把头发打散，微微蓬松的卷发便披散在肩上，看着镜子里的我有点出神，这是连我自己也不认识的样子。水汽氤氲的朦胧间，我的身材曲线毕露，从三岁开始练舞的原因让我的腰很细长，臀翘而圆润，胸挺且饱满，白嫩的左腿从开衩处斜斜地露出来，匀称而笔直。

我从来不知道自己可以美到这般地步。

我把换下的衣服装到随身大包里挎在肩上，又拿出黑色 GUCCI 牛皮钱夹做手包，临走时迅速地在梳妆台前描了眉，特意将移植得浓密的睫毛刷得更加卷翘，从大包里拿出备用的香奈儿 95 号口号在唇上抹了抹，再次到镜子前挺了挺腰肢。

直到我确定自己的心情已经慢慢沉淀下来了，才迈着沉稳的脚步走出了房间。

步子带出的风把我的卷发吹了起来，及踝的丝绸长裙如水般荡漾，我不想知道自己到底有多夸张，从前除了上舞台我还没有这么打扮过，我只是本能地要让自己绽放光彩，哪怕如同烟花。我知道自己从今天开始彻底失去了隽绎，可是我不希望让他觉得他的选择是正确的，他可以像丢抹布一样将我丢开，但我不会真的变成抹布，我甚至都没有想过与那个叫豆豆的女孩去争。我只是不想让自己垮掉而已。

酒店里的客人虽然很少，但我可以清晰地感知自己所到之处像割韭菜一样大肆搜刮着全场的目光。我把大包寄放到大堂，怎么招摇着走到 VIP 会所又是如何踏入会客厅，我都不记得了，只记得在我踏进门的瞬间，全场的言语都停了，只听到豆豆的声音传来："岩溪！"

我看到了背对我的隽绎，有些蒙眬的眼神忽然如聚光似的清晰无比，他单腿跪在豆豆的跟前正往她的手上戴戒指，我甚至能看清他打理整洁的短发，后脑的发端戳在白色的衣领上，他的肩膀很宽，腰背挺拔。

豆豆坐在爷爷身边的靠椅上，双手放在胸前，她换上的是一件有着巨大裙摆的浅绿色裹胸晚装，脖子上还挂着一串碧绿的宝石，只差头上的皇冠，她就是一位十足的公主。只见她抚摸着刚刚被戴上去的戒指，目光透过隽绎的脸侧望向我，脸上露出欣喜的笑容。

所有人都转过头来——除了隽绎。

我面带微笑款款上前走去，余光扫过两侧站着的人，他们或者惊讶，或者愤怒，或者玩味，或者疑惑，甚至还有人发出"哦"的低呼声。

"隽绎，豆豆。"我走上前的时候，隽绎已经拉着豆豆的手与我面对面地站着，"姐姐来迟了，让我祝福你们吧！"我的眼光从豆豆转移到隽绎的脸上，"你们看，地球上有200多个国家，12万个岛屿，60多亿人口，唯独你们两个人可以在百转千回后，在茫茫人海中遇见相知。虽然我们都知道，人这一生总有一个人，总会在合适的时候，来牵你的手，做她（他）的爱人。当那个人出现的时候，所有的一切都可以被颠覆，什么都会不重要了，对吗？唯有你，成为我真正的心跳与呼吸……"

我睁着大眼睛看着隽绎毫无表情的样子，又垂下眼睑看向豆豆，看着她眸光流转，脸上的表情由微笑变成欣喜，由欣喜变成感动。"岩溪姐姐！"她伸手抱住了我，"谢谢你的祝福，我真是太感动了！"

我再转头看着隽绎，经过最初的震颤和恐惧之后，我的心空了，此时此刻看着自己曾经疯狂爱着的人，竟然如同骇浪席卷后的海，平静而深沉。我回想学生时代的舞台剧表演，听到自己的声音充满着深情和真挚。

"隽隽弟弟，豆豆是个好女孩，好好对她！"

隽绎的眼眸微微地沉了沉，雕刻般的嘴唇微微张合吐出沙沙的低音："好。我知道。"

我的眼睛又开始痛了，隽绎的脸如同曝光的黑白底片，窗外的阳光仿佛把眼底都洞穿了一样，我强忍着不适转过头，希望可以搜寻到干妈吕青梅，或者是允芳，我知道她们此刻一定有话要说，那样转移话题之后我就不会被身边的爷爷和杨奶奶再询问什么，以至于轻易地被看出端倪。

在大家的掌声里，一双大手将我拉到身边，温柔语地问着："怎么换衣服也耽搁这么久？"

崖柏草药香袭来，我顿时一愣，脱口而出："汉森？"

我的眼睛几乎全黑了，看不见屋子里的东西，只好面不改色地循着声音的来处，一颗心像有了着落似的朝他靠了靠。

"呵呵，汉森的女朋友原来是婶婶的干女儿，这个世界好小！"不远传来稳健的男声。

"嗯。"汉森很自然地回答，把我的手塞到他的胳膊里，"岩溪，给你介绍，这是隽驰，我的好朋友，还有立诚，你们都已经认识了吧？"我听到这两个名字，想起隽绎和允芳进屋时一起进来的另外两个男人。

"你们好！"我伸出手去跟他们打招呼。

汉森觉察出我的异样，搂着我的腰附在耳边悄声问："怎么了？"

我摇头着没回答，只是紧紧地挽住了他的胳膊，我们的低语在旁人眼中变成了恋人间的亲密。

"原来岩溪的男朋友是你！"干妈吕青梅的声音就出现在身边，她带着责备的口气笑着说，"难怪刚才让岩溪同我们一起吃饭她很为难的样子。"

我保持着得体的微笑，只是看不到隽绎的表情。

礼宾进来请示可以入餐了，大家便站起身等待长辈先走。

我这才靠在汉森的身边悄声跟他说："汉森，我看不见了，你扶我。"

我明显地感觉他身体一顿，捏着我的手指紧了紧："我带你先回家。"

"不！"我皱着眉，"求你！"

说话间，我听到梁隽驰的声音："汉森，从来不知道你女朋友这么漂亮，下次来北京带岩溪一起啊，都是一家人了。"

"再说。"汉森回答得很冷淡。梁隽驰毫不在意，转而对我说道："岩溪，我是隽隽的大哥，也是你的大哥，汉森欺负你，尽管告诉我咯！"

我们俩都没反应，他却自己哈哈大笑起来。

我被汉森带着走进餐厅落座，慢慢地恢复了些朦胧的视线。

这间宽敞的餐厅只有一张巨大的桌子，二十来人围坐一圈，我的身边是允芳。

"我让你挑件晚装，你居然穿了我的睡裙！"允芳侧头在我耳边低声质问，"纪岩溪你到底想干什么？"

"那些衣服都太昂贵，不太适合我。"我平静地回答。

"你在公共场合这样穿太过分了！"允芳皱着眉头，声音稍微放大了些。

"我觉得还不赖！"汉森的声音在旁边，仿佛带着一丝笑意，"很多超模都这样穿。"

"嗯，岩溪姐姐太美了，晃花了全场的眼睛！"不知什么时候豆豆走到我的身后，她搂着我的双肩，气息里有一股淡淡的栀子花香，配合着她的气质，犹如出尘的仙子。

我的心里生不出任何妒忌的情绪，她确实是我从心底认同的那种美好的女孩。

隽驰和立诚也围过来了，大家很自然地以我和汉森为中心天南地北地聊起天来。

原来隽驰跟汉森是德国留学时候的校友，这次汉森新项目的某个节点他也有参与。梁家三位长辈今天悉数到场，隽驰的父亲梁志存是大哥，曾是豆豆爷爷的部下；二哥梁志高是允芳的父亲，我们这个城市非常著名的学者、作家；老三是隽绎的父亲，本市最大体量的企业蜀汉集团董事长梁志远。

我暗地里嘘了一口气，当初认识隽绎的时候，见他一副纨绔子弟的样子，原来并非假装，只是他生性随意罢了。

"全是为了爷爷，他着急，其实我跟隽子哥年纪还小。"豆豆羞涩地谈起却掩饰不住幸福。

由始至终隽绎都没说话。我印象里他一贯是场面中的主角，一颦一笑都撩动着所有人的情绪起伏，今天这般沉稳却比任何时候都牵动我的心绪，我看不清他的表情，心底最敏感的神经却一直在搜寻着他的气息，但是那根发丝样的情线已经断了。

12. 我们都爱上了自己的爱情

晚餐结束以后，爷爷在林奶奶的搀扶下回房休息，长辈们继续留在会客厅聊天。汉森提议大家一起去湖边加入苏小小的 BBQ，几个年轻人欢呼着相约前往。

"岩溪，我先送你回城。"

我和汉森走在最后，他拉住我的胳膊认真地说。

"嗯。"我知道今天的演出可以完美谢幕了，可是我的眼睛看不见了。

汉森开车带我去"洵颐山堂"，看的是本城最权威的眼科医生。等待的间隙，因为紧张和害怕，我全身一直发抖，我想如果我真的瞎了，该怎么办啊！

"怎么这会儿才开始发抖？"汉森说着将我搂在怀中坐下来。

破天荒的，我没有抗拒，人在脆弱的时候，一个拥抱就是最好的安慰。

"是精神紧张导致球底充血阻塞压迫视神经，暂时没有病变的现象，但是要小心，好好休息一晚，最近不要用眼。"

医生是老泉的二哥苏武，他给我上了药安抚了我一番。我紧张的神经总算松懈下来。

汉森送我回家，等我梳洗完毕后将手机递到我手里说："好好睡一觉，明天我带你去吃早餐。"

"汉森！"我叫住他，"今天，很谢谢你！"

"嗯。明早等我。"他说完便转身离开了。我听到关门的声音，整个人重新沉溺在一片无望的漆黑之中。

不知什么时候睡着，我梦到自己在一片迷雾中穿行，身边许多影子发出各种各样讥讽的笑声，允芳和隽绎、隽驰、立诚站在两侧，干妈吕青梅突然拉住我质问："跟隽绎纠缠不清的人为什么是你？"

我望着她的面容讷讷地说不出话来，她的脸因为愤怒显得有些扭曲，她冷笑着说："枉我那么信任你，是你亲口告诉我你赞同理性选择的婚姻，为什么还处心积虑希望破坏掉这场订婚仪式呢？"

我无助地回头寻找，只见隽绎就站在他母亲的身后，冷冰冰的表情看着我："你搞这么多事情，是不是心理有病啊！"

允芳双手抄在前胸，眯着眼睛说："信不信立诚和隽驰动动手指也能灭了你！"

再看看她的身后，是立诚、隽驰还有黑压压的一片人影，挥动着手臂敲打着什么砰砰直响。

"不！"我挣扎着想为自己辩驳，"不是我招惹你们的！"

但是那些人影不由分说汹涌着压到我的身上，根本不容我出声。

"啊！"我惊叫一声坐起身来，浑身是汗。眼前依然漆黑一片，我伸手按开床头灯，只有一丝晕乎乎的光影，我想我的眼睛还没有恢复过来。

这时门外响起砰砰的叩门声，想起汉森昨晚说今早要过来，我便起身摸着走到客厅打开房门。

还没等我说话，整个人就被紧紧地抱住了。

猝不及防间，我的身子一晃，于是便仰面朝后倒去，一双手臂捧着我的头，重重摔在地上的时候，只听"呃"地一哼，我压在了一个软绵绵的身体上。

鼻子里是清淡的木质体香，我惊觉这人不是汉森，翻滚一圈坐起身来。

"隽绎，放开！"

隽绎躺在地上松开了手，过了半天才闷闷地开口问："你的眼睛怎么了？"

我抬手摸了摸蒙在眼睛上的一圈薄纱，慢慢地站起来。

"岩溪！"他从我的身后搂住了我，"秦汉森把你怎么了？"

"跟你不相干。"我恢复了平静，把他圈在我腰上的手掰开，"你现在是别人的未婚夫了。隽绎，我是你的姐姐。"

"不！"他带着凄厉的腔调在吼，"我才不要什么姐姐，你算哪门子姐姐？你生我的气，我明白。你为什么不问问我？你把我推到深渊，又站在高处嘲笑我，我是不是上辈子杀了你全家，你才这么报复我！"

"你这样想？"

隽绎死死地抓着我的睡衣衣襟，我能感觉到一股浓浓的戾气布撒在他的全身，"你——你莫名其妙跑到我的家里，做我姐姐，你到底想干什么？"

他的话跟允芳如出一辙，无理取闹。

我强忍着快窒息的郁闷，冷冷地说："不是我莫名其妙，是你们家人来招惹我。不过真的很不错啊，让我亲眼看到你是怎么两面三刀，你从来都是游刃有余地坐拥花簇的不是吗？如果我昨天没在酒店，你可以很得意地跟豆豆求完婚，再道貌岸然跑到我的家里，甜言蜜语欺骗一番，我就轻易地相信了你不是吗？隽绎，你问我的眼睛怎么了。我告诉你我瞎了，我不配长着一双眼睛出来，我一直都是瞎的！"

我的话让隽绎松开了手，他被戳中了。

"岩溪，不是这样。"他有些语无伦次，"不是你看到的那样。"

"不用解释。"我摸到沙发靠背上支撑着身体，有些疲倦的感觉。该说的允芳都说了，他的解释无非如此，"隽绎我不恨你，你回去吧。如果，我们还有一些感情的话，我会当你是我的弟弟，但是不要用这样的方式来表达你的感情，真的。你会让我觉得龌龊。"

"龌龊？"隽绎像被蛰了一下，声音顿时提高，"你觉得我很龌龊？"

"对，很龌龊！"

这句话刺激到他了，他有些疯狂地凑上前，桎梏着我的双手，把我压倒在沙发靠背上，狠狠地咬着我的脖子，嘴里发出呜咽的声音。

"嗯，好痛！"

我大呼一声，挣扎不得。

他的双腿紧紧地抵在我的腹部，愤怒地撩开我的衣服，凑上来奋力想叩开我的牙齿，我使劲偏过头去，大声地喊："梁隽绎，你这个浑蛋！"

他胸口的起伏跟我的一样，听着我的话他的手停下来，头压在我的颈窝里没动，我趁机摸到沙发上放置的水晶天鹅摆件，使尽全身力气朝他后背砸去。

"呃！"

他下意识往后一退，桎梏的手松开，我趁机从他的手臂圈里钻了出去。

他依旧靠在沙发上，一动不动。

我看不清他，退到墙角扶墙而立，耳朵仔细地听着动静。

"原来你知道恨我！"他的声音依然停留在原地，"你今天有多恨我，这些日子我就有多煎熬。"

"岩溪，"他的声音听起来疲倦而深沉，"你知不知道从认识你的第一天开始，我就怕自己配不上你，我拼命努力，希望你看我的时候，眼睛里充满着面对理想侃侃而谈时发出的那道光芒，可是你从来没有那样看过我！你很理智，天生就具备洞悉真谛的本领，跟我是多么相似的人，但是我看到我们又走着完全不同的路，你因为看得太透彻常常感觉自己是这个世界的孤儿，我却因为透彻获得更多的友爱关怀和各种同伴。我以为只有我懂你，只有我才配来爱你，我对你的热情靠我自己不断地输送勇气我也不在乎！你明白那种感受吗？跟你谈恋爱，所有的爱和动情我只能靠自己给自己，你懂吗？换成其他人他们都会为自己感到悲哀的吧，谁愿意来爱一个毫不动情的女人啊！可是我恨我自己离不开你，非但离不开，还花尽心思地讨好你，我甚至想着就算你不肯接受我的感情，就凭着我的这份努力这辈子也值了！到我老了快死的时候，我便拿出来缅怀，足以安慰自己。我年轻的时候是如何在一个女人的世界里胡乱碰壁，苦苦挣扎。你让我疲惫不堪，我都不在乎。我需要你燃起我无尽的动力，那动力让我沉迷。"

"你不爱我！"

我听着他的话，恍然大悟。允芳说过他心里有我，可是他不爱我，我好像一直没有想通的问题在他的倾诉中忽然有了答案。爱是成全、包容，是支撑、奉献，是点点滴滴的关心和照顾。我爱的他，和他爱上的我，都是自己的爱情。

"没有！"他大吼着抬起头，"你不相信那就跟我走，我们一起去见爸爸妈妈，我要当着他们的面解除跟豆豆的婚约！妈妈认识你，她喜欢你，她知道我爱的那个女人是你她一定会理解我的！"

我吓了一跳，全身僵直地靠在墙角。

"她以前不知道那个人是你。我跟豆豆求婚是因为杨爷爷希望在有生之年看到我们两家联姻，为了家庭我选择妥协，但只要你肯给我勇气，我就可以毫无顾忌地站到你的身边来，我什么都不在乎！岩溪，跟我走吧！"

"不！"我全身颤了颤，隽绎这是疯了，怎么可能！

"没关系，杨爷爷人很好，他看着我长大，从来没有为难过我。"隽绎的身躯抵在我的面前，抓起我的手说，"昨天我原本没答应他们的安排，我想先拖着。可是你忽然跟妈妈跑到我面前，当着全家的面叫我弟弟，我气疯了！我生你的气！现在我知道我错了，你不用感到抱歉，全部的责任我来承担。让我带你走！"

我甩开他的手："你知不知道自己在做什么？你拿着别人最宝贝的孙女开玩笑，还让别人原谅你，你太幼稚了！"

"我没有，我已经冷静了。"隽绎死死地拽着我的手不放，"我做的错事我承担，不会连累你的。"

"隽绎，放手！"我不能容忍他胡闹了，"我不会跟你去的。"

"我知道你担心我，没事！"他笑了笑，"我们家责任最重的是隽驰大哥，他们不会对我怎么样的，而且你也知道妈妈她喜欢你，允芳你们很早就认识，她知道你很好。"

"你错了。"我不想给隽绎希望，也不赞同隽绎对待感情如此儿戏，"我跟你是不同的人，我们在一起不会幸福。"

"因为那个人，秦汉森？"隽绎因为失望，声音忽然变得冰冷，"你无情我就认了，什么时候变的心？还是你一直都没有爱过我？"

"随你怎么想吧。"我感到厌倦，从心底涌出一股疲倦感。以前隽绎在我的心目中虽然不循常理，可是他善良有担当，绝不是这样无知、幼稚而极端的样子。

"那，就由不得你！"他忽然抓着我将我抱起来，径直朝门外走去，我被他像条毛巾一样搭在背上。

"神经病啊！放我下来！"我大声叫着，可是无论我怎么双脚乱蹬，他还是不管不顾地走进电梯，直接下到了车库。

"隽绎，放开我！"我尖声叫喊。

时间太早，车库里根本没人，我奋力地挣扎祈望着物业的监控可以看到，我不想隽绎出事，不希望他失去理智做出伤害家庭的事情来。

还是那辆卡宴，他一把将我摔到后座上，关上车门。

忽然远处一个声音在喊："岩溪！"

我听出是汉森，狂喜着拼命地拍打车窗，掰开车门想出去，可是隽绎根本不给我机会，他锁上车窗很快地发动了汽车。

"隽绎，停车！"这时汉森的声音从汽车的前方传来，坚定而不容忤逆。

太好了，隽绎不敢过去！

可是我忘了，隽绎看到汉森，心中妒忌的焰火早已将他的理智焚毁得一干二净。

我只听到他冷冷地说了句："找死！"紧接着便是油门大轰，汽车毫不犹豫地猛冲而去。

"砰"的一声，我的心脏猛地收缩停止了跳动。

"汉森！"我扯下眼上的纱布，奋力睁开眼睛，可是眼前只有一片模糊的影子，"停车！"我向前扑到驾驶位上，扳动隽绎的方向盘，想让他停下来。

可是他脚下的油门轰得太大，纠缠间又是"砰"的一响，汽车撞上另一辆车的车尾直直地抵着墙柱停了下来，一时间地下车库里"唧唧"的警报声响作一片，隽绎这才颓废地松开双手，坐在位置上一动不动。

我扣开车门连滚带爬地朝远处的一个黑影跑去，脚下一绊，就地滚到了汉森的身边，双手摸着将他抱在怀里："汉森，汉森！"

他全身软软地，听着我的呼喊也不回答，我吓得全身发抖，他死了！

"汉森你说话，别吓我！"我不敢使劲摇他，只好顺着他的头，慢慢往下摸。

　　摸到胸口的时候，他动了动，声音低如蝇蚊："没死……"

　　可是这声音在我耳里却如同天籁，我喜极而泣，眼泪哗哗地往下淌，呜咽着问："汉森我看不清楚，你伤到哪里了？"

　　他没回答，只是从衣兜里掏出电话，还没递到我手里，就滑到了地上。

第三部分　拈花微笑

1. 他的身世

汉森在重症监护室待了三天。

我也在楼下眼科的病房里睡了三天。

第四天，当纱布揭开的瞬间，眼前一片朦胧，慢慢地聚光，只见燕子皱着眉站在我跟前，老泉和医生苏武也在旁边。

"没事了。"苏医生点头对我说。

"汉森醒了没？"我急着想下地，这三天听燕子给我汇报他的情况感觉很糟糕。

"度过危险期了。"燕子扶着我穿好鞋说，"刚转移到普通病房，还没醒。"

这家名叫"洵颐山堂"的综合性医院，在这个城市的老百姓心目中有着非常崇高的地位，医院名医荟萃，中医骨科更是深受信赖。汉森的病房就在最高级的VIP里，是一个有着两百平方米的套间，有客厅、厨房，还有两间客房，落地窗外是一片平台，被规划成一个精致的日式庭院，碎石小径两旁栽种着各色花木。

燕子挽着我跟苏医生和老泉踏进客厅，只见两个身穿白褂的医生正和梁隽驰聊天，他身边站着的那个身穿浅色条纹衬衣的男人我知道是律师。

梁隽驰一见我便立刻迎了上来："岩溪，你怎么样？"

我摇头说："先看看汉森。"

隽绎因为故意伤害他人已经被警方控制，根据《刑法》第234条的规定：

"故意伤害他人身体的，处三年以下有期徒刑、拘役或者管制，致人重伤的，还可处三年以上十年以下有期徒刑。"我知道梁隽驰出现在这里的原因。如果汉森有任何问题，隽绎需要面临的也许是十年以上的有期、无期徒刑甚至死刑。

如果他能够说服我做证，表明隽绎并没有主观恶意，加上某些运作，面临的刑罚将轻得多甚至可以不予起诉。所以在我眼睛失明的三天里，隽驰每天都在试图游说我。

第一个来看我的人是允芳，当时我的眼睛还蒙着纱布。

"岩溪你认隽绎是你弟弟吗？"她问我。

"是的。"

"秦汉森呢？"

"朋友。"

"你准备怎么跟警察说？"

"实话实说。"

"没有商量的余地吗？"

"没有。"

"算你狠！"

允芳恶狠狠地撂下一句话便走了，她走以后，干妈吕青梅也给我打来电话，她的语气全然不同，懵懂而哀伤。

"岩溪，你们之间到底发生了什么？"

"没什么，您不要多想。"我不害怕面对允芳，但是怕吕青梅，她并不知道我和隽绎的纠葛，也不知道我的眼睛的伤——前提是允芳没有告诉她。

"汉森的事，对不起……"她哭了，"我没有脸面请求你们原谅，隽绎的爸爸不准我向你们私下求情，他说触犯法律就必须承担相应的罪责，可是我心里难受，我知道隽绎必须接受法律的惩罚。但是我很想知道如果，如果汉森醒过来，有没有可能让我亲自去看看他，亲自向他道歉。"

我心里想，我并没有资格代表汉森说什么，他是因为我才被隽绎撞成那样的，我不仅愧疚于他，更不能代替他做某种妥协甚至交易。

此时此刻我唯一能为他做的，就是坚守那份公平。

豆豆也准备来，我拒绝了。我不想让她看见我蒙着眼纱的样子，她在电话里哭着求我原谅："隽绎知道错了，他在看守所一句话不说，整个人都呆了。"

他们认为我是汉森的女朋友，都把希望寄托在我的身上，似乎觉得我可以代汉森做某种决定。

我看到汉森的瞬间就哭了。

他整个脸被氧气罩罩着，左腿打着石膏，躺在床上一动不动。

猛烈的撞击导致汉森七根肋骨骨折戳进肺里，肺部大面积积血积液，在重症监护室做穿刺抽吸的时候一度心跳骤停。燕子跟我说起时，还心有余悸。

我希望跟他的亲人道歉，请求他们原谅。但这时我发现汉森身边一个亲人也没有，只有朋友们帮着忙前忙后。他的朋友很多，一直络绎不绝，老泉只好吩咐助理小黄在最外间的会客厅接待。

当我回到客厅的时候，隽驰随之跟来，他埋着头对我说："岩溪，阿森是我的好朋友，请相信我会尽最大的努力让他恢复健康，你不要难过。"

我无力地点头，没更多的话回应他。

"隽隽那边，希望看在婶婶的分儿上，你有所考虑。"他皱着眉头直截了当地说，"这个时候说这样的话很不妥当，但是相信隽绎他绝对不是故意的。"

是啊，他们哪里知道那么多呢？这一切都怪我。

虽然请了专业的护理，我依然坚持在汉森身边通宵陪护，苏阿姨和小小来看他的时候，我请她们带了些汉森平时翻动比较多的书过来，坐在床头轻轻朗读给他听。房间里很安静，吊瓶里的液体一滴一滴地滴落，桌上的心电仪曲线一上一下地跳动，只有这样才让我感觉他还活着，我才能好受些，希望能够在他醒来的第一时间向他道歉。

公司的事情虽然很多，可胡冰没有为难我，每天在单位里亮亮相，迟到早退都任由我胡来。

这天我正轻声读着被翻得很旧的《动机与人格》，他忽然动了动，发出"嗯嗯"的声音。我又惊又喜，倾身附在他唇边轻声问："汉森，醒了吗？"

只见他的眉头微蹙，额头上冒出一层细密的汗珠，我的手刚伸过去，就被他紧紧地抓住。

我取下他的氧气罩，听清他是在嘟囔着叫"妈妈"。

我顿时有些尴尬，汉森平常的表现一贯成熟理智，就连在香港喝醉酒被我撞上，也显得内敛而且稳重，他现在这样很奇怪，像在撒娇，又仿佛痛苦地挽留诀别。

正在这时燕子端着水进来，看见这情形问道："汉森醒了？"

我为难地说："不知道他在说什么，像是迷糊了。"

燕子探过身，把毛巾递给我。汉森挽着我的胳膊，头埋在我的臂弯里像小孩那样磨蹭，眉头紧紧地拧着，不一会儿便全身大汗，如同被水浇透了般。

他忽然呢喃了一句："爸爸妈妈，别丢下我啊！"

这句话说得很清晰，燕子猛地一怔，捂着嘴"哇"地哭出声来。

我觉得很诡异，好像我错过了些什么未曾注意过的事情。

于是燕子坐下来，告诉了我汉森的身世。

十五年前发生过一起震惊南方的特大车祸，一辆19座的考斯特汽车在翻越泥巴山的时候侧翻掉入金口河，加上司机共造成十九人死亡一人重伤。最让人震撼的是整汽车的人都来自同一个家族，这个城市最负名望的民营医院"洵颐山堂"的创办者秦五曜夫妇也在其中。

唯一幸存了一个十三岁的男孩，他是被人用双手托举出车顶得以逃生的。

"当他们被打捞上来的时候，夫妻二人都还保持着托举的姿势。"

这个男孩就是汉森，秦五曜夫妇是他的父母。

我惊呆了，为父母如山峦般沉重的恩情，为汉森小小年纪竟然遭遇整个家族遇难。

我只知道"洵颐山堂"的院长曾经是老泉的爷爷，苏向南老先生，不知道原来实际上的主人却是汉森的父亲。

"苏向南老先生原本就是"洵颐山堂"的名医之一，同时也是秦五曜院长的挚友，秦五曜夫妇死后他收养了汉森。"燕子的职业是传媒，再从老泉那里听来一些，结合起来基本上就是事情的全貌了。以前我对汉森的关注不多，所以从来没有听他们讲过。

"汉森去德国留学那年，就把他名下的股份全部转赠给了苏老先生，感谢他的养育之恩。"燕子几度哽咽，"老泉说爷爷不愿接受，可是汉森坚持，他说这家医院是父亲的心血，在苏家人的身上能传承下去，他放弃股份正是为了父亲和整个家族事业的延续。于是苏老先生用这部分股权发起了一支由汉森父母命名的慈善基金。"

"原来如此！"我知道赫赫有名的"曜石基金"，"洵颐山堂"就是它名下的分支机构，包括我曾经出入过的"盛世逍遥"等诸多产业。这个基金会除了多年来保持 4A 级的评估和扶贫、助学方面良好的社会公信力外，他们每年都会将总资产的 90% 以上用于投资，捐出数额占比高达 10% 以上。还有很多举动走在其他非政府组织前面，两年前开始，曜石基金仅靠投资收益就超过捐款，当年更是以 5000 万的投资获得了高达 3000 万的投资回报，在圈子里引起轰动。

"苏老先生任曜石基金名誉主席，苏穆大哥在管理基金会、主持'洵颐山堂'的大局。现在爷爷还不知道汉森的情况，大家都瞒着，说不好也许会要了老人家的命。"燕子捂着嘴，控制自己不哭出声来。

我听着燕子的话，看着汉森挽着我胳膊恬睡的样子忍不住泪流成河。

汉森的床头安置了一张丝绒面的高背椅，夜深人静的时候我就坐在他身边看书，护理在隔壁休息。平时燕子会陪我守夜，这晚上临时有事被报社催走了，老泉连续守了几夜累得不行，我便体贴地让他回了家。

不知过了多久，页面上的字渐渐模糊乱跳，我合上书打了个哈欠，凝神看着汉森。他的额头饱满而干净，双眉很好看，像长剑样朝双鬓高挑，羽毛似的长睫毛上下贴合，此刻睡得不是很安稳，眉头紧紧地锁成一团，氧气罩里的呼吸也时轻时重。

我伸手将他的左手握在掌心里，忍不住趴在床沿睡着了。

半梦半醒间，觉得头发被什么东西抚弄着有些痒，我睁开眼，微弱的灯光下，汉森睁着大眼睛一动不动地看着我。

霎时，我激动得热泪盈眶，雾气弥漫了双眼。

他的手指触碰着我的眼睑，那双黝黑的眼瞳深不见底。

他醒了！从重症监护室出来快一周了，躺在这里足足七天七夜，我的内心无时无刻不在紧绷煎熬。我很害怕，怕心动仪突然显示一道直线，怕摸着他的手忽然变得冰凉。

"汉森！"我颤抖着喊出他的名字，将他的手捂在我的胸前，泪水扑簌簌地往下掉，"对不起，对不起。"

他轻轻地闭了闭眼，再睁开，示意想说话。

我拿开他的氧气罩，伸手按了床头的呼叫器："我叫医生！"

"你的眼睛……能看到了？"

"嗯……"

"好。"他的声音有些喑哑，嘴唇发干，眸瞳黑得像墨水深潭，"我闻到青苹果的香味，知道你在。"

"唔，我在。"我哽咽着，眼泪像拧开的水龙头，一直停不住。

"傻妞。"他抬手抹了把我下巴上的泪。

这些日夜揪心的痛啊，在这瞬间得到释放，心底的愧疚和难以言说的情绪肆意滋长，我捂着他的手不停地说："对不起，汉森，是我太任性惹恼隽绎，那天，真的对不起……"

他皱了皱眉，看着我语无伦次的样子叹了口气："不用……抱歉。"

说完重新闭上眼睛，转过头去不再看我。

2. 撒娇的老板

苏医生匆匆赶来，护理帮他拍背吸痰忙活了一夜，他都没再说一句话。我猜想是刚才某句话让他生气了，可是除了抱歉，我还能说些什么？汉森是那种因为教养而显得温和礼貌的男人，骨子里却异常强势，他的眼光带着穿透力，仿佛能够看穿事实的真相。

一连两天，汉森大部分时候在昏睡，偶尔迷糊起来便抱着我的胳膊不撒手，只是再都没有清醒的时候。

每天来医院看望的人络绎不绝，助理小黄和老泉很早就到会客厅严阵以待。他们准备着上好的铁观音招待客人，大部分朋友听说汉森情况稳定就留下鲜花或者一些红包便离开了。有几个老年人天天来，他们想方设法要到病床前亲眼看看汉森的样子，甚至还跟医生打听实际的情况。

小黄好几次招架不住，直到老泉发怒，阻挡着不让他们进病房。

这天中午，喧嚣渐散，老泉出门送一批客人，小黄正在跟那三位老人耐心地解释什么。

"你去客房午休吧，老人家交给我。"我看着小黄疲倦的神情，心想他几乎都把办公室搬到医院里来了。

"没关系，我撑得住。我跟森哥很多年，他们顾虑什么我都明白。"小黄一边关笔记本，一边将打散的文书收到箱子里，"不把他们的疑虑清除了，森哥住院这段时间，恐怕他们会把公司拆得连窗子都不剩呢。"

他说的是汉森的公司事务，我悄声问："他们是专门来看汉森的？"

"他们搞不清森哥的实力，怕投进去的钱泡汤了呗。"小黄把笔记本提在手上，"自己不出面，请老人来打探，亏他们想得出来！"

我点头明白，他们是"他们"背后的他们。

这时一个老者颤巍巍地走到汉森病房的门口，小黄挺身而出："余伯，秦总还没醒，这个时候不能打扰他！"说话间，另外两名老人也跟上前去。

"小伙子，这事情跟你没关系，让开！"那位叫余伯的老者推了小黄一把，小黄毕竟年轻，皱着眉伸手挡了一下。

"哎哟！"余伯大叫一声就往地上躺，我眼疾手快上前扶住他。另外两人便砰砰拍打着房门喊："秦总啊，你跟我们见见面，就听你一句话，你让我们下半辈子有个着落就行！"

随着他们的话语，其他老人也都簇拥上来拍门，场面一度混乱。

我心想不行，闹下去要出事。

"余伯，我带你去见律师，让律师帮你们讨回公道好不好？"

"找什么律师啊！秦总见我们一面，给句准话就成。"老人显得有些无赖，叫嚷着。

"是啊！这么多天了，他躲着不见我们也不行啊！"

"你们每天进进出出，他总不是天天睡着了吧！"

"醒了就见见我们，啊！"

看他们气势汹汹的样子，我抵死不敢放开，这时护理打开门说："秦先生醒了，他请苏先生进去。"

几个老人听说汉森醒了，甩开我和小黄直往里面冲。

小黄沉着脸，提了一把椅子放在门口，与护理一起挡着进去的路，准备奋力一搏的样子。正在这时老泉回来了，他看着眼前的闹事者，冷冷地说："这里是医院，叫安保！"

几个老人一听，耍赖说："我们在外面等，最后一次！"

老泉进去不多久，出来对外面的老人说道："你们明天去秦先生的公司，有什么要求亲自跟他说吧。"

我和小黄都很惊诧，老泉居然让这几个人明天去汉森的公司。

那个叫余伯的老年人首先质疑："明天秦先生在公司吗？"

"对！"

"他能走动吗？"

"你以为呢？"

"小伙子，秦先生的情况我清楚，不是我们逼他，只是我们年纪大了，不想剩下的几天活得太狼狈。"

老泉不耐烦地挥挥手说："明天去看看不就清楚了？要不叫上强娃、阳仔一起？"

"那倒不用，他们跟秦先生是生死交情，把命给他都行，怎么会跟秦先生要钱？"余伯说完，招呼其他人一起走了。

等那几人消失在走廊尽头，我上前问老泉："明天，你打算怎么过关？"

老泉看着我和小黄挑了挑眉："明天的事明天再说！你们回家休息，累了几夜，明天不用来了。"

我不知道老泉在搞什么鬼："汉森醒了，我去看看他。"

老泉拦住我："缓两天。"

我满腹狐疑离开医院，打电话给燕子，她还在外地没法帮我。

第二天，我心里不太放得下，依然按时赶到"洵颐山堂"，刚从电梯出来就看见苏穆大哥在走廊上发脾气。

"你居然跟着老三发疯！阿森要有什么意外，会要了老爷子的命知不知道！"

二哥苏武埋着头不吭声，任随苏穆焦急地推攘着将他抵在墙角："阿森被老三带去哪里了？"

我心里一紧，汉森不见了！

昨天老泉让几个老人去汉森的公司，难道老泉真的将汉森带去公司了吗？脑海里回忆一闪，我转身便跑下楼去。

汉森的公司坐落在这个城市最高档的CBD写字楼，离"洵颐山堂"不远，我开车很快便到了。走进这座由全球五大行物业管理的超甲写字楼，仅是门厅便让人叹为观止。有个年轻女孩在接待，通报了公司的名字才用感应卡直达他的办公室 25 楼，两千平方米的巨大开间被隔出相应的区域，跟我们计划发展部差不多大，但是格调就突出许多。

TC 走的是简单粗暴的土豪路线，跟汉森公司这样精致的国际范比起来还有差距。

前台女孩看见我，眉眼舒展地招呼我进到会客厅，里面已经聚集了五个老人，男女都有，一个个白发苍苍神态无芒。

不见老泉和小黄，只有两个年轻人在招呼他们。

"秦总在签发文件，完了就见你们，放心。"年轻女孩将茶水给他们换上，礼貌地安慰。

这时，那位叫余伯的老人看到我，"咦"了一声："帮我问一问吧！"

我对那女孩说："我叫纪岩溪，可以见见秦总吗？"

那个女孩看了我一眼，朝着最里间的磨砂玻璃门走去，过了一会儿小黄出来，看见我笑了笑："岩溪姐来了，秦总在，跟我来。"

我跟着小黄走进房间，他随即将门关上，我见汉森穿着一件亚光面料的黑色高领衬衣，端坐在大班台后高靠背的椅子上，身后有整面红木的书柜，侧面是明亮的落地玻璃。

此刻他正用深邃的目光直盯着我，双手放在桌面上，面前一叠厚厚的文件，右手握着一支金笔，水晶袖扣在灯光下闪闪发光。他的头发打理得很清爽，脸色看起来很苍白却没有一丝倦意，神态沉静，眼神灼灼。

"汉森你没事吧？"我心里一荡，走上前去。

他勾了勾嘴角示意我坐。

旁边的女孩将椅子挪到汉森的侧面，请我坐在他的身边。

他抬头对小黄说："还有，无论他们提什么要求都答应，不解释，照做就好。另外，跟远滩签的合约，多复印几份放办公室，同代持协议放在一起，往年的也都找出来重新装文件盒，文件盒用最贵的，硬壳的那种，越多越好。有人想拿回自己的那份，让他们等，把文件盒全部摊开当着他们的面翻。钱不要银行转账，直接打开保险柜抱现金。"

小黄和那女孩都露出难解的神色，我在旁边听着，已经明白汉森的意思。

拿钱投给汉森的人，见他病危怕投资失败，又不方便亲自出面，便请了些耄耋老人前来坐镇，逼汉森还钱，此刻他必须做出一些姿态来，让他们放心。

"那个余伯，你让他一个人进来就好，我见见他。"汉森埋着头在文件上飞快地写着什么，说这话的时候有些气喘，跟平常相比明显中气不足。

小黄刚出门，汉森便转向我："那个，"他指了指茶几上的一个黑色钱夹。

我拿起来递给他，他从里面掏出一把红色的看起来很原始的车钥匙拧在手里："一会儿让小黄开车挨个地把几个老人家送回去，记住尽量招摇，最好能引起围观。"

见我们都不太明白的样子，他皱了皱眉对旁边的女孩说："小宁你一起去。"

"噢，老板。"叫小宁的女孩轻轻地嘀咕着，还是没懂，我却忽然明白他在想什么了！

"那些人真奸诈，落井下石！"我哼了一声。

"在商言商，人之常情。"汉森笑了笑，"不过，万一起哄挤兑我也受不了。"

我看着汉森悠然清远的样子，由衷地佩服他在这种情况下的镇定大气。如果换成我，我也会这么做，只是恐怕做不到这么周密。就像在酒店听到隽绎将要跟豆豆求婚的消息，我想即便是立刻死了，也不会大哭大闹，更不会祈求怜悯，所以下意识地换上了一身妖魅的衣裙，以最高贵的姿态迎接暴风雨的来临。

我对汉森点头说："对。让他们看看签好的有效合约，还有那么多信任你的资金，他们一定会后悔！"

他抬手在我额头上轻轻一戳："要不你去，你特意过来还不帮我？"

我被他这个动作弄得有些尴尬，但是想到他对我的鼎力支撑，能为他做些什么我感到由衷地欣喜。

小宁在旁边挑着双眉，看了看我又看看汉森，嗫着嘴低声说了句："老板你是在撒娇吗？"

我接过他手里的车钥匙却咬着唇半天没动，很为难的样子。

"这个——"对汽车我真的不太懂，看着手上这把轻飘飘的钥匙，虽然有银色的法拉利跃马标志，但是跟电瓶车车钥匙一样连金属头都露在了外面，我真心疑虑重重，要招摇一点没错，可是冒充法拉利万一被识破的话，岂不聪明反被聪明误！

"其实我刚买了一辆宝马，虽然只花了 30 万，主要方便四处走动，但是送送老人家应该不会很失礼。"我很真诚地看着汉森，娓娓道出自己的顾虑，说出了自己的想法。

话音刚落，汉森突然"噗"地一下捂着胸口直抽气，我愣愣地坐在旁边不知道该怎么办才好。

小宁没好气地瞥了我一眼，从汉森后背的靠垫里拿出镇痛泵按压了一下说道："老板刚提的新车，国内第一辆 FF，应该不会失礼吧？"

"噢！"我有些汗颜，接不上话来。

……

后来我把这事告诉了燕子和老泉，他们捂着肚子笑得直打滚。

我特不服气："现在电瓶车都中控了，600 万的超跑居然还亲自去捅钥匙孔吗？"

"车霸道了，给个拖拉机摇把又怎么样！"

"抠了那车标，扔地上都没人捡！"

话虽如此，开豪车的感觉实在是太棒了！妙不可言。

我特意邀约了苏小小坐在旁边的副驾驶位上，两个身姿款款的女人穿着苏阿姨特别为我们挑选的纪梵希定制款夏装，红色的法拉利跑车穿过城市的街道，如同广告大片一样宏伟壮观。

当我把老人扶下汽车，小小倚在车门边从脸上摘下墨镜，神态倨傲地出现在老板们的面前的，在场的每一个人都傻了眼。我特意将一叠厚厚的合约和代持协议递到他们面前，让他们自己找出自己的协议，他们都坚决地表示做人要讲信誉，钱交给汉森继续打理才放心，至于这些没文化的老人，请我们不要跟他们一般见识。

我刚走，汉森便被老泉接回了医院。从燕子那里得知他们都被苏穆大哥一顿臭骂，老泉却自持对骨伤有特别的造诣而显得漫不经心。

3. 因为爱所以恨吗

　　之后很长一段时间，带着疑虑探访病房的人果然没有了。汉森恢复得不错，我跟燕子、苏阿姨和小小每天都会抽出时间陪在他床边，女人在一起无非聊八卦、谈时尚、吃东西。汉森对美食有特别的爱好和讲究，英子熟悉他的口味习惯，每天做各种营养很好的煲汤，还变着花样带来水果冰激凌和奶昔。

　　汉森精神好的时候会插几句嘴，他笑起来眼神清澈，变得如孩童般透亮。老泉和浮冰好几次忍不住调侃，他哪是在住院，简直是坐享齐人之福。

　　一个月以后医生允许汉森偶尔下床、傍晚去院子里吹吹自然风。

　　这天梁隽驰来了，单独和汉森聊了很久，走出房间时意味深长地看了看我，把我叫到外面的花园里。

　　"汉森同意私下和解，想听听你的意见。"梁隽驰习惯俯视，这一次同样直截了当，"我不会强迫你，只想以大哥的身份跟你谈谈。"

　　大哥的身份？

　　说心里话，我还没有足够的准备接受这些突如其来的家人。但是隽绎，想到他我就有种说不出的痛心和抗拒的情绪，以前努力控制自己不去想他，无非是怕牵扯到心痛。

　　痛心和心痛两个词，真的有太多不同。

　　我是个固执的摩羯女，隽绎说得对，看得太透彻的人常常会感觉自己是这个世界的孤儿。以前，但凡我觉得跟他还有一线希望我都不想放弃，看似满不在乎却暗自爱得发狂，这么久我都没有跟谁问起他，没有打听他在看守所过得好不好，甚至没有想过他将面临的刑罚对他以后会造成什么样不可逆转的伤害。

　　放弃，便放弃到最彻底。

　　"他做错了事，不该接受惩罚吗？"我看着梁隽驰。

　　"该！他已经受到惩罚了，这段时间他不眠不休把自己折磨到不成人形。"梁隽驰的神态看起来很严峻，他努力地压抑着自己的不耐烦，"我看了物业的视频监控，他为什么绑架你？"

要问的终归会问，怎么也回避不了。

"他没告诉你吗？你是他大哥。"

"他不肯说。"梁隽驰面无表情，"就算允芳没告诉我，我也可以猜到了。"

"那就是了。"

"你呢？隽隽在你心目中算什么？"梁隽驰咄咄逼人，可我早已不在乎。

"他是我曾经的恋人，现在的弟弟。"说是恋人，我自己都怀疑是否恰当。

"你不是故意等在酒店里的吗？"他似笑非笑，似乎觉得我很不简单。

"为什么不问问你婶婶，我的干妈。你们觉得以我的能力可以事先知道你们家的事务安排吗？或许你们已私下讨论过我是如何诱惑了隽绎之后，再引诱你们婶婶的吧？"

梁隽驰深吸了一口气没回答，他是个体面人，怎么能承认用阴谋论来揣度一个女人呢！"你真的没打算报复？"

"我为什么要报复？"听到梁隽驰的问话，我怒极反笑。迄今为止，他们没有一个人跟我道歉就算了，反倒在第一时间揣测我的用意。

"那，你是同意私下和解了？"梁隽驰第一次没有掩饰自己的情绪，深深地看向了我，情急迫切。

我看着他久久没有回答，不明白他得出这个结论的逻辑何在。

"我的父母都是法学教授，他们把毕生的精力用于法律制度的研究和应用，我从小生活在这样的环境里，懂得如何维护法纪尊严。我不觉得你这样跟我谈判是正确的选择。"

我的声音冷淡而平静。的确如此，我至今还记得父亲曾与隽绎侃侃而谈了一下午，当初隽绎又是如何赞同父亲的理念的。

我不知道梁隽驰跟汉森谈了些什么让他放弃追究责任，站在人情世故的角度，汉森也许比我更懂得权衡。所以只剩下我，一句话可以让隽绎逃脱法律的制裁，一句话也可以让他锒铛入狱，落下终身不可抹去的印迹。我一想到那天他完全失控毫无自制地轰着油门撞向汉森，我内心的失望和震撼不亚于当初看到袁东吸毒发狂离开。

他们都没有自我约束的思想，隽绎是正在接受精英教育的人，我知道他有着良好的家风，袁东根本不可能跟他相提并论，可是仅就行为上讲，他们骨子里自带的凌驾于普通人之上的意识都是相同的。

我这么想，能够叫作报复吗？

"这种时候，你跟我谈维护法纪尊严？"梁隽驰冷笑道。

"我憎恨暴力强权。"

梁隽驰感到不可理喻，他冷笑着，"如果没有隽隽跟豆豆求婚，他只是不小心撞到另一个路人，你会跟我讲你憎恨暴力强权吗？你确定你不是因为仇恨而不肯妥协，一定要置他于死地让他没有好下场的吗？"

"不小心跟故意完全不同，梁大哥不用混为一谈！"

"好，我们不谈。"梁隽驰走到我跟前，压抑着喷薄而出的怒火，他的身材跟隽绎一样高大，站在我的面前足以在气势上碾压我，"300 万！当是买隽隽一个未来，除此以外你在这个城市任何一点麻烦都交给我处理，这也是给你的未来。我能力范围内可以给的都给你，我保证！"

我听着这样的话感到害怕，他凭什么可以这样跟我谈？

他见我皱着眉不说话，抿了抿嘴说："我知道你的家庭状况，没有我的保证你也会得到很好的发展，可是你记住这里不是你的家乡，你不要让自己的父母承受太重的负担。"

呵呵！果然，他们都是一样的思维方式。

如果我告诉他我来这里的第一天开始，就没想过接受家庭的庇护，他会不会觉得我很虚伪？

"我不需要，对不起。"我垂着头转身要走。

"纪小姐！"梁隽驰在后面叫我，声音有些沙哑，"你真的忍心把他推到深渊里去吗？"

我的眼睛忽然湿润了，转头看着梁隽驰，泪眼朦胧地哽咽着："你认为是我把他推到深渊的吗，难道这一切不是他自己的选择吗？"

他的目光闪着寒意："允芳说得不错，隽隽不该爱你，你果然心硬如铁。"

我说不出回应的话来，我相信不论多少年过去，我依然不会怀疑自己的坚持，今天梁隽驰的话让我更确定我跟隽绎真的不是同一类人。真正懂我的人、爱我的人不会把彼此放在信念的对立面要我选择，而是跟我共同站在是与非的界限之外。

检察院根据公安机关的伤情鉴定结果和物业报案提起诉讼，隽绎被判拘役 6 个月。庭审过程中，他态度良好，完全认罪。

一个多月没见，再见的时候形同陌路，我看着隽驰形销骨立的样子一度泪眼朦胧，直到被法警带下去，他由始至终也没看我一眼。干妈吕青梅被允芳搀扶着来到我的身边轻轻地弯了弯腰，客气地对我说了声对不起，"岩溪，请带我去见见秦先生吧！"

今天是汉森准备出院的日子，苏穆大哥要他再住下来观察几天，他坚持要回河心岛的别墅去，医院的生活让他不胜厌倦。

我和吕青梅赶到的时候，汉森已经换上了长袖的暗格衬衣，正趴在会客厅的书桌前飞快地签文件，只有助理小黄在他跟前守候。

他抬头看见吕青梅，放下手中的笔走出来请她们坐下。

"秦先生，我听隽驰讲你们在德国的时候就是朋友。"吕青梅苍白的脸色看起来跟汉森有得一比。

汉森接过小黄手里的茶水递给她："吕阿姨叫我汉森就好。"

这时燕子打电话让我把汉森的病历保险送窗口去，等我转了一圈回来的时候吕青梅和允芳已经离开。左右看着已经没什么事，于是便跟他告别准备回家。

汉森没回答，却"咳咳"地猛咳。

助理小黄赶紧扶着他，抬手在他背上毫无章法地乱拍一气，汉森摆着手说不出话来。

"你这么着非把他肋骨拍断不可。"我皱着眉头转身，坐到汉森面前将他的头按在我的肩上，搂着他的后腰，胸口贴着我的胸口，手掌握成空心，从后背外侧朝脊柱来回细细轻拍。这串动作得益于我的好学，肺部的痰不能及时咳出来，会加剧发炎从而留下后遗症，这样的姿势可以让伤口得到保护，效果明显。

汉森缓过来靠在我的身上几近虚脱，小黄目瞪口呆，怔怔着不敢说话。

"嗯，"过了半天他哑着嗓子说，"你走吧。"

"你这样怎么出院啊？"

"没事……"

他的头抵着我的脖子，呼吸打在我的侧颈，我忽然脸红起来，这是第一次汉森在清醒的状态我帮他拍痰，以往他都昏迷着。小黄见状讷讷地说："森哥，岩溪姐陪你一会儿，我去叫泉哥。"说完便一溜烟地跑了。

客厅里剩下我们俩，一时间气氛便有些暧昧起来。

"你……"

"别动，抱一会儿。"他低低地说着，抬手把我圈在怀里。

然后……然后日月星辰便通通停止了运转，我的每个毛孔里都渗透着他身上特别的崖柏草药香，只有咚咚的心跳声像鼓点，不快不慢地持续着，这节奏和音量在心底一抓一挠地刻上缕缕痕迹，让我心悸。而那敲鼓人却不知用了什么技巧，粗犷与温润同在，单单这鼓声就把我心头的一切欲望和杂念击退而后统统敲碎，不容旁骛，不可方物地投奔于身心的分裂飞扬中去……

我跟他就这么抱着，像过了一个世纪般漫长，我的脑际泛出波光，刹那涌动的念想居然是那晚月下，我湿了衣襟靠在他的身旁。

"岩溪。"汉森叫我的名字，呢喃着不太真切。

"嗯。"

"你那么爱他，为什么还要指证他？"他的呼吸平稳，仿佛在说着不相干的事情。

"我做不到撒谎。"我的头闷闷的。是啊，虽然我说的是实话，可是还能怎么说，怎么说才能让自己明白到底发生了什么变化，在我的心里最深、最隐秘的地方。

"你还可以——保持沉默。"

"我做不到。"是啊，我还可以保持沉默。

"因为爱得太深，所以恨吗？"

"不是。"

"嗯。"

4. 伪装褪去，其实都是软弱无力的人

我和汉森经过这些事情后，比起普通朋友来多了信任，但终究只能如此而已。跟上次冒犯前相比，他显得更沉稳、更懂得克制。

出院以后很长一段时间，我没有再见到他。

秋去冬来，满城的桂花早已袅袅消散，巷陌里错落着栾树和女贞的树影，涤荡出幽冷的气息。小小早已回洛杉矶，老泉去日本进修，不知不觉又是新的一年到来。

假期结束，我告别父母回 TC。临近元宵节，苏阿姨打电话说英子酿了很多桂花酒，叫我和燕子去河心岛别墅陪她过节。

元宵节头天傍晚，我却被严墨拦下。

"岩溪，有件事请你帮忙。"严墨是我在这个城市除了燕子以外最好的朋友，她曾经在我最困难的时候站在我的一边，让我有信心渡过难关。

"你说。"能帮忙的事情，我绝不推托。

"找个地方。"她显得踟蹰，仿佛有什么话不好开口。

在集团写字楼下的西餐厅里，我们选了靠窗的位置坐下来。

"是昊天，他今天被挟持了。"严墨说出这话的时候很为难，眼眶一度湿润。

我吃了一惊："这么严重的事，为什么不报警？"

"他也是急功近利，之前跟林总的国药器械谈了一笔业务，从他手下一个叫炮筒的人手里买了一台设备，价值 500 万。现在设备给下家医院安装运营了，可是效益不好，医院违约给不出钱，他们不打算要了。可是昊天没经验，相关手续不齐，打不了官司。我们家没有现成的 500 万给炮筒，他就把昊天给绑了，我不敢报警。"

我知道林总的国药器械代理公司，炮筒火暴的性格我也了解，听严墨一说我松了口气，还好找到了我。

"林总私下告诉我，找你也许有帮助。"严墨望着我，眼神中充满着渴望和希冀。

我毫不犹豫地拨通了均哥的电话，他一听是关于昊天的事情便沉着声音告诉我别管了，500 万不是小数目，设备已经安装投入运营，炮筒这也是被他逼得没办法。"我们只是跟着跑销售的业务员，炮筒不这么做，你让他倾家荡产也拿不出钱来，再说，是那个男人办事不地道，怨不得炮筒。"

我失落地作不得声，面前严墨已经开始恸哭，那头是均哥不容商量的语气，一阵无力感涌上心头。

"均哥，让炮筒先放昊天回家，钱的事情我来想办法好不好？"我除了对着电话用自己微弱的颜面做担保，想不出更好的措辞。

均哥很为难，过了很久他终于说了句："你给隽绎打电话吧，这事他说了算。"

我心头一颤，其实打电话之前我就知道难免会提到隽绎，但是一直心存侥幸，觉得这件事情的处理风格很像脾气火暴、性格简单的炮筒自己的主意，我出个面跟他说说也许就成了。

看样子隽绎已经出来，既然是他的意思，那事情就麻烦得多了。

我说算了，挂断之后心神恍惚。

严墨像抓着救命稻草似的拉着我的手："岩溪，林总说找你有用，我不知道你有什么门路，不过我求你了，昊天要有个三长两短，家里怎么办？"

我也不知道该怎么办，我还没有做好心理准备给隽绎打电话，这些日子他恐怕吃了我的心都有，我怎么跟他求情？

"严墨，让我再想想，先凑齐 500 万再说。"我想找汉森帮忙，500 万对他来讲是毛毛雨，先借到钱，放人的事情也许就好办了。

第二天，我特意带着严墨一起去苏阿姨的别墅过节，没想到汉森不在。

家里只有我们几个女人，苏阿姨拿出桂花酒，欢腾喧嚣的节日气氛因为我和严墨心事重重显得格外落寞。从别墅出来，敏感的燕子拉着我问出了什么事。

眼看瞒不住，我便当着严墨的面跟燕子讲了事情的来龙去脉。

她一听便急了，立刻要报警。

"先别慌！"我抓过她手里的电话制止，"走司法程序固然妥当，只是因为手续不全，取证调查时间太长，我担心惹恼了他们，他们会对昊天上手段。"

起码，我相信给均哥打过电话之后，炮筒看在我的面子上不会对昊天怎样。

严墨强忍着难过，哀求说："岩溪最清楚，如果可以她早就第一时间报警了，求你了燕子。"

三个女人束手无策，东拼西凑也只能拿出 100 万现金，离 500 万的巨款相差天远。这个时候我感到很悲哀，自己一向奉行的信念几近坍塌，如果当初我不那么执意要将隽绎送上审判台，那么今天所有的事情都会变得简单。

可是，就算时光倒流，我真的能够改变当初的决定吗？

老泉还在日本，汉森现在不知道在世界的哪个角落，能扛事的人统统不在，只有隽绎这一条路。

试试！

心里有个声音在提醒，我却发觉自己并不了解隽绎，他一贯的底线在哪里，我有什么资格跟他谈，自己无从把握。

可是不去，昊天怎么办，严墨怎么办？

隽绎的电话已经停机，趁着酒胆，我又拨通了均哥的电话。那头很吵，一大群人在喧闹，节日还在继续，偶尔还能听到烟火"砰砰"的声音。

"均哥，我是岩溪。"

"啊！妹子，节日快乐！"

"你在哪儿，我来找你。"

均哥听到我的话有瞬间的凝滞，我的心跳猛地一停，知道自己猜对了，隽绎就在他旁边。

"你说个地方，我来接你。"

"好。"我给他报了自己的位置，让燕子先送严墨回家，"放心，无论如何，我一定把昊天给你带回来。"

严墨失声痛哭，伪装的坚强褪去，其实都是软弱无力的人。

我一个人迎着初春的寒风矗立在锦河边，很久没有涌动过的思绪统统袭来。那个夏天雨后隽绎桀骜的样子；蔷薇花下他吻我的样子；他抱着我眼睛发亮颤抖的样子；法庭上他全身凉意转身离去的样子；甚至我即将面对他时他的样子……一幕幕重叠晃动，痛彻心扉，不知不觉泪水一串串滴落下来，打湿了胸前的衣襟。

"早知如此，何必当初。"一个声音在耳边响起，我回头看去，均哥不知什么时候已经站在我的身后。

许久不见，均哥已不是当时那个形容粗犷的出租车司机，他穿着深褐色的皮外套，精致的貂毛领包裹着他的面庞，是这个城市寻常的有钱人扮。

我望着远处闪烁着霓虹的大厦，扬着脖颈说："均哥，看那里！"

均哥微微一愣，顺着我的眼光看去，呵呵地笑起来："只有你还记得！均哥还做不到真的去收购那里，不过你看，我们都变了，变得更好了，这一切都是因为隽隽。"

"你是说，我们都变了吗？"我的心又撕扯起来，时光不过三年，那些年少轻狂的言语都随风消散了吗，那么十年八年以后呢？

"你没变，看到你，我还能想起以前的事情来。"均哥说完，侧了侧头问，"走吗？"

我点点头，这个时候并不适合叙旧，大家心知肚明。

我跟着他走到路边停靠的一辆黑色的英菲尼迪跟前，他很潇洒地打开车门请我坐上去。

汽车穿过城市的街道，很快上了高速，大约过了两个小时，他把我带到了郊外的一处别院。四周很安静，跟电话里的情形完全不同。

"今天过节，烤全羊还没吃完，隽隽听说你要来，把人都遣散了。"均哥貌似不经意地说，"他出来这些日子都住在这里。"

他的意思很明白，隽绎从里面出来，并没有回家，而是待在这里。

"他……好不好？"

"好不好，不马上就见着了吗？"

我的酒劲还没完全散去，心早已经屏住了呼吸，每走一步都觉得如同踏在泥泞里一般，转过一条长廊，眼前是一幢深色的中式别墅。

步上台阶，均哥推开紧闭的大门，灯火通明的大厅里，只有寥寥三个人。

正对面的沙发上，只见隽绎斜靠在宽大的沙发里，身边倚靠着一个穿着性感的女孩。

那个女孩我没见过，不是豆豆。

5. 他在报复我

半年未见，隽绎显得更加瘦削，房间里暖气很足，他只穿着一件单薄的白衬衣，浅色下装，跷着二郎腿端着杯红酒不经意地晃动，左手搂女孩的肩膀，眼睛却一眨不眨地盯着我来的方向。

均哥走到隽绎跟前说："人给你带来了。"

我站在门口没动，四目相望间，一切都不是设想中的样子。

不知道过了多久，隽绎皱了皱眉对女孩说："你出去，我还有事。"

女孩不情愿地扭捏着，被隽绎寒光一盯，立刻乖顺，走到我面前上下打量了我一番，这才走出门去。

"怎么不坐，要我请你吗？"隽绎笑了笑，寒意未散。

我深吸了一口气，走到他的面前说："我来，是想找炮筒。"

"炮筒，她找你！"隽绎朝着旁边挑了挑眉，声音黯哑低沉，原本灼灼的眼神变得迷离起来，他一边说着一边抬手啄了口红酒。

他的样子我从没见过，以前隽绎虽然不羁，却有着一股沉着镇定的气质，跟现在迷惘的状态很不同。

"岩溪姐，我这几天都跟着隽隽哥，找我什么事？"炮筒笑着朝我走来。

"昊天，是我朋友，希望你能放了他。"我知道现在说什么都是枉然，不如孤注一掷，直奔主题。

"呃……"炮筒没想到我二话不说就跟他要人，顿时语塞。他回头看了看斜靠在沙发上的隽绎，隽绎却自顾喝酒并不看他，他只好回头来无可奈何地说，"这个人，他欠了我一大笔钱，放了他我找谁去？"

"他的家人在想办法凑钱，你先放他回去。"我平静地说，"如果你为难，我写个欠条留在这里。"

"这……"炮筒的样子看起来要跪了，他用哀求的眼神看着我说，"姐，别玩我了。"

我知道隽绎不开口，他做不了主。

我咬牙盯着炮筒，话却是说给隽绎听的："昊天跟林总也是朋友，我们认识这么久，你知道我的为人，我说过要负责就一定会负责的，你相信我。"

说着我便从包里掏出纸笔，准备写欠条。

这时隽绎放下酒杯站起身，事不关己的样子转身朝楼上踱步离去。

客厅里便只剩下炮筒、均哥和我，三个人面面相觑。

我觉得很尴尬，刹那间有一股冲动，转身就往门外走，刚走到门口的时候却停了下来，我走了，昊天怎么办？我答应过严墨今晚要把昊天带回去的。

可是再转身，意味着什么？

隽绎原本就比同龄人老练，如今更是长大了，他毫无顾忌地显露出自己决绝狠辣的一面，举手投足间操控着所有的形势。

"隽绎！"来不及细想，我回头喊了他一声。

他原本已经踏上了最后一级台阶，听到我的声音他停顿了一秒。

"你下来好吗？"我调整呼吸，极力将语调调整得四平八稳。即便如此，也让我头皮发麻，认识他这么久以来，我这是第一次服软请求。

"困了。"他轻轻地丢下两个字，头也不回地离开了我的视线。

我呆呆地看着空荡荡的楼梯，心里如同被掏空样。

均哥走到我跟前碰了碰我的胳膊说："还不上去！"

我看着他倔强地摇头，强忍着眼中的泪水。

他叹了口气，对炮筒说："跟我出去。"

炮筒三步并作两步走到门口，均哥回过头来："有事打我手机，我们就在外面。"

这时客厅就剩了我一个人，前进一步就上楼，退后一步便离开，我的胸口那股熟悉的撕扯的疼痛感又出现了，只觉得双腿发软，头顶冒着虚汗。

我颓然地回到沙发上坐下，除了这么待着我不知道还可以做什么，整个别墅显得静悄悄的，随着时间一分一秒地过去，我的心也越发沉重起来。

不知道过去多长时间，楼梯上响起"嗒嗒"的脚步声，每一声响动都刺激着我的神经，让我不由得绷紧了身体。

终于，"嗒嗒"声在我身后两米开外的地方停了下来。

"最后一次，我发誓！"是隽绎的声音，"最后一次迁就你。"

他说完就走了上来，伸手掰住了我的肩膀。

他躬下身，我的脸上便是他灼热的呼吸，还有淡淡的木质体香窜入鼻。依旧是那双似笑非笑的眼眸，唇角勾勒出似有还无的弧度，微敞开的衣襟露出结实的胸膛。

"想我没？"他的声音带着沙沙的磁性，撩拨着我的耳朵。

我极力抵御着心头翻动的愤怒，咬唇不语。

"我很想。"他伸出手将我耳鬓的乱发撩到耳后，身体压了下来。

"让开！"我低吼着，双手抵着他的胸膛。

"你的心是什么做的？"他的眉蹙了蹙，很倔强地靠过来紧贴着我，"我不信！"他有些恨意，右手扯开了我的衣领，我抗拒不得，只好使劲地抓着他的手说，"隽绎，你不可以！"

"我倒要看看，可不可以！"他脸上的笑变成了恨意，眼神深邃无波，难以捉摸。

他把我压倒在沙发上，力气大得令人发怵。

"啊！"我还没来得及呼痛，他便已经疯狂。这样的掠夺我从未体验过，让人身心俱焚，痛苦无法言喻，像世界末日一般。

"放松！"他在我的耳边低语，一如那个夏日的午后。我被这撕裂的痛楚侵袭着，屈辱的泪水止不住从眼角滑落。

隽绎抬头看到我的表情，忽然停下来。他垂着头在我的胸口沉溺了许久，低声呢喃着："不开心，怎么做也不会开心……"

我的心柔软下来，抬手抱住了他的肩膀，可是没办法说出自己想说的话来。如果他能打开我的心扉，我会告诉他，这一切都是我的错，我愿意承担所有的罪责。很遗憾，他打不开，我知道我们之间早已划开了一道鸿沟，他是他，我是我。

到底是从什么时候开始的呢？

"隽绎，原谅我，也原谅自己吧。"

"不原谅！"他的回答斩钉截铁，说话间使劲地压下来……

半夜他圈着我睡着了，我倚靠在沙发上，看着他沉睡的面容久久难安。这么抱着一辈子，也胜过他醒来后两个人决裂无情，我不知道应该怎么形容自己心中的痛苦，这也许，便是人们常说的错爱吧。

第二天，当我从沙发上醒来时，见到身上搭着一条薄毛毯，隽绎已经不见了。

昊天呢？

掀开毛毯走出房门，初春的暖阳明晃晃的让我睁不开眼睛，沿着碎石小路来到餐厅，均哥和炮筒、松子正在吃饭，看着我的眼神似笑非笑。

"隽隽回城了，他让你多睡一会儿。"

"我的朋友呢，可以去看看他吗？"

"你说昊天啊？"松子伸长脖子对我说，"我已经送他回去了。"

"噢！"

除了这声"噢"，我已无话可说。

均哥开车送我，一路无语。

回到家打开手机，上面显示严墨和燕子来了十多个未接电话，我身心疲惫地躺在床上发呆，我跟隽绎怎么一步步走到了今天，我在做什么？

洗了澡，打起精神来上班，中午的时候燕子过来找我。她的神情看起来严肃而担忧，两个人坐到西餐厅吃饭，燕子一直目不转睛地看着我。

"你昨晚都跟那个人在一起？"到底是燕子，她从来不拐弯抹角。

"嗯。"

"他拿昊天逼你？"

我听她的问话，有些沉默，过了一会儿摇头说："没有。"

"你知道你在做什么吗？"燕子向来不认真，跟老泉一起这么久了，嘻嘻哈哈的让老泉很无奈，如今她面色沉静地看着我，前所未有的严肃。

"我知道。"我看着燕子，泪水险些夺眶而出。

"他在报复你，岩溪。"燕子皱着眉说，"你很清楚的对吧？再不抽身，你以后就会面临一次次的玩弄，我不想看到你堕落。"

堕落！

我心头猛颤。

燕子说得对，昨晚上的我还不够堕落吗！

"明白。"虽然心底已经暗潮汹涌，可我依然克制，我说，"以后不会了。"

"严墨说她能找到关系把设备买下来，亏掉的部分他们自己承担，只是时间上会拖得久一些。这件事说到底，梁隽绎在操控，只要他消了气，一切都好说。"燕子眯着眼睛看着我，"到现在你还不觉得这是他专门给你挖的坑吗？"

我望着天花板有所领悟，以隽绎的清高，他不会授意任何人做这些没品的事情，可是林总、均哥、炮筒和松子他们，懂得挖空心思领会隽绎的心意，利用我跟严墨的关系，让我主动地走到隽绎身边投怀送抱。

我想起均哥说过，他们的改变"都是因为隽隽"，而我以为的朋友，其实从来不是我的朋友，而是隽绎的朋友。

想到这里，我不禁感觉凄凉。

6. 他在飞溅的水花中消失

随着天气转暖，阳台上的几株杜鹃开得鲜艳茂盛，蛰伏的昆虫最先知道春的信息，第一时间透过绿色的窗纱将唧唧的欢叫声传到屋子里来。

这天胡冰给了我一份"基础设施信托"计划书。

翻了翻内容，大概是远滩水电在规划新大坝，因为地属欠发达地区，地方上没有足够的财政预算，虽然就此项目给主管单位提交了贷款方案，但由于国家严控基建项目贷款，该方案未获得银行主管批准，地方上不得不另觅蹊径。

我看着手里的计划书，想起不久前曾亲自复印过汉森与远滩签署的合约，内容恰好相扣，心中一动猜到操刀者是汉森的汉唐汇金。信托收益预期7.5%，银行理财资金的成本不过4.5%左右，通过周密运作，又是上亿的资金找到了出路、远滩集团揽到新业务、地方政府获得了急需的资金，而他则可抽取1%的佣金，只要地方上不违约，可谓皆大欢喜。

"远滩集团是本次信托的融资主体，吴总希望总公司有人跟踪，我推荐你去，怎样？"胡冰笑眯眯地看着我，"当然你是上级主管代表，子公司有专门的团队，这个你做过应该很熟悉的。"

我同他默契一笑，算是答应下来。

"我一个人吗？"

"当然还有小于。"

"噢，墨鱼仔！好的。"

于是我和墨鱼仔便收拾好行囊来到远滩。认真投入工作的状况让我找回了一些尊严，因为代表集团总部，我们在远滩获得了很多特权跟优越感。工作间隙，分公司还会有专门的人陪我们俩四处游玩，看着阳光劈开云层投射到远处的山顶，漫山遍野的桃花和梨花在袅袅薄雾中像画卷一样展开，美丽不可方物，我的心情也随之变得开朗旷达起来。世界如此妙不可言，我何必被那些恼人的情绪左右？集结在胸口的郁闷总会被时间慢慢抹平，我已经经历过揪心到平淡的过程，知道这一切都会过去。

要我原谅隽绛很难，就像他也不肯原谅我一样。所谓放下，不是堆土掩埋，而需要变得不值一提才算。

在远滩待了两周，我们被告知工地一户拆迁遇到了麻烦。远滩本地处偏隅，工地要经过狭隘的山路沿江逆流上山，里面住户虽多，却都是些留守的老人和小孩，加上地方上的竭力配合，拆迁工作赔付显得有条不紊，进展迅速。这次某户人家的三个儿子回来，觉得家中老人被欺骗，不仅撕毁赔付协议，还集结所有签约村民拿着钢钎镇守在路口不让推土机过去。

分公司李总开车，我们一起赶去工地，半道上遇到一男一女站在路边招手，同行司机认出是远滩当地电视台的记者。

我们停下来，那两人说："掉头吧，前面过不去。"

"什么情况？"

"唔！"男记者打开手里的摄像回放给我们看，"村民把路堵死了，地方上正在协调，我们过去也没用，刚才我的摄像机差点被摔了呢！"

我见镜头里面人头攒动，场面一度失控，恍惚间有个熟悉的身影一闪而过。

"暂停！"我说，"回放过去看看。"

随着记者的回放，我看见定格的镜头里面，一个穿着灰白格子衬衣的男人正扬着手跟人解释什么，狂风卷曲着他额前的短发，整个人看起来神色凝重。

"是秦总！"

没等我出声，墨鱼仔就叫出了他的名字，没错，是汉森。

"昨晚接到小黄电话说，秦总刚下飞机，没想到他们今天直接到了工地上。"分公司李总皱着眉头说，"那更不能掉头了，我们走！"

汽车沿着蜿蜒的山路朝工地进发，一边是斧劈峭立的崖壁，一边是湍急的河水，咆哮的水流裹挟巨浪在身边呼啸而过。

果然，刚到填方的路口，还没进入工地，汽车便被一群手持钢钎的村民包围了。

司机不敢开窗，记者提着摄像机隔着车窗玻璃对准前方拍摄。

远处刚填的土石平台上，五六个人围在一起激烈争执，挥舞着胳膊群情激奋，那里是推土机临时推开的一片黄土，前方便是被截断一半的河流。

我们刚打开车门，便有一个脸色黝黑的壮汉拿着手里的钢钎横在身前："你们的人已经在那边，不准再过去！"

我抬头看着人群身后的平台上，只认出汉森和小黄，李总说穿黑色衬衣的是地方上的负责人，另外三人看穿着应该是当地村民。

李总高举双手说："老乡，我们是远滩集团的，特意来了解一下情况，请让我们过去吧！"

那壮汉不允许，身边聚集的人越来越多，里三层外三层。忽然，我感觉脚下一股震动，"轰轰"的水流声似乎不同寻常地剧烈起来，不知谁高呼了一声："不好，那头要塌方！"

随着村民的高呼，人群四散开去，"轰隆隆"的声音越发响彻山谷，大家都朝崖壁边跑，汽车也赶紧退到山崖下。

我看见平台上的黄土被激流卷起，一片片朝河里垮塌，喧闹声四起，有人在高声召唤着平台上的人后退！

"汉森！"我不由自主地高喊起来，见他拉着一个灰衣服的人迅速往公路上撤。

另一个深蓝衣服的男人趔趄一下重重地摔倒在地，汉森原本已经撤了很远，这时又转身跑回去，奋力将蓝衣服男人拉起来，瞬间烟尘四起，那男人被一块垮塌的土方带着朝河里倒去，连带着汉森一起滚倒在地。

小黄已经跑回公路上，见这情形不顾众人阻拦再次折返跑去。

土方一截截地垮塌，滚入湍急的河水中，速度并不很快，蓝色衣服却已半截身子浸入水里。他嘴里嘶吼着，汉森紧紧地拽着他，双脚死死抵着摇摇欲坠的河坎。可是借力的土方本来脆弱，眼看着两个人都有随着土方掉下去的可能。

黑色衬衣男人朝我们跑来，大吼着："绳子！长绳子！"

围观的村民慌了，李总和司机带着女人和老人往山上撤，我和女记者被推搡着连连后退。

小黄已经赶过去帮忙，不多时间，三个人都浸在了水中。

汉森和小黄托着蓝色衣服的胳膊往岸边靠，他们的身边不时有土块掉下来，浪头一荡，三个人离岸边反而又远了些。

　　"汉森！"我头皮发麻，想起他胸口的旧伤，估计这样坚持不了多久。小黄也想到了，他索性把蓝色衣服整个地从背后夹住肩膀，把汉森解救出来。

　　这时人群里递出一根长绳，我拿到手上，在绳头部位连挽了几个粗结，一边拼命往外挤。"让开，绳子来了！"随着我的叫声，人群很自然地让开一道缝隙，我飞快地跑向土石方平台，迎头撞上了李总。

　　"你疯了，退回去！"他夺下我手里的长绳，命令我后退。我知道自己不习水性，不能添麻烦，只好站在人群的最外围，继续看着水里的情况。

　　蓝衣服男人的水性一般，随着时间的推移，垮塌的土方越来越多，他们被浪头连番击打，已经离开岸边很长一段距离了。那男人开始焦躁起来，拼命地扭动身躯，双手胡乱地抓刨，小黄不注意便被他缠上身去，几次被拖拽沉入水中。

　　稍有常识的人都知道溺水者张皇失措的时候，会死命抓住一切能够抓到的东西，拯救的人如果被缠上是十分危险的，很可能会因为在水里与其纠缠消耗大量体力，最终无法施救甚至体力耗尽而丧命，何况现在还有不停垮塌的土方，稍不注意就会被砸在身上。

　　李总将手里长绳挽结的一端抛向水中，汉森首先将绳子熟练地绑在蓝衣服男人的身上，又在小黄腋下绕了一圈，将他托出水面，小黄猛呛了一口水，抓着绳子扯了扯。

　　那个男人已经失去理智了，他双手扑腾着，趁汉森给小黄打绳结的时候，本能地勒住汉森的脖子，将他按在水中借力往上爬。

　　我身边的人都倒吸了一口凉气，大声嚷着："快拉！往上拉！"

　　小黄一边避开滚落的土石，一边借着绳子的力量很快调整了姿势，与汉森一齐把那男人送到岸边。在那个人上岸的一瞬间，他长腿一蹬刚好踩在汉森胸前，汉森整个人朝后滑去，刚好一块土石压下来，他便连人带石沉入了水底。

　　"汉森！"我下意识地扑倒在地上伸出手去，徒劳地在空中抓取着，看着他的手在飞溅的水花中消失，我不敢相信自己看到的一切。

　　"森哥！"

　　"汉森！"

　　"秦总！"

随着人群里大声的呼喊，李总和黑色衬衣也冲了上去。

小黄和蓝色衣服已经上岸，小黄朝着躺倒在地的蓝色衣服大吼了一句："看我怎么收拾你！"说完一手提着绳子又"扑通"一声跳回水里。

不知过了多久，在绳子已经拉直绷紧的时候，小黄冒出水面摇了摇头，又一个猛子扎了进去，这时候绳子松开，漂荡在水里。

我跪坐在地，胸口像被绳子勒着，鼻子像被水呛着，痛得眼泪直流。我知道汉森的水性是很好的，如果不是因为旧伤，就算垮塌的土石压下去，我相信他也能够躲开。可是现在河水如此浑浊汹涌，土石方还在不断地坍塌，下面是怎么一种复杂的情况我连想都不敢想。

李总拉起空荡荡的绳子，与黑色衬衣相视一望，掏出手机说："我马上联系，让专业的救援队过来。"

这时，那拿钢钎围堵我们的壮汉走上来："我水性好，我也下去找找！"说完往背上套个漂浮便跳了下去。

接二连三还有人准备往水里跳，被李总拦住了："大家回撤！"

"纪小姐你也离开这里！"李总神色忧郁地看着我。我不想添乱，可是看着咆哮的河水，我执意等在原地。

很快，正在附近的户外极限队被联系上，他们中有大部分是登记注册的水上救援志愿者，带着专业的设备过来，除了探照灯、充气橡皮艇还有 FLIR 红外热成像仪等。

天色渐暗，原本群情激奋的村民因为汉森的意外而散开，剩下的人也被当地负责人游说着回到村子。我跟着李总和救援队的领队一起，汽车沿着公路紧跟着橡皮艇慢慢地往下游开，一路上大家都沉默着，除了对讲机不时地传出喊话声。

我的心一直在浮沉中跳跳停停，眼前晃动的是汉森那双炯炯有神的眼睛。山中那夜被汉森拖下水的情形又涌上心头，昏暗、冰凉的感觉好像回到了自己的身体里，有种濒死的窒息。感觉就要失去他，再也见不到他的惶恐席卷在脑海之中，悲伤刺痛了我的双眼，我想到很多亏欠和纠葛都没来得及跟他细算，我还欠他一个天价青花瓷瓶没偿还，欠他拔刀相助的情谊还没来得及感谢，欠他因我才引祸上身的愧疚没来得及弥补，他却再一次要在我的面前消失。

不知什么时候我发现自己已经哭成了泪人。

李总知道汉森和 TC 关系甚笃，安慰说："放心，刘队他们是非常专业的救援队，秦总不会有事的，吴总已经知道情况，责成总助也在过来的路上。"

什么吴总、总助我根本不在乎！汉森作为项目经纪人，比起汉森的死活，他们更关心的是项目是否会搁浅，此刻我更愿意相信车上拿着对讲机的刘队，还有他手下的一批水上救援队员。

7. 你这是想和我接吻吗

这时刘队的对讲机哗哗响了一阵，一个男声说："二组发现目标，在小磨湾！"

我精神一振，刘队指挥前方报告经纬度，司机猛踩油门朝着小磨湾的方向疾驰而去。

"有没有人受伤？"刘队很有经验，知道我们在担心什么，他立刻询问道。

"情况不太好，头部被礁石划伤，肺部呛水昏迷。"

我的心脏便又揪紧似的痛起来，汉森是被土石砸到水里去的，而他的肺部原本就有伤。

"汉森……"我哽咽着，仿佛灵魂抽离了躯体。可是不管怎样，人还在，只要他还在，一切都还来得及，我便怀着如此复杂难言的心情跟着刘队和李总前行。

目的地在小磨湾的一处山坳里，汽车绕了一大圈，来到河对岸，我们又弃车步行了二十分钟才到达。

远远看见地势平缓处灯火通明，早已搭建好了的几顶帐篷外面燃着一簇篝火，小黄低着头坐在巨石上一言不发，几个救援队员正在旁边烤衣服。

"秦总在哪儿？"李总扯着嗓子大声地问，脚下高一脚底一脚地往其中一顶单人帐篷里冲。

小黄看见我，脸上露出一丝喜色："岩溪姐，森哥在那儿！"说着朝一棵大树下指了指。

我来不及跟他打招呼，便朝着他手指的方向飞奔而去。

一顶两门四窗的军用帐篷，汉森就在里面！

我的心乱得一塌糊涂，掀开门帘的瞬间，我只想到他的头部被划伤，肺部呛水，情况不好也许会死。

"汉森！"我的声音有些变形，颤抖地压抑着哭腔。

他正半躺在行军床的靠垫上背对着我打电话，听到声音转过头来，用深邃的目光望向我。瞬间，我忍不住泪眼婆娑上前去从身后紧紧地抱住了他："不会有事的，我在这儿。"

"咳咳。"他有片刻的怔忪，手机滑到了床上，"我……没事。"

"是的，我知道。"我有些语无伦次，"你上次拖我下水，这一次当还我了。"

"嗬……还记仇。"他的声音很轻，却带着笑。

"记仇，对。"我顾不上体味他言语中的意思，只感觉他在我的拥抱中呼吸温润，"所以你不许有事！"

"好。"他的声音有些哑，双手放在我的手腕上，埋头说了句，"勒得有点闷。"

我一阵恍惚，不禁松开双手，只见那张轮廓分明的脸上一双星眸璀璨明亮，剑眉舒张，雕刻般的嘴唇微微张合，露出似笑非笑的神情。

"他们说，你的情况不太好……"说完这句话，我自己都很怀疑，他的样子清朗平和，怎么也跟"不太好"挂不上边。

"嗯，"他微笑着将我的手握在他的掌心，"不是我。"

我听他这话，尴尬地抽出手来，脸色绯红。

汉森翻身下床递给我一瓶矿泉水，又伸手将床头的被子理了一个角搭在我的腿上，说起事情的经过。

他被土石砸下水中之后，立刻顺势潜入到河底，下面已经形成了一股更汹涌的激流。为了避免消耗体力，他索性顺着激流直接冲到了下游，待水势平稳些才奋力浮上水面。

"我探出水面的时候，已经离你们很远了。"

"难怪小黄在附近没找到你。"

"底层水流很复杂，比河面更湍急，而且浑浊不堪，小黄发现不了我，他也是沉到水底的时候才被那股暗流冲了下来。"

　　但是背着浮漂的壮汉老袁，没办法沉下水底，胡乱寻找的过程中被河水带到中心的礁石撞了上去。救援队在离小磨湾两公里的地方找到奄奄一息的老袁的时候，汉森已经和小黄在岸上休息。

　　"好险！"我只是听着便觉冷汗直冒，"幸好小黄跟着你。"

　　汉森挑了挑眉不太乐意地说："幸好什么？他就是捣乱。"

　　"唔？"没有小黄跟着，他孤身一人在野外，黑灯瞎火的，想想都瘆得慌。

　　"小黄的水性不错，我教出来的。"汉森说得轻描淡写，看着我皱了皱眉，"他要是能冷静些，阻止其他人下水，老袁也不会受伤。"

　　是啊！汉森说得不错，一场群体事件因为他落水而瓦解，此刻却多出一个重伤的村民，太遗憾了。难怪先前看到小黄神情落寞地坐在篝火边不言语。

　　在我们陷入沉默的时候，汉森有片刻光景露出迷惘的神色，结实的胸膛上下起伏着，我心想他也许会趁机吻我，以前不总会在某个不经意的瞬间冒犯我的吗？这一次我不打算抗拒了，毕竟他是个很有吸引力的人。我微微扬着下巴迎合着他的脸，眼睛半闭着等待他在下一刻将我拥在怀里。

　　过了很久却没动静，我睁开眼睛，却见他正深沉地看着我，眼神中有几分捉摸不定，眼睫毛扑闪了好几次。

　　"你这样……是想和我接吻吗？"汉森幽幽地开口，眼睛里流露出探寻的神色。

　　我咬了咬唇，眨巴着眼收回下颌来："想得美！"

　　我不知道对别的女人来说这意味着什么，可我却是生平第一次自作多情。外表看起来镇定自若的我，整个身体却像被微波炉烤过，每秒24亿5千万次的超高频率，快速震荡着身体里的蛋白质、脂肪、水分子，所有细胞相互碰撞、挤压、摩擦，重新排列组合，我居然还能说出"想得美"这样的话来，简直是人类的奇迹！

　　汉森听了我的话，直盯着我的眼神往下沉了沉，露出笑眯眯的表情："看样子你渡劫成功咯？"

　　什么渡劫？我不懂，我只知道我已经里嫩外焦了。

　　汉森站起身不再看我，径直从帐篷顶的袋子里掏了瓶红酒出来："燕子说你谈场恋爱就像渡劫，总是逆天而行，引五雷轰顶。"

我大怒！

他们背后居然这么议论我跟隽绛，什么逆天而行！五雷轰顶！无非就是骂我活该咯！

我的表情在瞬间云谲波诡，变幻离合。汉森却慢条斯理地说道："别误会，我是说你表现不错，恢复得挺好。"

"你哪只眼睛看出我恢复得挺好？"我觉得自己快憋不住要燃起来了。

"中气很足，还能斗嘴，不好吗？"汉森忽然失笑，将手里得红酒往上抛了抛，搂着我的肩膀说，"走，出去喝酒！"

他这样分明是给我一撒胡子，要我瞬间化身女汉子。我已经被自己搞到内伤，除了乖乖跟着他走出帐篷，根本不能有所作为。

我们从远滩回到集团总部，受到了贵宾般的热烈欢迎，报告厅内，聚集着来自全国二十一个子公司的代表。汉森低调地回避，一场闹剧因为安抚得当，很快平息下来。我和墨鱼仔因此获得嘉奖，小升一职，分别成为了王淮庵的经理助理和胡冰的副经理助理，加上我之前担任的预算委员会助理职务，在经济待遇上我已经直逼胡冰这个副经理。

时间不过短短一年，我在集团走红的程度不亚于蒸锅里的大闸蟹。

人红是非多，这个道理我再明白不过，处处表现得谦逊而低调。幸福来得太突然，我和墨鱼仔准备好好地感谢汉森一番，不料电话打到苏阿姨的别墅去，被告知他从远滩回来就出国了。

我每天按部就班地工作生活，空了跟严墨和燕子逛街喝咖啡。严墨说昊天经过那次事件之后变得成熟了许多，那台设备终于被另一家医院买下，差炮筒的钱贴补了一些折旧亏损还负担得起。

我可以完全了断跟隽绛的联系了，我心想。

一场暴雨拉开了夏天的序幕，肆意的花香和雨后清香窜入鼻腔里，让整个城市充满着欢欣鼓舞的力量。

老泉趁从日本回国休假的间隙，和燕子两个人去了一趟马尔代夫，回来给了我一包礼物外加一个惊喜，我一眼便认出她中指上那枚最负盛名的蒂芙尼六爪镶嵌钻戒，不等燕子主动交代，我就忍不住拧着她的胳膊仔细拷问。

老泉果然跟燕子求婚了，"婚期由老爷子安排。"

天知道我有多开心，抱着燕子呜呜呜地哭起来，像个孩子一样。认识她这么久，我知道她曾经说过不想结婚，还以为她会孤单一辈子呢！

燕子也哭了："岩溪，多希望你跟我一样幸福啊！"

是啊，我们都要幸福才好。

有人说，投入地爱一个人，投入地去做一件事，幸福就降临了，可是太多人不能，因为害怕爱上这个人，爱上这件事让我们受到伤害。在不知道害怕的年纪里，我们投入自己去拥抱过爱情，可是对它了解得那么少，全力爱过之后发现不可靠，所以害怕起来，害怕让我们不自觉地把彼此放到天平上衡量而忘了扒开对方的心，进去瞧一瞧。

燕子和我都爱得迷失，她曾经一度看透了爱情而远离，而更多的人变得谨慎，谨慎而小心地选择。如今老泉让她找到了自己，而往后，让我找回自己的会是谁呢？想到这里，我不禁露出迷惘的神色来。

这天很意外地，我接到了吕青梅的电话。

"吕妈，您好。"我的优雅恭谦让吕青梅有瞬间的沉默。

"岩溪，我们见个面吧。"她说。

"对不起，最近杂事太多暂时抽不出时间。"我的拒绝平和而坚定。

"是隽隽，他想见你。"

我心中一颤，吕青梅居然在帮隽绎向我发出邀请，我不解地问："隽绎弟弟找我，为什么不直接给我打电话呢？"

电话那头的呼吸变得粗重起来，过了许久才听到吕青梅艰难地压抑着痛苦的声音："隽隽跟豆豆解除婚约了，他想见见你。"

我的嘴里发苦，事到如今我还能和隽绎好好地相处，还能心平气和地倾心交谈吗？

虽然世界上有种交际叫作逢场作戏，但纪鲁教授和林雅稚教授可从来没有这样教我。

"吕妈，"我温和地回应，"解除婚约，你们一定承受了很大的压力，可是对不起，我没有什么话能安慰隽绎，他这个年纪应该为自己的选择负责了。"

"不是这样，岩溪。"吕青梅努力地控制着自己，即使隔着电话我也听出来了，"隽绎只是想见见你而已，没有其他要求。"

"对不起……"我咬着唇。

我不怕面对允芳那样性格执拗的人，可是对吕青梅这样的低姿态从来缺乏抵抗力。

挂断电话之后，我觉得自己在这个夏天就像蒸了一场桑拿。最终吕青梅被我拒绝得彻底，"呃"地哭出声来，"为什么会变成这样？"

我想我跟隽绎的瓜葛会到此为止，或者再赔上这场莫名其妙的母女缘分。

8. 这个世界很复杂，同样也刺激

从这个夏天开始，工作压力越来越大，越来越繁忙。通过计划部门、财务部门和人力资源部门配合策划，远滩水电的人事调整终于由表面的风平浪静变成了真正的风平浪静，汪总和她的伙伴们在这一年里活得非常潇洒，任何要求能满足的都会被尽量满足，不能满足也会被隆重告知稍后满足。与此同时，集团总部各个机关部署对遗留下来的破绽漏洞，甚至能想到有可能被掌握的把柄通通查漏补缺。汪总远在总部之外，她的支持者都沉浸在虚假的胜利中，当她觉察到的时候，所有的一切早已滴水不漏，她只好再一次地认输，乖乖地坐到远滩水电站副总的位置上动弹不得。

我知道她永远只能这样了，我见识了长达一年的高端权力争夺，谈笑间如何灰飞烟灭，与当年香港的收购案如出一辙。一个人会在同一个地方摔倒两次，那一定是思维方式或者性格的原因，如果没有变化下一次同样会摔倒。

我就是在这样每天都充满奇遇的环境里默默地打磨着自己，这个世界远比纪鲁教授和林雅稚教授告诉我的复杂多了，同样也刺激得多！

远滩的工程项目进展顺利，村民对汉森心存感激，当得知项目有他中介，仗义质朴的村民们都重新补签了之前撕毁的协议。我很佩服汉森考虑问题面面俱到的能力，协议细节签署的时候，小黄赶到远滩，联络地方上的负责人和分公司的李总，商讨把原本外包的一些小工程，像专用料场、砂石分类、短距离运输等全部由当地村民承包，这个细微的动作因为村民的大肆感恩造成了意料之外的轰动，给足了地方上面子。接下来最直接的回馈就是，这个项目成了一项惠民工程、政绩工程，还引发了一轮学习参观潮。

这些热闹的场面汉唐汇金统统没有出席，他们严格执行着作为中间人低调务实的行事作风，只对项目每个节点负责。

一年过去，我和墨鱼仔配合默契，跑动也很勤快，与分公司的人相处愉快。尤其整个项目被列为重点工程后，我们在拆迁、赔付方面的事宜都处理得很好，分公司在给集团领导做汇报时都特意把我们两个拎出来单独表扬一番。

于是来年的春天，我和墨鱼仔一年助理期满，便顺理成章地被正式任命为计划发展部副经理，胡冰提任经理，王淮庵调任华东担任分公司经理。

远滩的项目进展神速，超过一百米的拦河大坝已经全部由钢筋混凝土堆石填筑，总填筑量超过 300 万立方米。再过半年，整个项目就可以全部结束了，后续事宜已经让计划发展部另外两名同事接手跟进，我只需要直接对总经理负责，向他汇报工作。

整整一年，汉森没有回国，所有的事宜全部交由小黄操刀。偶尔我还会去苏阿姨的别墅聚会，但是汉森天台屋顶的房门一直锁着。从老泉那里分享到他的消息，我也会凑过去看，他或者在牛津郡四季农庄的餐厅品尝绝味的法式美食，或者在苏黎世著名的百年咖啡馆 Cafe Odeon 翻书，或者在威尼斯 Giudecca（朱代卡）岛上俯瞰着对面的圣马可广场，或者在马德拉贝尔蒙德里德宫的悬崖上对着大西洋吹海风。这个奇特的家伙，在每个人都人手一部手机，连美国总统都玩自拍刷存在感的年代，他却把自己隐没在地球的某个角落里沉溺。我很好奇，那些传给老泉的照片都是给谁拍的呢？

偶尔我也会想起那个丢脸的傍晚，想起汉森眯着眼睛看我的样子，之后便赶紧甩甩头，把那些不堪的画面统统甩掉。

根据苏老先生的安排，燕子和老泉会在夏天结束前完婚。燕子得了婚前恐惧症，几次梦见自己当了落跑新娘。

老泉浑然未觉，只是皱着眉头望着天空唠叨："不知道阿森有没有收到我的邮件！"一边说着一边掏出手机给小黄打电话，那边不知道回复了什么，他挂断之后显得忧心忡忡。

八月的一天，我陪燕子试完婚纱，苏阿姨打电话过来让我们去河心岛别墅吃饭，傍晚时分，我和燕子踩着满园的花香走进别墅，英子抱着金毛前来开门。

"弗洛拉回来了！"

英子话音刚落，我便看见苏小小款款向我们走来，她的一头直发染成了灰白色，穿着 Lady Gaga 最新同款的红色连体衣，这身衣服被她高挑的身材演绎成完全不同的妖魅风格，我在心中赞叹，真是个漂亮的特立独行的女孩！

"燕姐姐！岩溪！"她的笑容张扬迷人，说着，首先抱住了我，然后才跟燕子拥抱贴面，"我回来看准新娘！"

我以为会见到汉森，记得苏阿姨说过，弗洛拉因为汉森才会勤快地回国。但是没有，花园里只有苏阿姨和老泉、胡冰在一起饮酒玩牌。

看见我们过来，他们都停下手中的纸牌笑着招呼，我只见胡冰的眼睛一刻也没离开过苏小小，看着她露出坦然的笑容。

吃过饭，女人们到客厅翻看燕子的婚纱照，谈论着婚礼的事宜。谈话中，苏小小无意说到她已经修完学分，有半年的时间都在各地游历。

"我和汉森一起跑完了整个欧洲大陆，可惜他不想回国。"这么长的时间，第一次听到汉森的消息，才知道老泉给我们看的那些照片都是苏小小发的。

"连老泉和燕子的婚礼也不参加吗？"我忍不住问。

苏小小意味深长地看了看我，凝结在脸上的笑容过了很久才散去："阿森会留在德国。"

我不太明白："汉森的事业在国内，为什么他要选择德国？"

苏小小不回答，燕子却盯着我说："不想看见伤心人呗！"

燕子和苏小小的表情让我觉得她口中的伤心人应该是我，可是我想起那个自作多情的傍晚，想起那个差点雷焦的自己，不敢擅自把结论往自己身上套，何况我对汉森尽管已经有诸多了解，可是他生活中隐秘的部分我却无从知晓，他的身世来自燕子，他的行踪来自老泉，甚至跟随他游历欧洲的女人也是苏小小。

他的世界那么大，我算什么！

燕子的话没有下文，关于汉森的话题便就此掠过。苏阿姨指着画册里老泉的模样对燕子说："小伙子穿上中式礼服，整个人更帅气了！"

我们都知道老泉跟帅气不沾边，他的魅力来自睿智的头脑、灵动的姿态和精湛的技艺。这个城市历史悠久，民间的花样繁多，在他去日本研修之前，很长一段时间都跟先贤苏洵那样过着撒野随意的日子，突然间发愤远游，回国之后开始在"洵颐山堂"坐诊，名声积淀不长，却有了日渐成熟的气候，人生轨迹真的应了他"老泉"的外号。

中医骨伤原本就是他们家的招牌，"洵颐山堂"被苏老先生接手以后，更是将骨科的名声散播到整个南方，甚至辐射东南亚，如今老泉坐诊短短时日，已经有不少慕名来学习的团队驻扎周围。看来就跟汉森说的那样，这份事业要在苏家人的手里才有可能更好地被传承发扬。

接下来的工作很忙，集团领导似乎在筹措一批支撑今后五年持续快速发展的大项目，为了更好地加大与国内外相关企业的交流力度，年轻干部被分批安排培训，为期三天。

我接到通知就在燕子的婚礼前几天，心里默算，回来正好赶上，还好。

我不是第一次走进这所全国最高等级的学府，但是作为学生还是第一次，来自全国各个子公司的 200 多名年轻干部被安排在离学院不远的集团所属酒店内住宿。房间早已提前放置了水果和培训课程的学员手册，时间安排很紧，学院请了著名 CEO 和知名教授做报告用以更新观念、与国际接轨，我随手翻了翻，没等细看便被电话召集聚餐去了。

我跟墨鱼仔是 TC 总部仅有的两名代表，自然是被各子公司同事首先宴请的对象，所谓培训当然被更多地解读为结交人脉，对此，墨鱼仔比我深谙其中的道理。三天的培训，他的主要内容竟然是喝酒，墨鱼仔一直处于醺醺然的状态，上课时在酒店补瞌睡，下课即生龙活虎地上酒桌，我除了摇头，便采取关机躲避的策略。

最后一天下午，我准时走进讲学厅。这是一间可同时容纳 500 人的报告讲学厅，宏顶宽阔，层层叠叠地呈半弧状展开，柔和的灯光埋在弧形凹槽里，从宏顶反射下来异常敞亮。讲台离地半人高，背景墙上是整面超人的液晶显示屏，前排是老师的讲台和电脑。每个人都有专属的座位，上面还放置着名牌方便老师叫名字。

讲学厅内陆续进来的人还不多，第一排靠墙边的位置上有三个人簇拥在一起，一边低语，一边调试着电脑。我离得远听不清楚，但知道那个位置是老师和助理的专属座位。

还没等我翻开学员手册，旁边几个女孩就悄声议论开了。

"上一期的学员说，今天讲课的老师 man 极了，从他嘴里吐出来的每一句话都像丘比特的箭在猛射！"

"哈哈，怎么受得了！"

"微信上有照片，看看！"

"哇，手指好长，白衬衣男神！"

"口水，口水滴我手机上了！"

姑娘们的话传到我的耳朵里面，让我哑然失笑，三天培训的教授都是气质儒雅妥帖的人，甚至还有电视网络上出现过的大神级 CEO，这位老师又会是谁呢？

9. 好久不见

正想着，幕墙上的光影一闪，PPT 首页定格。我抬头看去，觉得页面简洁大气，白色为底，左边灰蓝的一个圆圈，里面发散出一棵由浅绿渐变为深绿到海蓝色的大树，枝叶展开层叠衍生，几只变形的小鸟停靠在树冠上，右边是微软雅黑体的几个大字"大数据时代的投资革命"，这就是本节培训的课题了。

不错，微软雅黑也是我很喜欢用的一种字体。

但是我却被下面的一行小字给镇住了。

下面赫然写着"主讲人：秦汉森"。

汉森？

我使劲眨了眨眼睛，转头看了看第一排靠墙位置上的人，他被身后站着的助理挡住了，三个人正在低声议论着什么，时不时发出呵呵的笑声。

我正考虑着要不要上前确认一下。时间刚好到了正点，学员们都到齐坐下，我只好回到第二排正中间的走道边自己的位置上。

果然是他！

这个家伙居然摇身一变在最高学府当起了客座教授，苏小小不是说他在德国吗！

我目不转睛地看着他，感觉又新奇又好笑。

汉森今天穿着一件普通的浅蓝色 T 恤，搭配着深色休闲长裤，他的身材并不十分高大，可是比例很好，站在高处，身后纵深的讲台衬得他双腿挺拔，腰身端正。

他一手握着麦克风，一手随意插在裤兜里，低头沉思着什么，过了一会儿才慢慢走到电脑跟前说："我知道在座的同学都是来自投资大腕 TC 的精英，我要讲投资革命会不会让大家认为我想取代你们呢？"

"哄"的一声，下面有人在笑。

"既然讲到大数据，势必牵涉到互联网，我这里做个调查，会翻墙的举手。"

我微笑着看着汉森，见他一本正经地望着全场，打望了一阵点头说："嗯，很少，二十二个人，占比 11%。你们看，刚才我所进行的就是一项大数据调查，我没有用传统样本对调查内容进行抓取和处理，而是将在座所有人作为样本计算。当然我仅是打个比方，真正的大数据规模一般在 10TB 左右，相当于一个平常人的脑容量，实际应用中很多企业把多个数据集放在一起，会形成 PB 级的数据量。"

他一边说着，一边抬腿一跃从讲台下来，走到学员中间。

"这位，纪岩溪同学请站起来。"

原来他早就看到我了！

猝不及防地被他点到名，我全身一震，莫名其妙地站立起身，眼睛一眨不眨地与他对望。

他有些恶作剧地笑着问我，"你没有举手，是不会吗？"

切！翻墙谁不会啊！

我对他翻了个白眼说："觉得麻烦。"

他点点头对我比了个手势，示意我坐下，然后单手撑着我的桌沿，提着麦克风很拽地说了句："我觉得可以鄙视你们了，外面的世界那么大，怎么都不想出去看看吗？"

"哈哈！"他的话让全场人都会意地笑起来，气氛一度活跃。

汉森的课很有趣，原本枯燥无味的大数据理论被他解读之后，浅显生动。学院几个负责人和 TC 的人力资源部总监不知什么时候也坐到讲学厅后排观摩。

整堂课互动非常踊跃，汉森在后半段几乎没有用到 PPT 了，由现场学员提问，只要跟金融投资有关的话题，大家对什么感兴趣就讲什么。虽然他没有提到自己的经历，可是当他不经意地拿最近某个大型项目的融资为例，讲述他在实际操作中是如何谋划全局的时候，大家才恍然大悟，原来这个项目是他做的！

最后他拿了某个最热的金融产品请大家现场研判分析，经过逻辑推演和正反思辨之后，大家均做出彻底否定的结论，让全场哗然。

"任何时候，都要独立地思考，独立精神和自由思想是我们这一代人最需要坚守的原则，我把前辈们最宝贵的精神财富送给各位作为结束。今天我讲的内容你们不记得没关系，但这句话一定要记得。"

此刻我对汉森有了全新的认识，他很敢讲，很少模棱两可，很多知名教授或者成功 CEO 也许考虑到名望身份或者受众的原因会讲得比较温和，需要揣摩体会，很多学员都说三天的培训这才有大开眼界的感觉。

旁边的女学员一直在不停地拍照，忙活着发朋友圈。

我整理完笔记没走开，站在位置上看汉森一边拔网线，一边跟人合影，直到助理上前耳语几句，他才抱歉地走开。我以为他会从侧门直接出去，不料他径直来到我的身边，笑眯眯地说："帮我订机票，一起回去。"然后掏出身份证递到我的手里。

期间讲学厅里只剩下没几个人，助理有些诡异地看了我一眼。

我没管她，盯着汉森问："今晚最后一班，你赶得及吗？"

"可以。"他丢下这句话便和助理匆匆地离开了。

还有五个小时，我用手机订好机票，付款之后忽然想起应该给他单独预订头等舱。

夜间航班人不会太多，到时候再升舱吧，我心里这么想。一心惦记着连夜赶回去，明天就是燕子的婚礼，到时候他们看到我和汉森同时出现会不会惊喜到语无伦次？

尤其是老泉！

我幻想着各种意外的画面，站在机场大厅也忍不住乐出声来。

"想什么自己也能笑出声？"身后传来一个声音，充满磁性，我知道是汉森，刚回过头去，他已经伸手接过了我的行李箱。

他换了件干净的暗格子长袖衬衣，领口微敞，笔挺的藏青色长裤将他的腿型衬托得很长。这个温和优雅的男士站在身边，让我的虚荣心大为满足，尾随他从专用的安检通道走进 VIP 候机室，里面除了丰富的水果点心，还有免费晚餐，如果加个煎蛋师傅，那就是五星酒店的餐厅现场了。候机室灯火通明，但我知道其实夜已经很深，坐在宽大软和的沙发里，我有些疲倦地伸了伸懒腰。燕子一直在跟我微信中，她激动得睡不着觉，我只好安慰她，如果不好好休息，明天顶着熊猫眼出现会很失礼，何况也对不起提前一个月就下血本做的美容啊！

汉森安静地坐在我旁边，从头到尾都没有打扰我，他爱看纸质书。

好不容易安顿好电话那头的新娘，我瞪着大眼睛百无聊赖地看着汉森埋头翻书的样子，跟一年前比起来，他的眉间隐约有丝痕迹，应该是经常皱眉的原因，这让他瘦削的面庞显得更成熟坚毅，短发修剪得恰到好处，微垂的眼睑下是让我艳羡的浓密翘睫毛，浑身散发着若有若无的太行崖柏草药香。

汉森合上手中的书，侧头与我对望，如果他不控制自己，就会露出这样赤裸裸嚣张的眼神，看了一会儿我便不由自主地低下了头。

他前倾着身体，膝盖碰着我的膝盖，我感觉自己的手被他握住了。

"好久不见，岩溪。"

"嗯。"我听着他说这样的话有些伤感，我用了整整一年的时间抵御，"弗洛拉说你打算留在德国。"

"是的，可是控制不住，还是回来了。"他的鼻息就在我的手上，温热的呼吸明明灼的是我的手，可是我的脸却红了。

汉森并没有看我，而是把我的手抵在他的额间，垂着头，话语有些呢喃："我走了很多地方，掐断和国内的一切联系，整整一年我想我已经没事了，准备重新生活的时候，"说到这里他自嘲似的笑了笑，"一接到邀请我就控制不住自己，鬼使神差地回来了。"

汉森由始自终没有提一个关于我的字眼儿，但是他的话却句句敲击着我的心，让我的心跳跟随着他话语的韵律"砰、砰、砰"的巨响颤动，我看不清他的表情，他把自己的脸埋在握着我右手的拳头下，一片暗沉。

"原来是这样，不是因为惦记老泉才回来的？"我在逃避他将继续说下去的话。

果然，汉森听到这话立刻拿我的手在他的掌心里蹭了蹭，抬起头来抿着嘴说："当然，也是惦记他的。"

而后很自然地，我们的谈话便围绕着明天的婚礼展开，汉森真没跟他们联系，他只是收到了老泉发给的邮件，计划好了回去的时间。

不知道明天会带给他们什么样的惊喜。

我窝在汉森身边睡了一觉，那股温热的草药香味似乎浸润进了我的梦里，在柔和的薄雾袅绕之间，一片广袤的青草随风轻拂，晨光透过云层洒下，落到两个并肩而坐的背影上，这一切仿佛镶着金边的油画，让人感觉娴静安稳。

我醒过来时飞机还未落地，机舱里的灯已经亮了。

汉森的胳膊圈着我，还在埋头看书。我将手臂藏在毯子里，抬起眼睛，他完美的下颌便呈现在我的眸中，我问了他一个心存很久的问题。

"汉森，你身上的味道怎么这么特别？"

他放下书，捏了捏眉心沉吟说："以前是没有的，从十三岁开始一直到十六岁，整整三年每天晚上泡药浴做理疗，后来就有了，我自己倒是闻不到。"

"很淡，却很不寻常。"我看着他有些出神，想起燕子告诉我的故事，十三岁，正是他遭遇人生巨变的那年。

"嗯。"汉森看了我一眼，好像这样的问话他早就习以为常，浓密的剑眉向上挑了挑一本正经地说，"还有下次的话我会好好选一选，是阿玛尼的好还是纪梵希的好？"

我"扑哧"一声笑了："世界上最名贵的香水也比不过这个味道。"

"真的？"他的嘴角勾了勾，眸瞳处腾地燃起一簇火苗，仿佛在下一刻便会燎原到浩瀚星海般深邃的眼眸里。我咬了咬唇艰难地坐直身体，从我的位置看去，能清楚地看见他喉结的滚动，让我的心跳跳停停。

猛然间座位"突"地一下，机身发出"呼呼"的风声，是飞机落地了。广播里响起空乘温和的声音："女士们先生们，飞机已经降落，外面温度26摄氏度，飞机正在滑行，为了您和他人的安全，请先不要站立或打开行李架……"

汉森公司有车长期停在机场，所以我跟着他很快便上了一辆黑色奔驰，他的行李已经被放置在了后备厢。我记得这辆车，长岛酒店的那次。

"上哪儿？"他问。

我看了看时间："去燕子家吧。"

"这样，要不你先陪我去看看爷爷和苏爸爸，我再送你？"汉森笑了笑，"我不想明天吓到他们。"

"也好。"我答应。

汉森是对的，明天是老泉的好日子，他不想把场面弄成自己的久别重逢会。

10. 婚宴后那个身姿翩翩女人

苏家在"洵颐山堂"后面一水之隔的地方有一处三层楼的小院，大哥苏穆、二哥苏武早已成家搬了出去，院子里就住着爷爷苏向南老先生和老泉以及他的父母。

"你为什么自己住到苏阿姨那里去呢？"我的问题似乎有些冒昧。

"苏阿姨是苏家的远房亲戚，我跟她投缘，尤其英子做的东西还好吃。"汉森看了我一眼，"像我这样常年外出，在爷爷眼皮底下生活他难免会担心。"苏阿姨性格大气豪爽，我第一次去她那里就感觉随意，像汉森这样披星戴月，生活没有规律的人，不用特意给她交代，也不会受打扰。

远远地我就看见从高墙探出小院的树冠上张灯结彩，院墙里透出绚丽的灯光，里面人声鼎沸，今晚这个日子有"花夜"的说法，婚礼的男方会宴请宾客，而女方则回避。看样子，他们这是要搞通宵。

汉森将汽车停在"洵颐山堂"，从行李箱拿出一个精致的手袋，我们踱步从后门的桥上走过去。

铁门打开，一个衣着朴素的短发女人站在门口，看见我们瞪着双眼，张了张口愣愣地说不出话来。我跟燕子来过这里，认得这位跟了苏家很多年的保姆，是个言语不多的女人。

"汤婆婆！"汉森张开双臂一把将她搂在怀里，"我回来了！"

"汉森！"汤婆婆呜咽着，过了好一会儿才醒悟过来，挣出他的手臂说，"我去告诉爷爷！"说完她竟然抛下我们一溜烟地跑了。

汉森开心地望着汤婆婆消失在树丛中，大步流星地踏入了院子。

我尾随其后，只见一路浓荫遮密，不论是高擎的桢楠桂树还是低矮的木槿山茶，无不被彩球和霓虹灯包裹了一番，发出七彩闪耀的光来。

"阿森！"远处一声大吼，眼前立刻黑压压地涌来一群人，走在最前方的就是老泉。没等我看清楚，老泉已经狠狠地一拳打在汉森前胸，两人旋即紧紧地拥抱在一起。

旁边的苏穆大哥看到我伸手过来说："岩溪，谢谢你把汉森带回来！"

我笑着没说话，心想如果他不想回来我又如何能带他回来。

老泉的父母也来了，汉森放开老泉的胳膊给长辈跪下，韩美阿姨把他扶起来，柔声说，"阿森，快上楼去看看爷爷！"

汉森抬腕抹了抹眼睛，"嗯"了一声，大步走进了小楼。

我被剩下的人簇拥着走到小楼院坝的凉亭里坐下，苏爸爸坐到我的身边。他叫苏之境，是个性格慈厚的中年人，他并没有像苏家人那样执医坐堂，而是在家编撰医书。

他递给我一杯刚沏好的茶水："岩溪，累了吧？"

"飞机上已经睡过了。"我笑着回答。

韩美阿姨也坐了过来，仔细地打量着我问："阿森这一年过得怎么样，你问过他没？"

"听他说四处游历来着。"更详细的情况我不知道，只好敷衍。

"我们家男人多，阿森爱把心事自己兜着，阿姨拜托你多关心他。"韩美阿姨微笑着看我，拿着扇子直往我身上扇。

"好。"

"还好你把汉森带回来了，要不老泉会遗憾一辈子！"她的眉眼很舒展，露出心满意足的表情。

"公司小黄也不知道自己老板到底在哪里，老泉收到的照片，都是好几个月之前的事。"

"阿森从小最爱为别人着想，可整整一年也不跟家里联系，太任性。"

"爷爷担心他不回来，一个人在国外流浪！"

我一直"啊、啊"地点头，听着他们的话。觉得汉森离开也许并非我想的那般简单，还好我没有自作多情以为他是因为我。燕子说过他不愿意见到伤心人，看着这个和睦的家族，不知道是谁让他伤了心。

他们都说是我把汉森带回来的，不知道多感激我的样子，这让我感到愧疚。

我抬头看了看天，想到自己伴娘的身份职责，起身告辞："谁能借我一台车，我先去燕子那边。"

"我送你。"汉森不知什么时候已经下楼来，捏着车钥匙走到我身边，"走吧。"

我有些犹豫，一晚上他并没有休息，"你睡会儿吧，我自己能开车。"

他笑了笑，径直向外走去，我只好跟众人道别跟着他离开。

燕子家楼下，我远远看见小小穿着单肩裹胸的白裙等在门外。"岩溪！"她在向我招手，手里还抱着一件白色的裙子，那是我的伴娘服。当汽车停在她的跟前，汉森跨出车门的瞬间，小小愣住了。

"阿森？"小小的声音和表情都很奇怪，跟平常不同。

"弗洛拉！"汉森站在前面，背对着我。

"你……"小小有那么瞬间的失神，眼睛在汉森脸上停留了片刻，越过他的脸颊看到我，很快地露出洁白的牙齿笑起来对汉森说，"你还是决定回来了？"

"嗯。"汉森点点头。我看不到他的表情，只见他张开双臂，小小上前跟他轻轻地拥抱了一下便抬起头来，径直走到我的跟前。

"岩溪，给你准备的衣服。"小小的失态仅仅在那一瞬间便很快恢复常态。

可是我很自然地联想到他们两个曾经结伴游历欧洲半年，而且小小笃定地告诉我，汉森选择留在德国。但是这一切跟我又有什么关系呢！

汉森回到车里跟我们说再见。

小小便再也没看他一眼，笑眯眯地打量着我问："刚下飞机？"

"是的。"

"要不要休息一会儿？严墨和我陪着燕姐姐就好。"

"没事，这么重要的场合，我怎么能缺席，哪怕是一分钟。"

"噢，是啊！"

……

燕子的婚礼异常隆重，婚宴设在香格里拉酒店，30桌酒席云集本地的政要富商，显示苏家在这个城市里非比寻常的人脉和势力，从医界名流到商业巨子，香格里拉被来自四面八方的宾客和媒体挤得爆满。来自文化界的名流尤为强势，苏向南老先生的学生和朋友纷纷现身，由本地著名的媒体人担纲主持，主婚人则是前统战领导。据燕子的媒体朋友八卦，今天有几位重量级人物没有到场，不过派人送了礼金名帖致贺，给足面子。

整场婚宴从上午 10 时左右开始，仅嘉宾入场环节就持续了两个小时。

新娘燕子身穿一袭纯白的深 V 低胸露背礼服，佩戴着精美的钻饰，像女皇般贵气十足，而老泉则一身黑色定制西服，气质逼人。两边的伴娘和伴郎阵容也十分强大，汉森和胡冰穿着白色衬衣站在老泉身边，尽管一直沉默着，却都散发着说不出的俊朗沉稳。

观礼的嘉宾中，我看到了吕青梅和允芳。

她们今天的装束非常隆重，两个女人的手里分别提着银灰和蓝色的爱马仕包，一如今天到场的很多名流家属。梁董事长没来，可是我转眼却看到她们身后的袁娄山董事。

"请转告苏老先生，梁董事长人在国外，由我代表蜀汉集团参加。"袁娄山就是死去的袁东的父亲，他正在跟老泉表达歉意。

老泉扭头看了看汉森，而后回头对他笑着说："心意收到了，谢谢您！"

新娘燕子附在我的耳边轻声说："袁娄山是曜石基金会秘书长，梁隽绎的父亲也是曜石基金的理事。"

难怪他们会来参加，仅仅凭"洵颐山堂"的名望，还不足以惊动大型企业的老总。这个城市虽说很大，但是圈子却不大，因为远离京城，文化界的名流有可能声名远播响彻海内外，所谓权贵还真没几个。

吕青梅和允芳看到我了。

"隽绎去澳大利亚有一年了，下次见面不知道什么时候了。"吕青梅的样子依然温和，自从上次通过电话，一年来还是首次见到她，她似乎没有把那件事放在心上，亲热地拉着我的手说："岩溪越来越漂亮了。"

"谢谢，吕妈。"我礼貌地回应她。

汉森一直在看着我们，眼里露出灼灼光芒。

但允芳却没那么涵养深厚，她冷冷地对我点了点头，便由服务生带领着走进宴会厅。

TC 来的是董秘陈鹏程，总助也来了，跟伴郎胡冰聊着天。

　　这个时候我才领悟，苏家在这个城市的地位得以彰显，靠的是曜石基金。"洵颐山堂"名望再高，也仅限于民间，可是作为4A级的曜石基金不同，它是这个城市非常重要的公益组织，发起人是苏老先生，理事囊括了本城最大的几家企业老总，而它的背后还有国家统战的需要。

　　我偷眼看了看汉森，心中感慨，十多年过去了，他的整个家族没有因为肉体的消亡而泯灭，靠着曜石基金持续良好的公信力，家族精神反而越发得到延续和尊重，还在不断地发扬光大中，这不得不说是他和苏老先生的智慧。

　　喧闹的喜宴结束，按惯例新郎新娘都会站在门口送别嘉宾陆续散场，我便和汉森尽职地陪在燕子和老泉身后。

　　累了一天，燕子心疼老泉，伸手给他擦汗，这样体贴的姿势平常人或许见惯不惊，但在燕子这里却很稀罕，老泉像吃了蜜糖般振奋起来。我看着他们打情骂俏抿嘴偷笑，汉森不知什么时候已经走到我的身边问："要不要坐一会儿？"

　　我也想趁着没人偷偷懒，刚要坐下就见门外走来几个高挑的身影，原本可以不注意他们，可是他们太引人注目了。

　　四个身穿深蓝色西服正装的男人左右排开，中间是一位身姿翩翩的女人，那个女人身材很高，银灰色的裹身包裙，胸前挂着重叠的三层珍珠项链，头发是埃及艳后那样漆黑遮额的直发，刚垂到肩膀。她的眼睛很黑很大，一直目不转睛地盯着我们。

　　我和燕子都呆住了，这样的阵仗直奔我们而来，好像电影里的画面。

　　怔忪间，那女人已经来到我们跟前。

　　她并没有理睬我们，甚至连新郎老泉也没看一眼，而是将手伸向了汉森。

　　"我们到旁边坐坐好吗？"她的普通话很纯正，不是本地人。

　　"我是伴郎。"汉森摇了摇头，眼中似笑非笑。

　　"我找个地方等你，楼上？"

　　"不用。"

　　"你在拒绝我？"那女人的表情天真，言语极其平静，却给人巨大莫名的压力。

　　"嗯……"汉森垂头想了想，指着不远处的一簇沙发说，"你在那边等一等，我忙完这里就过来。"他很平静，没有被那股气场碾压。

"这怎么行？"身后的男人声色俱厉，"小姐专程赶来，你就这么招待客人？"

汉森没回答，漫不经心地看着那个女人。

"好，去那等。"女人说完，转身朝那头的沙发走去。我见她稳稳地坐到沙发上，其他四个男人都背着手站到了她的身后。

"谁啊，这是？"燕子嘟囔着问。

老泉若有所思地看了看汉森，汉森却跟什么事也没发生一样站得笔直。

客人一批批走了，我和燕子都忍不住时不时要瞥一瞥沙发那头的女人，大约一个小时过去，她居然连姿势都没换一下，一动不动地坐在那里，耐心十足。

11. 我可以开始仰慕他了

终于，在最后一个客人离开后，老泉拍了拍汉森的肩膀说："姚小姐那边，你去吧？"

汉森踟蹰片刻，低头思索了会望着我说："岩溪，你跟我一起去。"

我眨了眨眼："为什么？"

"当帮我个忙。"他这么说，我立刻会意，当初面对隽绎的时候他不也帮了我么。

为朋友两肋插刀，我不知道这算不算。

我和汉森并肩走到那个女人跟前的时候，我看不出她情绪的起伏，只看到她瞬间眨了眨眼。

"坐吧。"女人平静地说，"你女朋友很漂亮。"

汉森没回答，我想说其实她也很漂亮。

"让你决定回国的女人是她？"女人问，看着我的样子毫无表情。

"姚依，"汉森说，"你看到她，可以回去了吧。"

"我想跟她做朋友。"这个叫姚依的女人很奇怪，纠缠得毫无道理。

汉森笑了笑，侧头看看我说："岩溪，这是姚依，我的朋友。"随后又对姚依说，"这就是纪岩溪。"

"纪岩溪？"姚侬眼神沉了沉，很快地仰着脖子对我伸出手来，"汉森和我在欧洲的时候曾经讲起过，我一直以为他是在编故事，认识你很高兴。"

我心想他当然是在编故事，表面上却礼貌地伸出手："你好，姚侬！"

"汉森那么爱你，你怎么舍得让他流浪一年？"姚侬问我，我看着她痛惜的表情，觉得自己应该也生出同理心来才对，那个伤害汉森的女人真是该死，居然这么狠心，换成是我也会忍不住想去看看她长什么样，再质问她两句。

想到这里我垂下眼睑，咬咬牙回头看着汉森说了句："对不起汉森，我再也不会让你难过了。"我睁着水汪汪的眼睑，脸上露出悔恨的表情。说完这句深情的告白，我觉得当年惊动整个学校的学生会文娱部长又活灵活现地出现在这酒店里，今年的奥斯卡非我莫属，下来汉森不请我吃顿好的补补我定然不答应。

汉森怔住，"咳咳"地呛了一下，显然他还没准备好，入戏不深，我紧挨过去，伸手拍了拍他的后背，柔声问："好些了吗？"

"没事。"他埋头，几乎碰着我的肩，"站了一天。"

"噢。"我一边安抚，一边对旁边的姚侬抱歉地笑了笑，"他昨天连夜飞回来，到现在还没休息，姚小姐要不要先住下，我们明天再来拜访您？"

这时姚侬站了起来，她对汉森说："我这就回北京，下次你带岩溪来看我。"

我听到这话，顿时松懈下来，跟着汉森一同起立。

汉森没说话，她却眯着眼睛对我说了句："你知不知道多少女人的梦想就是跟汉森爱一次？"

爱一次什么？

我不知所措，身旁的汉森晃了晃，估计被她震撼得不轻。

她踏步走出大厅，门口已经停着两辆劳斯莱斯幻影，钻进汽车之前，她又回头说了句："你女朋友身段虽软，却很强势，汉森你栽了。"

直到汽车消失在视线里，我才抬手抹了抹额头上的汗珠，问道："她是谁啊？"

汉森好像没听到我的问话，紧紧地捏着我的左手，忽然侧过身体将我抵在大理石石柱上，他全身的肌肉猛地抽紧，竭力往我身上贴，我仰头望着他，他的表情有些迷乱，半闭着眼睛俯到我的脸上，一下就触到了我的唇。

"我爱你，岩溪。"他的声音有些颤，似乎用尽了力气。

外面的风很大，将我的白色衣裙吹得扑棱乱翻，汉森衬衣的衣扣嵌入了我的胸口，情动的热浪从心底向全身蔓延，这样的感觉让我迷惘、惊慌，让我搞不清这是在哪里、是什么时间，我觉得自己像个软塌塌的布偶，通体的灼烧让我身不由己，在他怀中感觉踏实舒服。

他在吻我，灼热的嘴唇从容不迫，仿佛可用一生的时间享用，他抬着我的腰驱使着嘴唇顺着脖子往下游走，游向我的颈窝。

"岩溪，"他又低声说了句"我爱你"。

他的声音很动听，这样的话让我心颤，我的鼻子里窜入那股好闻的崖柏草药香，禁不住就此沉迷其间。这时我看见模模糊糊的建筑的轮廓，听见身后大厅里发出有人说话的声音，猛然间理智回复到我迷离恍惚的意识中来，我挣扎着低声说："放开，汉森，不行。"

可是他像全没有听到一样，胳膊勒得紧紧的，沉溺在我的胸口动情地吻着，我只好使劲推开他，汉森倒退了一步，把双手举到了脸侧。

"噢！"我听到他粗重的呼吸，还有自己喘不上气来的声音，像刚跑完一千米。

"我只是……"我讷讷地说，"是你让我帮你的。"

他已经渐渐恢复了平静，听到这话后烦躁地扯下灰蓝色领带拿在手里，粗声地问我："是不是我说什么你都听？"

我下意识觉得这句话是个陷阱，咬着唇笑了。

汉森看着我的笑容，脸上露出一片温和，他伸出双手握住我，表情认真而执着："是真的，我想忘了你，可是做不到。"

"所以你就跟弗洛拉在一起，还有刚才那个？"此刻我确信燕子说的伤心人是我，心里的疑问脱口而出，说完就后悔了。

"嗯。"他意味深长地看着我，点了点头，"我们之间，彼此一直坦诚。"

我在想应该怎么理解这句话的意思，我不是个思想保守的人，我体会过爱情来得突然的状态，就像此时此刻，我几乎被他迷乱了心，可是我不太喜欢因为意志薄弱而沉溺在肉体欢愉中的关系。

他见我迟迟没有说话，拉着我顺势坐到了台阶上。此刻已是下午，玫瑰红的霞光照射在城市的建筑上，一半阴影一半明亮。

他是个话少的男人，坐在台阶上沉默了许久才缓缓开口："我从小喜欢顺着自己的心意生活，十三岁那年才有所改变，我原本以为自己很渺小，无法掌控自己的命运，慢慢长大以后好像真的开始可以掌控自己的命运了，直到很多年过去，遇到你。"

"遇到我，怎么呢？"我隐隐不安，想起隽绎说过他对我的爱，仿佛又看到一个试图通过征服一个无法征服的女人证明自己强大的男人。

"遇到你，就遇到挫折。"汉森笑了，"可是我更愿意像理想的那样过顺心顺意的生活，我知道那不容易，可是很好。"

"顺心顺意的生活……你消失这一年，就是想找到那种顺心顺意吗？"

汉森沉默，然后我们两个人都陷入了沉默。

"怎么才叫顺心顺意呢……濒死的时候什么都不怕，那叫顺心顺意吗？放下最舍不得放下的人，叫顺心顺意吗？"汉森一直在望着天边的那轮落日，过了很久才悠悠地开口，夕阳落在他的眼中，眸瞳发出琥珀般透亮的光。

"还记得那次被你拖下水吗，我以为我真的要死了。"我想起那个夜晚，汉森被我甩了一记大耳光，我看见汉森也眯着眼睛在笑。

"我不怕死，也没有什么放不下的人。"我很诚实地回答他。

他侧过头来打量我。

"我的家人都不在了，"汉森说这话的时候，我的心突然停止了跳动，害怕心跳的声音会不小心打断他的话，"如果我也跟你一样的话，也许真的不怕死，也会很快就放他们安息，那样真的就是顺心顺意了。"

他说的我知道，我理解一个十三岁的少年不肯接受家人死去的事实的那种漫长的痛苦。

"车祸那次我也觉得自己要死了，我看见了我的父母，他们在等我。"汉森咽了咽口水，说得有些艰难。我记起他在昏迷的时候抓着我的胳膊喊"妈妈"的情形，心里一阵难过。

"但是闻着一股很香的青苹果的味道让我舍不得，我觉得如果我死了，就再也闻不到这股味道，再也看不到你，我觉得自己很傻。"汉森解开领口的扣子，把玩着手里的领带。

他这个样子看起来一点都不傻，却是我从来没有见过的汉森，真实、坦诚、忧郁，让我一下就触摸到他，很顺利地走进了他的心底，从外貌到灵魂，都干净而聪明。这样的人，我会很容易产生信赖，而且那么幸运，他居然喜欢我，喜欢到只是闻着我头发上的青苹果香味就舍不得放弃。

我觉得我可以开始仰慕他了。

"你喜欢青苹果的味道，以后我买一堆送你。"

"啊？"

"瑞士原产地的洗发露。"

"噢。"

"刚才那个，姚侬是谁？"

"老师的女儿，德国读书时的学姐。"

"她说那什么，女人的梦想，嗯？"

"呃……她胡说的，信不得……"

"很彪悍啊……"

"是蛮彪悍，差一点比得上你了。"

"我吗？好像比你差一点。"

"我们这样相互吹捧有意思吗？"

……

时间在絮叨中流逝，我和汉森就这样坐在酒店大厅前的台阶下，直到身后传来一个声音说："原来你们在这里。"

我回头看去，苏小小站在高处，光影中的表情很复杂，失落流出眼底，胡冰就在她身后不远的地方，背着双手如同护卫。

汉森拉着我站起身，拍了拍我裙子上的尘土，走到两人的跟前问："里面都收拾好了吗？"

"可以走了。"

婚宴后燕子和老泉准备去洛杉矶度蜜月，胡冰休了年假，顺便护送苏小小回国。

临走前燕子找我单独吃了顿饭，我看见她手腕上戴了一只手表，那是汉森在瑞士汝拉山谷特意为她和老泉定制的结婚礼物。

"汉森应该很早就收到了邮件，他一直都把你们放在心上的。"

燕子笑了："他也一直把你放在心上的，倒是你呢？"

"我？"

"岩溪，把以前的事都忘掉，跟汉森在一起吧，你会幸福的。" 燕子难得严肃，为了汉森她这是正式跟我谈第二回了。

"嗯，我会考虑。"

"你在介意——婚礼那天看到的那个女人？" 燕子抬眸问我。

我没回答。或者不止那个女人，还有苏小小，汉森的情史必定丰富多彩。

"我问过老泉，那个女人叫姚依。" 燕子说，"她很漂亮。"

"不仅漂亮而且受过良好的教育，她是汉森的学姐。" 我有些沮丧。

"是啊，还有非凡的家世，她的父亲是 PE 教父姚峥嵘，汉森是他亲自带的学生，曜石基金能够做大跟她父亲有很大关系，她追求汉森很多年了。" 燕子说。

"同时她也非常自负。" 我想了想。

姚峥嵘我当然知道，业内殿堂级的人物，当自己的位置被摆在天平的一端，那头却是让人难以企及的对象时，这种感觉够让人憋闷的。我很少这么憋闷，因为我从来不会跟身边人较劲，我的自卑来源于天性中对完美的追求，从这个角度来说，也可以认为我很自信。当同龄女生刚学会幻想爱情的时候，我就更早地学会观察这个世界了。我了解爱情的真实，我知道如果失去对爱情的美好幻想，就等于失去了对人生的积极态度。

很多人说摩羯女总是站在冷漠与热情、深沉和天真的两个极端，却很少有人知道这是因为对这世界看得太透彻，追求得太纯真，所以懒得转弯抹角去索取而已。汉森的出色超出我的预想，跟他在一起的美好我甘之如饴，同样我明白有多美好就可能有多丑陋，甘之如饴的背后便是苦不堪言。

我甩甩头，对她说："我会尽自己最大的努力跟他在一起，因为我太喜欢聪明人。"

燕子很高兴："你这么想我就放心了，我就喜欢你这股越挫越勇的劲头，挑战不可能吧！"

12. 夫妻是这世界上最过命的交情

汉森离开的这一年，盛唐汇金的工作事宜都交到以前的助理——现在的副总黄屹手里，汉森回来之后也没有全部接手。他坚持每天接我下班，两个人找个地方吃饭，但是最常去的还是苏阿姨的别墅里。英子知道我爱红油大虾，居然一连七天每天都做，吃得我满脸冒痘痘。

饭后我们会选择继续在他的房间里拼凑那件成化青花瓷，或者牵着金毛沿河走一圈，然后汉森再送我回家。他的话好像在香格里拉的台阶前已经说完，轮到我的话很多，他通常只是听着，负责点头、抿笑，我以为只有女人才会温柔，这个男人温柔起来像不灼人的冬日暖阳，让我感到踏实而安全。

他很克制很谨慎，我时常会看到他眼中熠熠闪烁的光辉，或者偶尔流露的迷惘。自那天在酒店门厅外给了我一个下马威后，他就再也没有那样冲动过，我甚至开始怀疑自己，是没有吸引到他，还是我高估了自己，否则他怎么那么冷静。

这天上班间隙接到他电话说："有些事情会晚点，等我来接你。"

"谁让你命好遇到我呢，"我嘀咕着，"一会儿我自己开车过来。"

下班之后到他办公室，那个叫小宁的女孩认识我，殷勤地把我请到汉森的办公室："秦总还在开会，我先陪你坐一会儿。"

我跟她瞎聊，天南海北，看不出这个女孩也是海归，幼时家境贫寒，"我初中、高中都是曜石基金捐助的对象，你不知道吧岩溪姐！"

我很意外，她告诉我黄屹也是。

"刚进汉唐汇金的时候觉得老板好恐怖，对人对事的要求苛刻到极点，可是按照要求做好之后才知道他有多好，老板不仅是我们事业的导师，也是我们人生的领航者！一年前我知道老板就是秦五曜先生儿子的时候，哭了好几夜没睡觉！"小宁说起汉森一口一个老板，全不避讳对他的崇拜之情，"我们老板太强大了，他愿意把核心业务全部分享给我们，这在其他公司根本不可能！"

嗯嗯，我当然知道汉森有多好。

"黄副总早有能力自己单干了，光是接老板给他的下游项目也能养活好几百号人，可他说铁了心跟着老板呢！"

难怪汉森可以一走了之，他不知道有多聪明！

正说着，几个秘书司机鱼贯而出朝门外走，小宁说："应该是里面散会了。"

"市里的新领导来调研，开了一下午的会，这会儿才散。"小宁正说着，门被推开，一个穿着制服套装的年轻男人走进来对我说："纪姐，秦总让我先送你去盛世逍遥，他们随后就到。"

我没想到还有饭局，正犹豫着要不要参加，黄屹的电话忽然打进来："岩溪姐，今晚上是私人饭局，不是工作餐，一定要参加，我去接女朋友！"

我"呵呵"一笑，答应下来。

自从袁东死后，我就再也没来过"盛世逍遥"。事隔多日再走进这间最豪华的包厢，想到当时的声色犬马，居然生出唏嘘的感觉。

虽然是私人饭局，可是重要人物还未登场，秘书随行人员早已先行安排。我前脚刚到，黄屹便带着他的女友匆忙赶来。

这时门口也出现喧哗声，我扭头看去，只见投行的李二哥正招呼着吴总走进来，他携带的女伴居然是允芳。我很早就揣测过吴总跟允芳的关系，但他们以这样的姿态出现还是首次。

我想汉森今天是主人，要给他撑面子，李二哥的夫人王姐姐是我的旧识，我扬着手将允芳和她安排下来。随后蜀汉集团的袁娄山也携着夫人进来了，他长得很胖，神情傲慢，看见吴总一番招呼后，三个男人便坐在沙发上倾谈。

"马大爷的第一顿私人宴请，居然交给秦汉森这小子，什么意思啊？"袁娄山毫不掩饰自己的不悦，看得出他们平时私交不错，而且位高权重惯了，连黄屹在旁边也毫无顾忌。

"调研中小企业不是袁董事赞成的吗？你要到我们TC，今天就是你做东！"吴总哈哈大笑。

"不是你介绍认识，远滩项目还不是你答应给的。"袁娄山挑着眉，很放松地将手放在沙发的靠背上。

"那证明我眼光好，阿森做事靠谱后台也硬，连姚先生也为他开口说话。

南洋制药那个，哎，小黄你也有参与对吧？"吴总漫不经心地说着，指了指桌子那头的黄屹。

黄屹正跟女友窃窃私语，听到自己名字赶紧将头抬起来。吴总指着黄屹说："我让汉森稳住不撤，远滩的这个项目算是给他承诺的补偿吧。"

吴总说完看了看我："岩溪刚参加工作那会也不懂看形势，但是我一直认为年轻人早点经历这样的挫折是好事。"

我笑着说："谢谢吴总给我机会摔跟头！"

"你跟汉森一样，都从那一次成长起来了，自己承不承认吧？"吴总哼了哼，"阿森以前一直顺利，跟姚先生做 PE 时，他很傲慢呢！"

我承认那次失败对我有些用处，却不及他口中所说的这般重要。我对于人生中所有高高在上的人物都不会预设立场，一如他们对我一样，试想，大象对蝼蚁会预设立场吗？他不会刻意针对任何人，一切的安排无非是因为利益，凡是触及利益的事情才会引起冲突。

对吴总，我就是这样的心态，看清事物的本质有助于我不浪费自己的情绪，从而做出理智的判断。

他可以毫无顾忌地说出这些背后的故事，说明我和汉森在他的眼里，还是蝼蚁，充其量是比较有靠山、运气很好的蝼蚁罢了，蝼蚁有蝼蚁的命运，一切对命运的怨怼都是负面情绪，我们都要学会笑对命运。

正说着，门被推开，汉森领着那位大人物进来，旁边还有一个神态平和的中年女人。坐在沙发上的人全都站起来，快步上前跟他握手。

"岩溪你来。"汉森用略带磁性的嗓音在房间那头唤我，声音不大却很有穿透力。

我刚走近，他便拉着我对眼前的人说："给谢姐姐介绍，这是纪岩溪。岩溪你也来见过我们的马市长，还有谢姐姐。"

"马市长是著名的金融专家，您说金融要服务于实业，否则就没有灵魂，这句话在行业内传颂很久。"我对这个人很有印象，TC 就经常引用他的言论做行业培训，今天看起来，他同吴总的确关系匪浅。

"哈哈！"马市长点点头，爽朗一笑，"我长期搞经贸工作，接触的企业、财团很多，也有些心得，能够帮到你们年轻人，我很高兴啊！"

袁娄山凑上前说："马市长是经济大才，我们唯马市长马首是瞻！"

汉森扶着我悄声说："不好意思，临时安排的，没跟你通气。"

"很厉害啊，马市长刚上任就被你请来了。"我想起袁娄山和吴总的对话，几乎用唇语在他耳边小声说。

"散会时秘书请示说夫人刚到怎么安排，我顺口说我女朋友也刚到，干脆我做东请谢姐姐吃饭，没想到马市长居然同意了。"看汉森的样子不像是撒谎。

"我什么时候刚到了？"

汉森看了我很久，忽然附在我的耳边轻笑："你承认是我女朋友了？"

我瞥了瞥四周，大家还在各自寒暄，点点头算是承认了。

他贴着我的侧脸不肯离开："亲我一下，告诉我不是做梦。"

吴总的身边站着允芳，旁边袁夫人一直在跟她说话，可是她的眼睛一刻也没离开我和汉森，面无表情的让我很不舒服。我一直知道她跟吴总关系密切，可是没想到密切成这样，看他们的神态，又不像是夫妻。

我想，我跟汉森这样肆无忌惮地咬耳朵在她眼里不知道有多欠揍吧。虽然我从来不在乎她的威胁，却不想让她认为我在故意挑衅。

马市长和谢姐姐笑着走来。

我碰了碰汉森，只听谢姐姐问："说什么这么开心？"

汉森抬起头对她笑道："欢迎您来到这座美丽的城市，以后这里就是您的家乡，希望您早日习惯这里的生活，开心幸福！"

马市长若有所感，点头说："老婆，让你跟着我东颠西跑，辛苦你啦！"

汉森有点激动："我也要对我的女朋友说，岩溪，老天待我不薄，我今天真的很开心。"

我一贯认为感情是私密的事情，并不喜欢在众目睽睽之下表白的行为，但看着汉森自然而然地说出这样的话，我感到无比荣耀："汉森，我也很开心。"

其他人没明白发生了什么，可是黄屹懂了，他脱口而出道："祝贺你，森哥！"

马市长仿佛也有点明白，他说："小秦和小纪郎才女貌，我和你谢姐姐很荣幸能够见证你们的喜悦。年轻人经历的风浪不大，理解得不够深刻，在座的吴总、袁董恐怕体会颇多。夫妻呢，真是这世界上最过命的交情，社会上那些乱七八糟的事情不说，小纪看看你们的谢姐姐，她是真让我感激，感动了半辈子。"说着，他从服务生的托盘上端起酒杯面向众人，"今天小秦做东，让你们都带上家属，借这个机会好好地谢谢我们的老婆们。这第一杯，就让我们为了小秦的女朋友干杯！"

看到市长的举动，大家纷纷干完这杯酒后，开始对身边的老婆或女伴私语表白，我瞥到允芳，发现她注视吴总的眼神专注而渴望，但吴总却显得踟蹰。

我想起在长岛酒店时允芳说的那番话，她说世界上有很多爱而不得的感情，她说男人活在世上，爱情是最微不足道、最私人的情感……此时此刻我似乎找到了她这些言语的根源。

这一晚的酒，袁娄山和吴光明喝得最节制，对汉森的刻意训诫与打压全都体现在酒中。

没办法，年轻人需要多锻炼，在酒桌上的表现就是多喝酒。汉森一直恭谦隐忍，庄重妥帖，结果第一个趴下的反而是投行李二哥，不一会儿黄屹也醉了。马市长酒量不错，逢敬必干，最后也一直保持着清醒的样子，几个随行和秘书进来，他提前一步告辞先走了。

大人物们的深浅我不知道，汉森陪着吴光明和袁娄山坚持斡旋到了最后，还重新启开两瓶酒。我在旁边看着他们像喝白开水那样喝酒，只觉惊心动魄，直到两位老总酒足尽兴，我们亲自把他们送上汽车。

汉森望着远处的车灯消失在拐角，这才回头向我抬了抬手："麻烦扶一下。"

13. 分开就分开吧，要记得早点回来

我看见他脚步虚浮，刚伸出手去，他便趴在我的肩上往下滑，我很担心他像香港那次酒精中毒，还好他只是面色泛红，并没有心跳加速的状况。

小宁和司机一起帮我把他送回到苏阿姨的别墅，安顿妥当之后，我留了下来。

汉森躺在床上睡得很香，我却没有一丝睡意，月光从露台的落地玻璃门

洒进屋里，有些细屑落在床前，反射出如水的亮色。房间里很凉，我起身调高了温度，回头看汉森迷迷糊糊地蹬掉被子，抬手扯开了睡衣的领口，眉眼舒展，温和懵懂，像个孩子一样，在熟睡中还咂巴着嘴。

我拾起来给他掖了掖被角，又扶着他的头喂了点水喝。

刚要起身，衣摆被扯了一下，一个趔趄扑在他的胸前，浓烈的男子气息和一股草药淡香便裹了我一身。

还没来得及说什么，他的唇已经堵在我的嘴上，我闭着眼迎合这触碰，炙热的气息和短暂的缺氧让我感觉自己在熔化。

"岩溪，看着我。"汉森说话的声音沉静泰然，充满耐心。

我便将眼眸递过去，他的脸与我隔着一尺的距离，一呼一吸之间显得有点窄，那双卷翘的眼睫毛下是燃烧着火焰的瞳仁，带着灼灼华彩俯瞰着我。他的表情显得凝重，有思索、等待，也有警惕和犹豫，如此繁复神秘，冷静得像君临天下一般。

我不禁跟着慢慢沉淀下来，一切流于宁静。

但宁静只是暂时，被褥之下轻微的触碰，几乎在同一时刻便产生了剧烈的变化，汉森瞳仁中的火焰轰地一下四散成宇宙中的星光，一股旋涡裹挟着强烈的渴望。我明白这眼神中的含义，他紧紧地把我圈在怀里，耳畔响起一声混浊的低吟，夹杂带着体香的温热，这最原始的王者般的声音蕴含着无穷的信息，这信息让我动容，更让我心悸。

我觉得整个房间，不，是整个时空都剧烈地涌动起来。湿漉漉的原野似有狂风纵横，又像有野狼咆哮，在磅礴气势的碾压下身体变成了火场，肺腑都被点燃，燎原到极致，嘶鸣吟啸似是对生命的礼赞，一阵阵地冲向这个城市的夜空，直达星辰。

不知过了多长时间，一切归于平静。

汉森的眼眸已然恢复一片黝黑，平和安详，像稚童般单纯清亮。

不知怎么，我脑中忽然蹦出姚依那句震撼人心的话，笑意立刻像满缸的水溢出唇角。

看见我在笑，汉森用手指在我额头上戳了戳："想什么？"

见我不说话，他叹了口气平躺下来，闭上眼睛。

过了半天我以为他睡着的时候，忽然听他说："像做梦，睁开眼你就不见了。"

我想了想，抱着他使劲亲了一口："睁开看看，没有！"

他这才满足地露出一丝笑来。

清晨的鸟鸣阵阵传来，我睁开眼睛的时候，看见一缕晨光被云雾包裹着，透过落地玻璃直射在房间的地板上。

身边已经空空如也，汉森不知去向。

我洗了澡，找了件汉森的白衬衣穿上，袖子太长太大，撸了半天这才走下楼去。

英子在花园里摆早餐，见到我说："阿姨出门了，不用等她。"正说着话，只见金毛摇摆着过来，后面跟着汉森。他刚晨跑回来，胸前还有隐约的汗迹，看着我穿着他的衣服，眼睫毛一阵闪动，揽起我的头不由分说便吻了上来。

"下次让我跟你一起跑步。"我拿过桌边的水杯递给他。

他却伸手掠过我耳边的碎发："你睡得太香，不忍心叫醒你。爷爷让我们回家吃饭。"说着接过我递给他的杯子，朝楼上走去。

他说得轻描淡写，却在我的心里掀起一阵波澜。

爷爷让我们回家吃饭。

不一会儿他下楼来，已经换上了白色T恤和牛仔裤。

安静地喝汤，从容地咀嚼，刀叉交错却没有发出一丝响动，我和汉森边吃东西，边时不时地抬眼看看对方，递出一股温和的笑意，眼瞳中像看见了镜子里的自己。

英子将餐盘收走，我埋头搅动着手里的咖啡。

汉森默默地向我伸出他的左手，掌心朝上，丰润白皙，我抬眼看了看他，很自然地把右手覆了上去。他五指微合，温暖传至全身，稍一用力便把我拽进他的怀里，坐在了他的腿上，"我是个很闷的人。"他一边说一边着把自己的脸埋在我的胸前。

他的"闷"，我体会不深。

"闷，为什么呢？"我也是个喜欢安静独处的人。

"时常感觉孤独，难以解脱，会忘了照顾旁人的感受。你要记得提醒我，我会注意。"他一本正经的样子跟台面上自信笃定的神态形成鲜明对比。

我眨了眨眼，有些不高兴，"孤独是文明病，你是想告诉我你的文明程度比我高吗？"

他哑然，呼吸停了停。

"换成是我呢？我忘了照顾你的感受，你会提醒我吗？"我问。

"你开心就好。"

"那你呢？你宁愿让自己不开心，也要照顾我的感受吗？"我的手在他后颈抚弄，他在我胸前沉溺，我想起隽绎曾说"你很理智，天生就具备洞悉真谛的本领，但是你因为看得太透彻常常感觉自己是这个世界的孤儿，我却因为透彻获得更多的友爱关怀还有各种同伴。"

汉森呢，他是怎么样的人？看着他把自己摆在道义的制高点上，我挑着眉说："跟不开心的人相处怎么会开心呢？"

"呃……"

"如果哪一次，你再躲到欧洲，所有人都知道你不开心，可是我却不知道，我被人怨恨呢，受人诟病呢？"我在汉森面前能够自如地表达自己，似乎笃定不论我说什么，他一定能懂，"你确定在照顾我的感受吗？"

"我以为……那种情感太苦，只想摆脱它，跟你没有关系。"他抬头望着我的眼中掠过一丝痛楚，又瞬间被思索代替，"不过，你说得对。"

"如果……以后……"我忽然不知该如何表达，"心里想什么要提前告诉我，我同意了你才能胡思乱想，不许自己跟自己较劲。"

"噢，听起来管得挺宽的。"

"如果相处下来觉得不合适……也要做好朋友……"我想努力让自己更洒脱。

"想都不要想。"他双手把我抵在椅背上，目不转睛地看着我说，"我绝不会放开你！"

世事无绝对，"如果我们一定要分开呢？"

"分开就分开吧，只是你要记得早点回来。"

"呵！"我仰起头看着他促狭的笑意，承接他的吻，从容而缠绵，在这个盛夏的早晨，点缀了阳光、晨露、体香和满城花雨的味道。

汉森把FF的车钥匙交到我的手里，我当然已经知道可以不用亲自捅开钥匙孔就能发动汽车，一瞬间汉森还是笑了。

汉森的爷爷苏向南老先生，在他生命中扮演着养父的角色，是老城巷陌中出了名有趣的老头，老泉的性格中便带着他强大的遗传特征。

如今苏老先生已经是鲐背之人，每天依然会在汤婆婆的陪伴下到"洵颐山堂"行走一圈，除了跟秦五曜的忘年友谊，他还是"曜石基金"的发起人、基金会名誉会长。

"阿森，还是你来打理基金会吧，爷爷撑不了几年的。"

汉森摇摇头，"你知道我只擅长做投资决策，苏穆大哥这些年锻炼得不错，他更适合。基金会任何时候需要我，我都会责无旁贷的。"

"最近几个理事在讨论递交联合国经社理事会申请特别咨商的事情，如果你在的话会比较合适递交，苏穆搞'洵颐山堂'很合适，但基金会那帮人他恐怕镇不住！"

"申请获批不好吗？有制度制约，何况获得国际承认后，有更多机会与国际民间组织进行交流，可以把中国民间组织的声音传播得更远。"

"爷爷是担心，苏穆没有办法压制某些人的贪欲，他们会把曜石变成敛财的工具。"

"爷爷放心，你在我在，就没人敢。"

"嗯。"苏向南脸上出现满意的表情，他朝外面指了指说，"阿森，你去把之境和韩美叫过来。"

汉森出门，偌大的书房里就剩下我跟苏向南两个人在一起，我起身换了老人旁边的茶。

"小纪，阿森从小性格就很闷，你跟他在一起习惯吗？"

这是我今天第二次听说汉森性格闷了，"没有啊，汉森性格挺好的。"

"我也觉得挺好，不明白外面人怎么老说阿森的性格闷。"

"我也经常被人说闷的，习惯就好！"我安慰着苏向南，忽然想到什么，问道，"汉森以前的女朋友是不是对他意见蛮大？"

"他以前有女朋友吗？"苏向南眼中掠过一丝疑惑，"你是他第一个带回家的，我没见过其他女孩子。"

我眨眨眼，心想九十岁的老人家，反应也太快了吧！

"哦，难怪他要搬出去住了呵？"我笑了笑，"害怕被爷爷您发现批评他！"

"那倒不是！"苏向南摆了摆手，"阿森对饮食讲究，我找了好多厨子也不合他的胃口，苏老太那里的英子煲得一手好汤，她又不肯放到我们家来，阿森只好住过去，算算很多年了，留学回来就搬去了。"

这话怎么听着都像大人哄小孩的借口，难得老先生还一本正经地解释给我听。正聊着，苏爸爸和韩阿姨进来了，汉森把茶水摆好，牵着我的手围坐下来。

"之境，你把那个小匣子拿下来。"苏向南从怀里掏出一把很小的铜钥匙。

苏爸爸转身走到书柜前，踩着高椅从最顶端锁着的壁柜深处拿出了一个黑漆漆的小木匣。

苏向南很郑重地接过那个木匣，放在怀中端详了很久。这个木匣只有巴掌那么大，因为年代久远的缘故，深暗的黑色油漆已经斑驳不堪，露出原有的木质，但匣体雕刻精致，隐约能够看出是一些戏文故事。他小心地启开铜质扣眼，里面有绛紫色的锦缎覆盖着，揭开锦缎，一枚剔透碧绿的玉石戒指静静地躺在上面，玉石足足有十克拉之大。

那宝石绿得浓翠饱满，我认得是非常罕见的祖母绿。

"婆婆的戒指！"韩美不是第一次见到，此刻却睁着眼睛看得入神。

"嗯。"苏向南把戒指拿在手上，郑重地看着韩美，"这戒指是苏家祖传的，以前一直由穆儿的奶奶保管，爸爸想把它给岩溪。"

我瞬间怔住了，看到苏之境和韩美也是一副目瞪口呆的表情，连忙摇摇头说："爷爷，这么贵重的东西，岩溪不敢收。"

汉森没说话，面无表情的样子。

苏向南眯着眼说："阿森十三岁跟在爷爷身边，与穆儿、武儿和洵儿一起长大，没什么比得上他们几兄弟珍贵的。一枚戒指算什么呢，一颗心才是最重要的，对吧？"

这话递到我的耳朵里，心里涌起一阵感动，泪水不由自主地噙满了眼眶，"爷爷——"

"爷爷年纪大了，看到过的东西多不胜数。小姑娘愿意就收下吧！"爷爷轻轻说着，矍铄的眼神也变得有点混浊，满是褐色斑点的大手缓缓摊开，戒指便展现在我的眼前。

我抬头看了看汉森，他那双狭长的眼眸定定地看着我，瞳孔深不见底。

我心里一动，接过苏向南手中的戒指，认真地说："爷爷放心，岩溪一定好好保管。"

　　话刚出口，感觉身边的汉森也像松了口气似的舒展开。

　　韩美忽然开口说："岩溪拿着这枚戒指，以后就要做苏家的内当家了。"

　　我顿时觉得自己唐突，收下这枚戒指的原意，是想在爷爷跟前向汉森表明心迹，听完韩美这话，一时间有点不知所措，先不说我跟汉森八字还没一撇，老泉燕子刚结婚，苏穆、苏武他们都早已成家，这个家怎么也轮不到我来当啊！

　　看着我像做错事情那样脸色绯红，苏爸爸笑了笑，对韩美说："苏家的内当家是你呀！"

　　苏向南严肃地对儿媳妇说道："小美，这个家以前是你当，以后还是你当，不要想着撂担子！"

　　"我和岩溪都是贪玩的人，家里家外还得靠您。爷爷年纪大了，我们尽孝的时候太少，希望您多担待。"汉森拉着我的手，神情诚恳地对韩美说出这番话来，我使劲地点头，除了"嗯嗯嗯"地赞同附和，不知道还能说什么。

　　听了这些话，韩美有些扭捏的神情慢慢平复下来，微笑着说："我知道了爸爸。"

14. 他希望过上生活不能自理的日子

　　傍晚出来，汉森开车送我回家。

　　一路上，我看着戒指心神不宁，捧在手里怕摔了，含在嘴里怕化了，絮叨着要不要我也去找个泥水匠把房间挖个洞，藏到墙里去。

　　汉森将车停在路边，拿过戒指二话不说便套在我左手的中指上。

　　"我这样戴着它肯定会引起围观，还怎么干活啊！"我看着手上绿光闪耀的宝石，心想我不是林雅稚教授，这么漂亮珍贵的戒指不让她戴出来引起围观，她会去撞墙！

　　汉森手肘靠在方向盘上撑着脑袋看了我半天，幽幽地开口说："我也会引起围观的，你怎么不担心我？"

这是什么话!

我想起他彪悍的学姐、妖媚的苏小小,还有那些发朋友圈的女孩,一枚小小的戒指引发的围观跟那些强大的粉丝阵容迎面扑来的感觉相比,真的太微不足道了。

"围观多好啊!"我看他意得志满的样子,满不在乎地说,"如果你再当众翻两个空心跟斗,我马上负责收钱,咱回家慢慢数,分你一半!"

汉森愣了片刻,从牙缝中挤出几个字来,"不收拾好像不行呢……"

心中暗叫不好,电光火石间已经被他扑倒在椅子上。

就地正法。

……

老泉和燕子蜜月回来,看到我手上的戒指,表情各有千秋。

老泉显然很意外,可是他性格中洒脱大气的一面很快呈现出来,他说:"唔,苏家祖传了几代人的戒指,大哥结婚爷爷都没拿出来,岩溪,爷爷真喜欢你哟!"

"不是因为心疼汉森吗?"燕子笑眯眯地看着自己的丈夫。

"爷爷当然是爱屋及乌,"老泉摸着下巴沉思说,"这么说你是对自己老公不满意了?"

"可是,我也想要一个这么大的宝石戒指嘛。"燕子开始撒娇。

"好,直接给你买鸽子蛋,从苏洵这一辈开始祖传。"老泉拍了拍手坚定地说。

"老实说,你有没有怀疑自己是不是亲生的问题?"燕子仍不罢休。

"我在怀疑你是不是我媳妇儿!"

汉森无视眼前夫妻两口的斗嘴取乐,转头问我:"想吃什么,今天我做。"

我却不能无视,这枚戒指戴着沉重,搞得心情也忐忑不安。毕竟关系到苏家的传承,被老先生这么轻飘飘地给了我,迄今为止除了韩美阿姨有些表示,其他人都没说什么,也许我该说些什么。

汉森觉察到我的不安,他把我的手抓过去:"害怕啦?"

"燕子戴着也比我合适,我……我是不是想多了?"

"我虽然姓秦,但也是爷爷的孩子,你记住就不要胡思乱想了。"汉森微眯着眼睛，神情却坚定泰然。

有汉森这句话，再看着他坦然的目光，我的心境便立刻通透起来。

今天是燕子新房的第一顿饭，她很讲究，特意请大师选了时辰。原本该新人亲自操刀，但汉森毛遂自荐展示厨艺，老泉打下手，于是我和燕子便在露台上喝茶聊天。

"岩溪，你想好了？"

"想好了。"

"我听说因为那个人退婚出国，梁隽驰在北京的事业受阻，梁家好像也受了些打击。"

"政治联姻本来就该承受这些风险。"

"蜀汉集团好像会有高层调整。"

"难怪他们家那么看重那场婚约。"

"你还认为当初你的那位干妈来得那么奇巧，是缘分吗？"

"是不是都不重要，我从没想过追究缘由。"

"看来，你真的已经放下。"

"是的。"

"他纠缠你你该怎么办呢？"

"我会处理的，不会让汉森不开心。"

"岩溪，你开始成熟了。"

燕子说我开始成熟，这需要一个过程，她的话落在我的心里，难免还是会泛起涟漪，直到回家坐在沙发上，我还在沉思。

过去的那场爱恋我看似处于风暴的中心，却毫发无损，伤得最重的反而是隽绎和他的家庭，可是我应该愧疚吗？因为我天性里的多疑、理智，下意识里的强势、自保，所以我不敢全力以赴的那场爱恋，隽绎反而入戏认了真。

汉森默默地坐到我的身边，伸出手来把我圈在怀里，我不说话，他也不说。在香港那一次，他曾经对我说："即使沉默，也让人无法忽视。"

此刻他的气息缓缓地弥漫，囤积在房间的每一个角落里，满满当当全是他，此刻让人无法忽视的是他，我没办法再继续思考下去。

"汉森。"

"嗯？"

有一句话，我曾经说过，这一次再说的时候却带着心意，我侧头认真地看着他："汉森，我再也不会让你难过了。"汉森一僵，身体不由自主地紧了紧，他埋下头将嘴唇熨帖在我的脸上，轻柔的触碰，像一团云，曼妙而神奇，混着崖柏的草药香气似乎就快凝结成雨，将滴未滴。

"乖。"他深深地凝望着我，眼眸中如同飓风刮过，呼吸打在我的脸上，灼得我的脸绯红一片，只想沉溺，心随意动的沉溺……

转眼快到中秋，早在一个月前汉森就提过要不要回山城团聚，我在犹豫。

因为隽绎那次擅自拜访，纪鲁教授对他印象颇深，过年回家的时候都还被问起。而且林雅稚教授对她的推演技能非常自信，已经确定以及肯定我们之间有某种发展的可能，那些错乱拙劣的人生我断然不会告诉父母，只想着怎么才让汉森出现在我家的时候，能够受到自然状态下流露出的隆重特殊的待遇。

我为此每天晚上跟妈妈聊天，足足做了半个月的功课，希望擅长演绎推理的林雅稚教授能够从蛛丝马迹中体会出我的重视。至于效果我真没把握，因为我有两个性格自我、赤子之心的爸爸妈妈——虽然他们，真的真的很好。

临到过节，这天我跟汉森在外面刚吃完饭，商量着回家的时候带些什么礼物好，妈妈的电话忽然急匆匆地打来："纪鲁教授走丢了！"

堂堂大学教授，博士生导师，在研讨会结束后忽发奇想，告别团队独自溜达着要去看看在这个城市中打拼的女儿，居然非常悲惨地走丢了。

"我妈不在身边的话，我爸基本上生活不能自理。"我在车里边拨电话边抱怨。

"很好啊，真羡慕你爸爸。"汉森开着车，一本正经地说。

"啊？"我瘪着嘴打量着汉森，"没意嘛，你现在就开始拍马屁，他们也听不到。"

"我是在说给你听。"汉森侧头看我一眼，蹙了蹙剑眉，手指在方向盘上轻敲，"该朝哪边走了？报坐标。"

我慢慢回过味来，汉森意思是他在换着方儿地提醒我，难道他也希望过上生活不能自理的日子？

纪教授电话打不通，应该是没电了。

"失联之前最后位置确定在薛涛公园。"汉森住的河心岛别墅，就正对着薛涛公园这座千年古迹，旁边是有着百年历史的大学校园。妈妈说爸爸来这里开会已经一周，今天刚结束便来找我，我望向汉森无奈地说："那岂不是刚踏出校门就丢了？"

"嗯。"我分明看见汉森眼睛里露出笑意，纪鲁教授真有这么可笑吗？

"先回家停车，我们就在附近走走试着找找看。"

八月，诗人说桂花在广寒宫里凝结了些许冷香，一到这热气熏蒸的城市，馥郁的花香便肆无忌惮地窜袭缭绕，弥漫开来。我们的车循香而至，刚驶入河心岛的黑化路面，远远地看见英子牵着金毛在丹桂和金桂错落的树荫下闲逛。

"英子姐，今天怎么你出来遛狗，苏阿姨呢？"车停在她身边，我探头问道。

"阿森的客人在家，阿姨陪着聊天，让我出来遛遛金毛。"

我遗憾地看着汉森，这个时候，他居然来了客人。

"我们先去找纪叔叔。"汉森说，"苏阿姨陪着就多陪一会儿吧。"

有他这句话我就心满意足了，等他把车停在路边，我说："进去跟人打个招呼吧，如果错过重要事情就不好了。"

"傻啊！"汉森拉着我的手，特意加快了脚步。

逛公园这种娱乐活动，小学五年级以后就没再参加，为了找我爸爸，我们两个居然像傻傻地沿着薛涛公园逛啊逛，在一片茂林修竹中忘了初衷。

晚风吹得人迷醉，刮起我的衣裙打在汉森的臂上，我的手被他紧紧地攥着，心中千言万语却不想说，那些句子从胸口溢出来走一路丢一路，被风吹散弥漫开来……这样真的很好。未来的日子很长，长到我觉得就这样被汉森拉着走到尽头，也很幸福。

后来，直到汉森跟我一起回山城，妈妈依旧埋怨不已："居然让你爸在家等了一晚上，你们俩在外找了一晚上，智商都跑哪儿去了，像是接受过高等教育的人吗？"

可是纪鲁教授哈哈大笑着很高兴，他一边跟汉森啄着酒，一边说："我虽然没见着汉森，可是一点不无聊，你们家阿姨给我喝的猫屎，不错。"

我满头瀑汗，觉得那天是踩了狗屎。

虽然爸爸在我心目中不通人情世故，但他老人家毕竟是著名的法学专家呀！

原来他早就跟燕子打听好了，知道我和汉森经常会在河心岛苏阿姨的别墅吃饭，那天会议结束后他便散步去了河心岛，哪知道妈妈一看电话不通立刻给我发了失联警报。

"我不知道汉森的客人就是老爸呀，我还跟阿森说进去打个招呼来着。"我真的怕爸爸妈妈对汉森印象不好，一边乖顺地帮妈妈打下手洗菜，一边解释。

"汉森在意你，比在意他的客人还多！就为这你爸爸一回来就拼命地夸！"妈妈揉了揉我的头发，"跟你求婚没有，这就护着他了！"

我大窘！

很意外，妈妈看到我手指上那枚硕大的祖母绿宝石戒指后，非但没有大惊小怪，反而郑重其事地告诉我说："溪溪，既然你坦荡地接受了，就表示你不仅要对汉森的感情负责，而且你们两个人在以后的岁月里需要为家族承担更多的责任与道义，不可以像个小孩那样任性胡来了。"

嗯！我明白。而且我很欢喜，未来的日子可以跟汉森同行。

在家里待了三天，爸爸妈妈推掉了所有的邀约，爷爷也特意从外地回来，全家人陪着我们享受团聚的快乐。早晨爸爸妈妈便同我们一道起床，在歌乐山下晨跑，一路遇到各色朋友招呼着，"哎，岩溪回来啦！"

"回来了，杨伯伯！"

"男朋友一起啊！"

"是啊！"

"林教授好福气！"

如此这般，汉森只是浅笑，他跑着跟上爷爷和爸爸的脚步，顺道把我和妈妈抛在身后。

我和妈妈做饭的时候，男人们便在书房看书聊天喝茶，我能听到里面时不时发出哈哈的笑声，不知道爸爸有没有展露他作为专家学者的惊世骇论、汉森是否有表现出丝毫博学才能、爷爷会不会眯着眼睛询问汉森家中往事，一如我在过去的二十多年人生中最普通的、最平凡的生活，就像中国大地上所有的寻常百姓家庭一样过着的寻常的日子。

短暂的假期结束，汉森意犹未尽，临走时对爸爸妈妈说："谢谢叔叔阿姨用心款待，我会经常和岩溪一起回来的。"

回来后不久，苏阿姨跟我们告别，她要去美国定居，孩子们都在那边，终于还是要走。

汉森便跟苏阿姨商量买下这幢别墅，把英子姐也留下来。

胡冰想递交辞职信出国，我知道他是为了小小。吴总说那边正在筹建海外办事处，如果他愿意，可以常驻洛杉矶。

我无法阻挡人事的变迁，所幸还有汉森陪在身边。在河心岛这幢奢华的别墅里面，过着以往未曾设想过的生活。汉森减少了飞来飞去的时间，把工作重心转移到本地。

因为那枚戒指，妈妈特意问过我汉森是否有向我求婚的行为，我确切表示没有。他这么多年从来不缺女人，可见他不会轻易向谁求婚。

而我，也需要慎重考虑生活一辈子的男人。

第四部分　知我罪我

1. 孤儿左格

我们都对这份感情保持着极大的热忱，在公开场合他让我赢尽颜面，宠溺甜蜜守护如同最完美的男友，让所有的朋友都露出赞叹的艳羡眼光。

沉淀下来的日子，汉森很快暴露出他性格中的特点，或者说是让人需要忍受的一面。只有我知道，他的专注力已经转移，他是在突然之间对我冷淡起来的，还让我猝不及防地反省了一番。那天他坐在天台的长椅上，面前摆放着笔记本电脑，他已经一动不动地坐了 2 个小时了，我给他倒咖啡他也毫无反应。

"汉森，需要我帮忙吗？"我问他。

他仿佛没听到，只是在我俯下身的瞬间合上了电脑，我感觉到他深深的抗拒，希望全世界的人都消失的心声，心里顿时一凉。

屏幕合上的瞬间，我看到了上面显示的一行字，最后两句是"地球上的湖泊，都是儿子思恋父亲母亲流下的泪。"

这首诗，最近在网络上炒得沸沸扬扬，作者是个留守少年，非常贫寒，前不久双亲突然故去，于是写下短诗被人发到了网络上。

我明白汉森的感受，起初看到的时候我也有片刻的震撼，可是炒作痕迹太过明显。官方也通过网络平台澄清，民政部门早有特别的资助在跟踪这个少年，呼吁不能让善心被人利用，请民众慎重捐款。

我没想到这会让他心神不宁到这般地步，而且这样的状况已持续了好几天。

就在这件事情似乎要埋没下去的时候，那名少年忽然收到 50 万的慈善捐款，网络传言是曜石基金会划拨了这笔款项，而后得到记者证实，紧接着便有私人追加 100 万捐赠到曜石基金会，指定资助对象为这个小孩。曜石的公关管理异常活跃，报纸、网络等各个媒体均有相关报道，理事长苏穆大哥频频出现在镜头前呼吁帮助更多类似的留守儿童，这样的带头效应加上紧跟的追加捐赠，很快得到市民响应，心地善良的民众纷纷解囊。

公信力极高的曜石基金会，所有善款的去向均有定期披露，通常超过 10 万以上的善款项目都需要理事会投票决议。

这次的行为与官方提醒背道而驰，而且有愈演愈烈的趋势。

我忽然有种冲动，想去看看那个孩子。

我给严墨打电话说明自己的心意，她便带着六岁的女儿萌萌一起，我们驱车四小时来到这个十三岁少年的家乡。

昊天通过工作关系事前帮我们联系好，所以汽车刚开进乡政府的楼院前，便有一个类似干部的男人领着一个枯瘦的小孩站在院子里迎接了。

"最近来看孩子的人太多，我们不得不把他带过来，市里的安排我们会竭力配合。"刚落座，乡干部便赶紧解释。

那个孩子很瘦，穿着洗得发白的灰色衬衣，剃的是圆寸，干净整洁，全身散发着淡淡的清香。他的五官端正而稚嫩，眼神很明亮，我从来没见过这么小的孩子露出如此明亮的眼神，仿佛可以看穿很多事实的真相，我熟悉这样的眼神。

在乡干部跟我们寒暄的时候，他始终平静地端坐着，放置在身旁的茶水自始至终没有动过，连一丝的不耐烦也没有。据说网络出现炒作以后，他每天不知道会接待多少拨人，这种平静和耐心根本不像他这个年纪能拥有的特质。

我对他有了警惕，我知道利用身世打悲情牌的网络炒作效果最好，也能立刻牵引民众的善意和良心。

萌萌只有六岁，处在心地最纯净的年纪，她一看到少年便天然地亲近，只见她拉着少年的衣襟嘟囔着说："哥哥我晕车，抱抱我。"

严墨"咦"了一声，刚伸出手去，萌萌已经被那名少年抱起来放在腿上，她很享受地眯着眼睛。

严墨有洁癖，萌萌也有，可她第一次到这穷乡僻壤，居然刚见面就跑人家怀里去了。少年看出了严墨的不安，他有些笨拙地想还回去，可是又怕惊扰到怀里的萌萌，便显得很犹豫，他为难的表情被我看在眼里，警惕之心不知不觉减少了几分。

严墨摆手表示不用，微笑着说："我女儿难得亲近别人，她很喜欢你。"

少年依然平静而沉默，只是手上的力气不由自主地加大了。

乡干部也许不满意少年太过拘谨，不停地跟我们搭话。我便知道他叫左格，父母亲很年轻的时候就去南方打工，刚开始回来过一次，然后数十年再也没有回过家。他基本上是跟着奶奶长大的，奶奶曾是当地有些文化的民办教师，所以这个孩子修养不错。奶奶在去年已经去世，而父母双亡的消息前段时间才从南方传来，外出兼职的作坊起火，坊主也在大火中丧生。这类兼职没有用工合同，更没有保险，所以得不到赔偿。

"最近收到的善款很多，有直接送到家里来的，也有通过基金会转的。那天曜石基金会来人，还给他设立了专户。"

这些钱可以很好地解决他十八岁之前的生存问题，可是左格成了孤儿。

这一年他十三岁，我忽然想到，汉森那一年也是十三岁。我有些理解他这段时间表现出来的情绪波动，可是汉森不应该拿自己跟这个小孩比。

他们当然是不同的。

这个孩子更加聪明世故，他的脸上看不出悲伤和迷茫，他的眼睛炯炯有神，他懂得在事件发展的瞬间如何最好地保护自己。一个大人也未必能把握好如此恰当的时机，这个小孩居然能。

我没有给他钱，而是带了很多书。乡干部帮我把箱子里的书摆在会议室的长桌上，便请严墨帮忙选择伙食，留下我们在空荡荡的会议室里交谈。

左格一手抱着熟睡的萌萌，很认真地一本一本地翻那些书，言语中没有表示半分不屑，可是我知道他不太满意。

"这些书我都读完了，嗯，尼尔盖曼的《坟场之书》上周刚读完，我很喜欢《万物简史》，彩绘版李叔叔家里也有，我看的是文字版。"一本本的书在他手里拿起来又放下，他的眼睛充满了期待的熠熠光彩。

"我家里的书很多，可惜已经翻完了。"他望着我诚挚地说，"他们送了我很多钱，可是只有你送我书。"

"然后呢？"

"我以前读的书很杂，还不太会选择，你可以帮我列个书单吗？你推荐一下，那样我就可以有针对性地买。"

"没问题。"

"前天来的叔叔推荐了一些，我这两天试着读，有些深奥。"他皱着眉头说，"你给我的这些，都是我以前看过的，也是最喜爱的，所以你以后给我推荐的书，我也一定会喜欢。"

"我把自己最喜欢的东西推荐给你，刚好你也喜欢，说明我们有缘！"

"有缘……"他的眼睛眯了眯，点头笑了。

我这才发现他的笑容很干净，朴实而温和，萌萌在他怀里蹭了蹭，像小猫咪似的蜷缩着，这个小妞被严墨养得很好，50多斤了。左格一直抱着她，过了这么长时间也没嫌累。

"我看过你写的那首诗，很有才华。"

"那是奶奶过世时候写的。"左格垂着头，声音放低了，"我当时真的很想他们呀，希望他们能从此回来不走，或者干脆带我走。"

"嗯……"

"可是他们没有，奶奶是乡里的李叔叔帮忙下葬的。"左格说起这些依然平静，平静得不像这个年纪的小孩，"南方失火的消息传来，我没有悲伤你信吗？"

"奶奶才是你最亲的人，我信。"

"我不敢跟其他人说，班主任王老师听到我爸爸妈妈死了的消息，拿出去年我写的诗发到了网上，不知怎么就有很多人来看我，很多人哭，然后我就开始收到大笔大笔的钱。"

我知道可以开始说到钱的事了，左格在讲他的故事的时候，我对他的感觉有些颠覆，事情并不是我想的那样。

"到底有多少钱你知道吗？"

"当然，我数学很好。"他朝我笑了笑，这是个聪明的孩子，"现金20万，账户里有60万，曜石基金会专户里差不多有200万，这些钱每天还在增加。"

我倒吸了一口气，事情从开始到现在不过两周时间。

"多吗？我的钱多吗？"他问我，是真的在问，一个十三岁的乡野少年，从来没有走出过大山，已经有几百万的现金，他还在问我多吗？

"如果只是睡觉吃饭的话，够了。"我也很认真地回答他。

"不！"他坚定地说，"这些钱我想拿出一半来，给帮忙下葬奶奶的李叔叔、班主任王老师、村口的刘大爷、坝上的小山哥，还有很多人，剩下的钱我想出去读书，我怕不够。"

"是个不错的主意。"我赞许道，"不过钱是可以靠自己去挣的。"

"我明白。"他点头说，"其实不是所有的钱我都能控制，我知道具体数额，因为他们需要我的签名。他们说我能得到这些募捐全靠他们帮忙，我想是对的，不管怎么说我自己够用就好。前天来的叔叔答应我，会帮我选学校，也许到时候我还能见到你。"他说这话的时候对我眨了眨眼，露出高兴的神色。

"他们是谁？"

"是曜石基金会的人，那是一个慈善组织。"

我无法小看他，虽然他只是个从来没有出过大山的十三岁少年，可是他读过的书远远超过同龄人，他所表现出的城府也远远超出我的想象。

回到家，我很想跟汉森说这次大山之行，可他已经在楼上天台的房间里闷了好几天，他把他的古怪脾气发挥到极致，不想被任何人打扰。我曾试着端了马蹄糕上楼去，看着他心不在焉地敷衍我，我觉得很难过。左格在我心里留下了深刻的印象，我期待着还有再次相见的机会。我很好奇汉森这么大的时候是不是也有如此冷静超常的表现。

2. 不速之客

这天河心岛别墅来了一位不速之客。

当时我一个人在花园做春卷，英子领着一位身材高大的中年男人进来的时候，我还默想难道她不知道需要先请示一下吗？

我定睛一看，居然是蜀汉集团董事长梁志远，同时他也是曜石基金理事会成员之一。我知道汉森与远在北京的梁隽驰有着非常亲密的友谊，可是梁志远毕竟是长辈，在这种情形下亲自登门，在我看来充满着诡异的气氛。

看到他，我难免会想起隽绎，可是他看着我眉眼如常，仿佛当初的闹腾他根本不知情一般。

"梁叔叔，汉森在休息，您坐会儿我去叫他。"我刚走到他跟前，就听到"咚咚咚"的脚步声，汉森穿着一身蓝色的衬衣西裤，神清气爽地走下楼来。

"岩溪，梁总是我的客人。"他的声音敞亮，带着饱满的磁性，一边说着一边伸出右手去，紧紧地握住了梁志远的手，"欢迎梁总，我们那边坐。"

他带着超凡脱俗的热情与友善，揽着梁志远朝花园的凉亭走去，那里有老泉非常喜爱的根雕木茶几。汉森招呼着梁志远，两人对坐两端，英子非常熟练地摆好茶具和广式点心。

我洗干净双手，回到凉亭端坐到泡茶人的位置，又特意点燃一撮沉香放到茶几角，梁志远有些意外，看了汉森一眼，欲言又止。

可是汉森浑然未觉，笑盈盈地问："岩溪，我们请梁总品什么茶好？"

"秋后养生，用铁观音吧。前段福建带回来高山良种的风雅还没开封，正好给梁总试一试。"说着我就从身后抱出一尊古韵瓷罐来。

梁志远"咳咳"两声，对汉森说道："阿森，今天过来是想单独跟你谈一谈。"

汉森"哦"了一声，看着我，我站起来对他说："好好招呼梁叔叔，我跟英子带金毛出去遛遛。"

等我们遛完金毛回到花园的时候，梁志远已经走了，汉森一个人坐在凉亭的茶几旁，手里端着小盏发呆。

"汉森。"我坐到他身边，关切地看着他。

"嗯。"汉森回过神来看了我一眼，站起身说，"我出去一趟，不用等我。"

我隐约明白跟这场慈善闹剧有关，可是他不跟我谈这些事情，我便不会过问，起码的教养让我懂得纵然我是他的女朋友，两个人也应该保持应有的距离和尊重。

汉森一夜未归，给我留了短信说会带一个人回来。

他果然领了一个人回来。

我正在花园吃早餐，跟那个人四目相对的时候，我们都愣住了。

汉森搂着他的肩，显得他更加瘦小，稚嫩的容颜下，神态却非常稳重。看到我吃惊的表情，他的惘然仅在一瞬间后便消失，露出一抹浅浅的微笑。

"我说过还能再见吧！没想到这么快。"

"左格……"

汉森的眉头一蹙。

"我该叫她什么呢？"左格没理会汉森的疑惑，仰着头认真询问，那表情很虔诚。

汉森却自顾坐下来，倒了杯咖啡放到空位上，"坐这里。"

左格没坐，依旧站得直直的。

汉森便不再理他，自顾垂眸喝着自己手里的咖啡。

"你怎么称呼他就怎么称呼我咯。"我知道最近汉森任性，便伸手拉着左格，一边示意他坐下，一边善意地给他递了个眼色。

可是左格丝毫不为所动，他把手费力地抽出来认真地说："爸爸，你答应过左格不懂的都会教我。"

爸爸？

"噗"地一声，我把口中的咖啡悉数喷了出来。

我知道自己很失礼，但"爸爸"两个字实在太刺激了！

汉森面无表情地看了我一眼，伸手拿起桌上的纸巾擦了擦脸。

"是干爹。"左格看着我唇边滴流的咖啡冷静地强调。

我当然知道是干爹！而且我明白汉森为什么要收养他，只是需要一点消化现实的时间而已。

"爸爸，那我就叫妈妈咯！"左格见汉森许久没回答，便自作主张地下了结论。

我立刻迷茫起来，心想自己怎么就当了妈，而且儿子都这么大了。正在这时，左格忽然后退一步，拜倒在花园的草坪上，正对着我和汉森用力地磕了三个头。

晨露粘上了他的额头，因为用力还携带了些草屑起来，挂在头发上。

我看了汉森一眼，他脸上露出一丝笑意，转瞬即逝。

而我却感觉深深的无奈，仰头望着远方，心里默默叨念着：爸爸妈妈，你们知道吗？我也当妈了。

"先吃饭,今天去看你的新学校,周末可以回家住,想吃什么跟英子说。"汉森这个时候开口,我发现他其实早已成竹在胸。

"你们认识很久了吗?"我把最后一块黄油菠萝包放进嘴里,问左格。

"不太久。"左格正在笨拙地消灭手中的香肠,听到我的问话立刻放下刀叉,认真地回答说,"在妈妈来的前几天。"

前几天,汉森就把这个孩子收服了,到底是他本事太大,还是这个孩子太过聪明,我无法下结论。

左格读的书很多,一言一行都缓慢而谨慎,严格按照书本的礼数来做,比如之前磕头的细节,很明显就是从历史书中学来的。

爱读书的孩子,总不会太坏。

左格在家里住了两晚,第三天就搬到学校去了。

三个人在一起的时光很快乐,左格内心单纯,却时时露出深谋远虑的模样,汉森便会不失时机地敲打他。

"你要不要成天摆出人精的样子,害怕别人不知道你聪明啊?"

每当这个时候,左格就嘿嘿地笑,整个人便不再端着,露出这个年纪应有的天真来。

私下里我告诉汉森,其实这个孩子还不赖,他点了点头,看着我露出迷惘的神情,伸手将我拉进他的怀里,我熨帖地靠在他的胸前,听到他有力的心跳声,感觉有些捉摸不透他了。

三天后,老泉来了,后面紧跟着燕子。

他二话未说径直上楼,燕子见我开口便问:"汉森是不是疯了?"

我不明所以地看着燕子,只见她忧心忡忡地说:"有钱也不能乱来啊!"

我心里一动:"100万是他捐的?"

当然是他!燕子做媒体,各种渠道的消息信手拈来,她说过去的一周内,居然有高达800万的慈善款打到曜石基金的账户中,连监管部门也为之侧目。

"他不是不该收养左格,而是不该掺和基金会那些事务。"燕子皱着眉头,"苏穆大哥已经感觉很为难了,这下汉森再在中间乱搅,到时候跳进黄河也洗不清!"

正说着,楼上一阵闷响,像是两个人起了争执。过了一会儿话音越来越大,紧接着传来老泉一声怒吼:"秦汉森,你这个忘恩负义的东西,这巴掌我替爷爷打你！"

只听"轰"的一声巨响，我的心蓦地缩成一团，与燕子四目相望。

我们正准备往楼上冲，却见老泉已经捂着手臂下来，气得脸色涨紫，神色凝重而痛苦。

"怎么？"我拉着他的手，只感觉一片冰凉。

"你别管！"老泉粗鲁地甩开我的手。

"打架了，不会吧？"燕子瞪大眼睛看着老泉。

"打不醒他！"老泉哼了一声，转身离开。

燕子跟我抱歉似的使了个眼色，也跟着走了。

我急急想上楼去，刚踏上楼梯又停了下来。汉森心事重重已经多日，我知道是那首诗刺激到了他。可他已经决定收养左格，为什么还要捐赠那么多钱呢？老泉跟汉森一贯兄弟情深，刚才又是怎么回事？

我想了想，转身端了盆清水一步一步朝天台的房间走去。

楼上很安静，像什么事也没发生过一样，房门没关，开了一道缝隙。

推开门去，只见落地玻璃门口汉森深陷在单人沙发里，背对着我，落日的余晖在他蓬松的头发上洒下一些散碎的金光，他的头靠在沙发的靠背上，一只脚直直地伸出来搁在旁边的木椅边，棕色的牛皮拖鞋勾着脚指头微微晃悠着。

"汉森。"我叫他，他没回应。

我端着水盆走到他跟前，只见他闭着眼睛像睡着了一般，修长的手指搁在眉间，一动不动，两天没见面，他下颌已经生出些许胡茬儿子，汉森平日最爱打理自己，这样的状况我从没见过。

我轻轻地将他的手拿下来，依旧没动，看来他是不打算理会任何人了。

当他的光芒照射在什么地方时，那里的人全身心都会沐浴着他的关爱，现在我只觉得眼前一片暗黑，这样的情况让我困惑，可是我并不愿意受到困扰。通往他灵魂深处有条路，我试着去走走。

我在水盆里拧了毛巾，温热地敷在他脸上，他的手指微动，喉咙上下滚了滚。

"给你刮胡子。"我跪在沙发边沿凑近在他耳边轻轻地说，见他没反对，便把剃须膏敷在他的脸上，整个下巴脖子都被敷满了白色的泡沫，像个圣诞老人。

汉森保持着旧式的作风，他不用新型电动剃须刀，而是拿刀片刮胡子。

刀片被我拿在手上，缓缓地一丝一丝地沿着他的脸颊往下，随着泡沫被抹开，他的脸也变得如同琼玉般光洁平滑，直到刀片沿着脖颈游走触到了他的喉结。我能感觉他咽了口口水，瞬间我的手腕被他紧紧地捏住了。

"别闹，当心割破了。"我嘟囔着。

"不怕。"低沉的嗓音传来，他这时终于说话了。

在下一刻，却是手腕被他反扣在身后，他微缩的眼瞳亮光一闪，埋头便堵在我的嘴上，如蜜糖般的润泽侵袭入口，酥麻的触电感让我的手指一松，刀片"铛"的一声落到地上。他的拇指按在我的脸上，四指伸入鬓发，胳膊紧紧地圈着我的头，猛烈深沉的激吻让我窒息、迷醉。

我不由得双手撑在他的胸前，用力支起身体。

"呃！"只听汉森闷哼一声，紧紧地抓住了我的双手手腕。

我愣了愣，翻身跪在地板上偎依在他身前："怎么……"

他锁着眉没说话。

我撩起他的白色内衣，只见平滑结实的胸膛上有一道新鲜的红印，看来这场架打得不轻。

"没事。"汉森垂着眼眸，卷翘的睫毛下一片阴影，他的声音闷闷的，似乎不想多说。

我重新拧了毛巾，将他的脸擦干净，拾起水盆说："那你休息。"

说完站起来要走，却被他拉住。

"陪我。"

3. 活下来的理由

月光和星子在天际闪烁，晚风将纱帘吹开，带进露台上馥郁的花香如浪潮荡漾在房间，汉森拥着我呼吸沉稳，我却睁大眼睛毫无睡意。

我试图理解汉森迷乱的心境，只要他说出来，我一定能懂，可是他什么也不说，让我感到寒凉。觉得自己还不能被他信任，如果这样，我跟他之前的那些女人有什么区别呢？也只是他寂寞之时聊以慰藉的人罢了，那我待在他身边又有什么意义？

我转动着手指上的戒指，盯着天花板发呆，时间不知过去了多久。

"不要胡思乱想。"汉森伸出手掌覆在我的眼皮上，低声说，"想知道什么，问我。"

我想了一会儿，钻到他的怀中抬头问他："汉森，你正在做什么，告诉我吧。"

也许他没想到我会这么问，过了很久才睁开眼睛盯着我，月色中他的眼睛明亮清澈，却又波光流转，似乎蕴含着整个星空的浩瀚辽阔。

"老泉不信我，他觉得我疯了。"汉森皱了皱眉，"你要信我。"

"嗯。"我点点头，我当然信他，无论他说什么我都信。

"你们为什么打起来？"

"我要入主曜石基金，那些下三滥的人和价值观会毁了基金会。"汉森口中的下三滥的人我不知道是指谁，我想起左格说的"他们"、梁志远的到访，还有之前爷爷希望汉森打理基金会的时候说过苏穆大哥镇不住的那帮人。

"应该的啊，曜石基金原本就是因你而起。"

汉森摇头："基金会是爷爷发起的，我在"'洵颐山堂'的股份在这之前就赠予他了。"

"你拿什么入主曜石基金？"

"我要爷爷把股份还给我。"

"还给你？"我几乎跳起来，十年来"洵颐山堂"在苏向南老先生的手里扩张了多少没有细算，当初的价值与现在的价值哪能同日而语，汉森这样的行为会不会显得太无耻！

"太无耻了，对吗？"汉森忽然笑了笑，眼眸中的星光依旧明亮闪烁，我却看不到一丝狡诈，我记得他要我记住他虽然姓秦，可是同样是爷爷的孩子。

"为什么不跟爷爷直说，而要跟老泉说呢？"我觉得汉森跟爷爷之间更有天然的默契。

"当然，是跟爷爷说过。只是刚才却不是因为这。"汉森捂着胸口吐了一口气，"给左格的100万，是我私人的钱，老泉以为我是感情用事，特意过来提醒我的。"

他既然这么说，就不是感情用事。汉森作为左格的养父，有资格查看捐赠到他名下的所有款项，以及资金的来龙去脉，这样就断了企图恶意炒作的人的财路。

"你认为值得吗？"100万不是小数目，尽管我理解汉森的心情，可是老泉提醒他也没错。调查的手段很多，没必要用这样的方式利用炒作，况且他的行为会导致跟随捐赠人的心血浪费，网络上一旦有人抹黑，对整个慈善行业来说都是一种长远的伤害。

"嗯。"汉森把脸埋在我的头发里，声音越发低沉，在这个如水的夜里，听起来像是吟诵的独白，"我是个幸存者，很早以前我就知道，既然活下来就不仅是为活着而活，虽然这的确是活下来的理由。看到左格我很难受，他仿佛在提醒我活着的使命，当初爷爷发起这支慈善基金，他是希望爸爸的精神可以延续下去，可是我很多年都在逃避。我不是一个使命感很强的人，我一直以为我顺着心意活得开心一些，便可以安慰家人的在天之灵。是左格让我意识到我不应仅仅只是单薄地活下去，还应该做更多有意义的事情。"

汉森的话让我心悸，我坚信他的能力，只要他发愿，就一定能够办到。

"老泉来提醒我不要搅和基金会的事务，他说初心善意固然不错，可是做多错多的道理我也该懂得。我跟他吵起来，盛怒之下，说了不该说的话。"

"你说什么了？"

"我说当初我连'洵颐山堂'都可以无偿地送给他们，再送出去100万对我来讲没区别，他有什么资格不赞同！"汉森的话音一落，我的心也随之沉了下去，站在苏家的角度，汉森的话戳人心肺！幸亏当初爷爷捐出股份，否则被他这句话堵死，一定会气得吐血！

老泉临走时的表情在我眼前放大，我可以想象他当时的愤怒一定如同燎原的野火。

"然后呢？"

"我还告诉他，我将取代苏穆大哥，在换届的时候坐上理事长的位置。"汉森无视我的惊讶，世人眼中权力的争夺在他嘴里如此轻描淡写，好像只要他想便能坐上去一样。

"难怪！"我抱着汉森心想，他说的是实话，收养左格，拿回股份，跟理事会成员谈判，从而拿到基金会控制权。这一切在老泉看来是出尔反尔的腹黑奸佞，明明都是秉性善良的人，不冷静的时候说出的话毫无情商可言，像小孩赌气！

"呵！"汉森蹭了蹭头，伸手来揽着我。

"所以老泉甩了你一巴掌，操起那把椅子摔你身上？"我无奈地想，两个从小到大生死过命的兄弟，解决问题的方式却如此简单粗暴。

"不过我差点拧断了他胳膊，没吃亏。"

"还痛不痛？"我已然明白，寻思着天亮是不是该找燕子谈谈，不要让他们两兄弟继续误会才好。

"痛死了。"

汉森的脸贴在我的脸上，我捏着他的手紧紧相拥，这一刻我们彼此都感觉不到身体的欲望，只有一种生死相依的情愫在心间流淌，仿佛超越了时空的阻隔，直至永恒……

第二天清晨，当我醒来的时候汉森已经坐在露台上翻报纸喝咖啡，他今天没出门晨跑，英子敲门进来，告诉我护理在楼下等候多时。

我朝露台上的汉森望去，他正面无表情地抬眼看我。

"不是我。"我摇摇双手。

那一定是老泉咯，原来他也知道自己下手太重啊！

左格回家的第一个周末，原本汉森打算带他去拜访爷爷，可是胸口依旧不太舒服，便作罢。他穿着合体的校服，像胖了些，很高兴地告诉我，学校的自助餐丰盛得不得了，居然有龙虾。

像他这样刚从大山里出来的孩子，要融入新的环境会有些艰难，我看到他乐观开朗的表情，着实觉得安慰。

左格是个敏感的孩子，他发现汉森咳得有些吃力，立刻乖巧地坐下来帮他按摩。

"连按摩都懂，手劲还这么恰当。"汉森眯着眼睛趴在花园的沙发上，阳光的细屑落在两个男人的头顶，异常温馨。

"奶奶肺部一直有问题，这都是我从书上学来的，很有用。"左格呵呵地笑，黝黑的面庞露出整齐洁白的牙齿。

"咱们左格这么乖，肯定有很多女孩子追。"我笑眯眯地望着汉森。

"呃，"左格一听这话，停下来挠了挠头说，"那倒是，我们村的女孩都说要嫁给我的。"

"哈哈。"我大笑，汉森深锁的眉头也舒展开来。

"真的。"他的表情严肃，"今天回家之前，我们班谭悠然还说如果不是我太黑，嫁给我还不错。"

"你会变白的。"汉森说。

"你怎么回答？"我捂着肚子笑得疼。

"我当然说不行咯！女孩很麻烦。"左格停下手上的动作，望了望天空说，"爸爸说过，外面的世界是很大的，我想到处看看。"

我想起汉森给我们上课时说的话，仿若昨天。

"小格，妈妈告诉你哦，"我的心情变得平和起来，一丝温柔流转，左格真的变成了我生命中非常亲近的人，"对女孩的爱不可以直接拒绝，永远都不要伤女孩的心。"

汉森枕着双臂侧头看着我，露出温热的目光，左格也认真期待地看着我，他们都在等我的下一句，可是我没说。

老泉需要时间消化汉森言语中的伤害，可是我跟燕子的交情却不必如此，电话一通我们便立刻约在集团写字楼下的西餐厅，依然是那靠窗的位置。

在这之前我一直不太清楚这种非公募慈善基金会的运作模式，汉森是不会跟我讨论这些事情的。为了能跟燕子好好沟通，我特意找了很多资料来看。

曜石基金会的发起人是苏向南老先生，原始基金数额为"洵颐山堂"50%的股权，折算3000万人民币，创业培训、教育支持、孤儿助养和扶贫赈灾四大项目齐头并进，七名理事会成员除了法定代表人"洵颐山堂"院长苏穆，还包括蜀汉集团梁志远、袁东的父亲袁娄山和TC吴光明在内的本城名望凸显的大人物们，其收入固定来源主要靠"洵颐山堂"和盛世逍遥，还有本城企业大亨的捐赠，理事会下有专门的品牌运营和投资团队以保证资金的保值增值。

汉森没有参与过基金会的运作，可他作为秦氏家族唯一的幸存者，是曜石基金的灵魂。他在独立创业之前，邀请过PE教父姚峥嵘担任曜石投资的顾问，其间匪夷所思的投资收益曾让业内哗然，由于特殊的身份，他发出的声音必然抵得过耗费巨大的品牌运作。

我一边等候燕子，一边打开笔记本电脑。上午总助给我和墨鱼仔一个任务，针对南方六个省会城市养护中心和康复中心的招标项目，标的高达7000万，由我们两人带各自的团队进行调研分析，最后由集团高管选择某个方案进入最后的投标。我看到招标人一项，赫然写的是曜石基金会。

我的震惊持续到现在，坐等燕子的间隙也忍不住再次打开电脑确认。

吴总或是在有意无意中排斥我，可能我只是陪练，否则没必要由两个团队分别进行，我们这种企业从来不做内部倾轧的决策。

我很敏感，因为汉森的缘故。

吴总同时是曜石基金的理事之一，有关联交易行为的嫌疑。TC的投资项目大可通过其他形式获得，为什么要参与曜石基金会的招标呢？

联想到最近发生的事情，我不得不铆起精神思考。

燕子看着我忧心忡忡的表情，不屑地嘲笑："连我一个搞媒体的都知道，判断是否存在关联交易，首先看是否有对价，有对价才构成交易；其次看该交易是否公允。没有证据证明曜石基金会和TC之间存在对价的交易，你一天到晚胡思乱想累不累？"

我看了看她，撑着下颌眨眨眼，"胡思乱想那些事情不会累，可是想到汉森和老泉我会觉得累。"

"打的散还叫生死过命的兄弟吗，放心吧。"燕子一边说着一边露出关切的神情，"老泉那天晚上下手重了，汉森没事吧？"

"椅子都坏了，你说呢？"我看着燕子说，"汉森他——你知道他受了刺激，说了些不经大脑的话，劝劝老泉，男人做事情都不爱讲，总之爷爷相信汉森，我也相信他！"

"我不知道该怎么劝，我跟汉森老泉的交往比你早些，我比你更深切地了解苏家如何对待汉森。爷爷不说了，对汉森那是掏心掏肺，公公婆婆也都是实诚人，上次老泉把汉森带出医院，苏穆大哥自责，跪在爷爷房前一天一夜。苏家人亏欠过什么需要这么做？难道苏家人对他这么好是因为他捐出'洵颐山堂'的股份吗？这么多年他任性、逃避，是爷爷领着苏穆大哥在打理基金会，与其说基金会的价值观、愿景和使命是秦五曜先生的遗愿，不如说是苏向南先生真实品格的再现！"燕子说出这些话来振振有词，我被她的言语震撼着，醒悟到她现在除了是我的姐妹，还有个身份是苏家的媳妇，这时只听她冷哼了一声说，"苏家从来不亏欠他一星半点，他当初给爷爷'洵颐山堂'的股份，是因为自己没有经营能力，如今说出这样的话来，不知道多欠揍，换成是我，操起椅子摔他一身算轻的！"

"噢，燕子！"我握着她的手，有些急切，我知道芥蒂如果不立刻清除，以后就永远没机会清除了，"我不是要帮汉森，他确实不该说那些话。你比我更了解他吧，他是个多么骄傲的男人。"

燕子眯着眼睛看着我："要知道任何男人都是骄傲的！"

"对，他们骄傲，所以不应该让我们来弥合这里面的误会吗？"我取下手指上的祖母绿戒指递到燕子跟前，拼命地想着要怎么样才能说服她，"燕子，你看苏家的这枚祖传戒指，你实话告诉我，除了爷爷和汉森，其他人的心里过得去吗？"

燕子冷冷地瞥了我的手一眼："你放心，一颗石头而已，没人过不去。"

"不！"我看着她，我最好的姐妹，她说着言不由衷的话时还是那样刻意端着，"如果只是一颗价值连城的宝石我相信苏家人能过去，但不是，这是苏家祖传的当家戒指！"

燕子没说话，算是默认了："以他们的性格，咯噔两天就过去了，没人会计较。"

"也许是吧。"我垂着眼眸轻抚着戒指的表面，那流莹的翠绿发出古老的光芒，昨天和之前的很多个夜晚，我和汉森一起打望着它的时候，都能感觉到光芒背后流传着多少不为人知的故事，"苏家人性格豪放不羁，但是我不是，汉森也不是。说实话一开始也觉得我和汉森没有资格取得这枚戒指，一度我想还回去，但爷爷坚持给我。汉森告诉过我，他虽然姓秦，但也是爷爷的孩子。他把自己当成苏家的一分子才毅然接受，他正是把自己当成苏家的养子才会这么说的对吧？燕子啊，你刚才一直在告诉我苏家如何对得起汉森，你们以恩人的身份自居，这样残忍的切割难道汉森感觉不到伤害吗？如果换成是苏武哥跟苏穆大哥争执基金会的掌控权，你会选择站在哪一方？难道不应该站在最合适的那个人的一方吗？汉森刻意说那些难听话是他不对，但是我认为他知道自己获得了太多关爱和善意，骄傲却不多，他刻意强调那些东西也许只是想保留自己的尊严吧。"

我感觉燕子愣了愣，似乎被我的话语所触动，我紧接着说道："汉森需要爷爷把'洵颐山堂'的股份划到他名下，以汉唐汇金董事长和'洵颐山堂'主人的身份迅速站到曜石基金理事长的位置达到震慑的效果，他必须借势。你的消息比我灵通，最近发生的事情难道你不觉得有问题吗？苏穆大哥究竟牵涉多少你知道吗？他是身不由己深陷其中还是无辜受损被人利用你清楚吗？我不敢推测汉森到底准备得怎么样，可是如果这个时候自家人不团结，让他孤身奋战，他如何自处，情何以堪？"

"汉森敏感、骄傲，在外人眼里何其强大，但是他的脆弱点正是苏家。他们把苏穆大哥跟利益捆绑在一起，汉森就没有办法做成任何事情，他和老泉迟早是要干上这一架的，只是我不想他们白白挨打，落得兄弟离心的下场，况且没有你们的支持，他很可能无法成事。"

燕子沉默了许久。

许久之后她才缓缓开口："我从来不知道你有这么好的口才，能够翻云覆雨，不愧出身书香门第，其实我开始后悔撮合你跟汉森了……"

她站起身要走，临了留下一句话："基金会的事情虽然复杂，人性更复杂，我相信你，但未必信他。"

"你会说服老泉和苏穆大哥吗？"燕子的话让我有些灰心，可还是不甘心地问了一句。

燕子没回答。

4. 慈善盛宴之同门

她走以后，我独自呆坐了很久，最近发生的事情让我应接不暇，很多脉络似是而非，全靠我强大的分析能力得以整理。燕子说的话有道理，人性往往比事件本身更复杂，我可以把握事件的走向，却无法探究人性掺杂其中会变成什么样子。

直到我听到一个软绵绵悦耳的声音在说："隽隽，靠窗的位子没有了。"

声音很轻，可是落在我心里却如同炸雷，抬头一望，眼光便直直地被拖进一双带着笑意的如水深潭中去。

仅仅隔着一张桌子的距离，只见允芳身穿浅绿套裙手挎蓝灰爱马仕铂金包，愈发富贵妖娆，她的旁边赫然站着的男子正是隽绎。

许久未见，他的身材似乎更高了，神情更显沉着，头发打理得柔顺利索，上身是洁白的尖领衬衣，领口微微松散开去，腰间一根黑色手工定制的牛皮皮带，下身是藏青色的长裤，脚上非常得体地穿着一双黑色德比鞋，他的手原本随意地插在裤兜里，这时伸出来貌似不经意地扯了扯衣领。

"算了，走吧。"慵懒低沉的嗓音，带着沙沙的磁性，他说完便朝我垂了垂眼帘径直转身离开。允芳迟疑半秒，意味深长地看了我一眼紧跟着也走了。

我甚至没有去看他的背影，自顾埋头盯着电脑屏幕，可是那双似笑非笑的略带讽刺的眼眸却一直在我的面前跳跃，心湖沸腾呼啸，裹挟着巨浪翻江倒海。

隽绎，在这个风雨飘摇的时候回国了！

我魂不守舍地回到家，汉森正在沙发上翻书，看到我便伸过手臂来把我拥在怀里，我在他的怀中获得支撑，心情慢慢恢复了安宁。

"汉森，是不是一定要你入主曜石基金才行呢？"我忍不住问他。

"是，这起炒作只是基金会违规操作的冰山一角，到我收养左格结束，苏穆大哥将彻底被理事会推到台前为他们打掩护，唯一的机会就在年底的换届上，希望我可以保护苏穆大哥顺利下台。我不能容许曜石基金沾染上一丝污点，声誉对慈善组织宛如生命，社会声誉是曜石的资本，染上污名的慈善组织将不可能再募集善款或者重新接受政府的项目。"

我承认汉森说得对，同样，我也对即将展开的调研志在必得，只要我拿到项目，就能参与其中，从而看清事态发展的脉络。

一切不用多说，接手新工作以后，面临全新的格局，我变得非常繁忙。

这时我发现才不配位是多么巨大的悲哀，这是一个全新的领域，我和墨鱼仔的工作原本相互补充，我擅长具体事务，他擅长平衡关系，现在被切割成平行团队之后，各种会议、月度年度规划、集团预算编辑、资源配置平衡已经把我搞晕。7000万标的的项目分析策划，为高管提供决策参考才是目前的重心，特别考验人的能力，我只好把纠缠复杂的办公室政治且先搁置一旁。

一段时间下来，感觉整个世界都被颠覆。我是个追求完美的人，只有对人对环境有了绝对的掌控，内心才有安全感。我独立地应付，掩饰内心的不安，在团队中寻求恰当的方式，可是天知道我得多努力才能在每天翻阅海量的文件规范，规划调研的行程之余，去应付来自团队中的各种不服气。

每天都会很晚才回家，汉森比我早出晚归，经常迷迷糊糊觉得身旁有人为我披被子，药草香侵袭入鼻，才安然睡去。第二天醒来，身边已经空无一人，英子说汉森很多年都过这样的生活，可是因为我在的缘故，他每天不管多晚都坚持回家。

曜石基金会高调炒作的行为不断升级，理事会换届选举的前夕，他们迎来了一年一度的慈善拍卖会。这次名为"爱守益+"的慈善盛会将作为给全城市民的年终贺礼，对基金会来说同样意义非凡，仅从流程上看就已经星光璀璨，拥有最强的明星名流阵容和最豪华的红地毯。除了特别定制的主题拍品，届时还会有多位神秘嘉宾带来神秘藏品进行拍卖，所有善款将全部捐入曜石基金四大项目账户，不仅有名嘴主持和国内外巨星同台献艺，还有来自各地的慈善领袖、知名政要、本城籍的优秀海外华人代表等，可谓场面空前。

这天我接到行政通知，晚上曜石基金会在香格里拉召开的"爱守益+"慈善拍卖会，我跟墨鱼仔要代表TC参加，务必盛装出席。

原本左格和我会陪着汉森走红毯，因为集团的临时安排，我只好给汉森打电话，想告诉他晚会不能当他女伴，可是他破天荒地没接。

我来不及回家换上早已准备好的礼服，行政小薇已经从后勤那边给我们准备了合适的晚装，墨鱼仔是藏青色的正装西服，给我准备的是一身纯白的裹胸拖地长裙，一片褶皱做成白色腰封，整体看上去还好，性感不失时尚，可是总有一股说不出的廉价感。墨鱼仔亮着眼睛盯了我半天连说好看，见我表情不悦，觉得是我太挑剔了。

我想也是，这样的场合我和墨鱼仔都没有走红毯的资格，在服饰上不便太出挑。吴总和董秘几位高层早已先行一步，我们只需要赶上拍卖会，负责举牌就好。我在严墨那里借了双超高的水晶皮鞋跋在脚上，心理上的感觉才稍稍好些。

公司的汽车将我们送到香格里拉的时候，整个酒店已经被璀璨夺目的灯光包围，一条长长的红毯尽头，是一面巨大的百合题板，上面签满了贵宾的名字。四处人声鼎沸，人群三三两两地聚在会场中央，不停地有身着燕尾服的礼宾端着酒水穿梭期间。红毯已经结束，到处撒满了红玫瑰花瓣，VIP区的媒体访谈也进入尾声，场外的LED大屏幕上正在直播马市长接受记者提问。

镜头——在嘉宾的脸上横扫，我看到了汉森，他今天神采飞扬，穿着Dior Homme的铃兰黑色定制，在苏穆、梁志远、吴光明、袁娄山等一群中年男人之间显得尤其精致、优雅阳光，左格依偎在他身旁，穿的也是特意定制的浅蓝色礼服，头发竖立着，比时下最红的少年组合还帅气。今天的女宾不少是影视红星，连阿漫也来了。在一众女宾的包围中，我看到了姚依，她今天一头微卷的短发，穿的也是迪奥铃兰系列的粉色紧身小上衣和银灰色的短包裙，精致的妆容绝对碾压全场。

身后两个女人看到镜头上出现了姚依特写，"噢"地轻声低呼起来："就是她，跟男朋友一家三口走红毯，是我看到过除了模特以外把高级定制穿得最好看的一对，郎才女貌啊！"

原来换成姚依跟他走红毯，我的心底莫名一凉，有些失落地扭头要走。

"郎才女貌，确实。"身后传来一个沉稳的男声，我抬头一看是隽绎。

他正专注地打望着屏幕，抄手摸着下巴，一身提香红的暗格衬衣，搭配着泛着锈色的质感长裤，外套着阿玛尼中长风衣，微微卷翘的板栗色短发下面是年轻而俊朗的容颜。

本来正在私语的两个女人看着隽绎闲散的模样，同时发出"哇"的一声："今年曜石基金的全明星阵容好强大！"

隽绎的扮相相当时尚，难怪会被认成明星。我看着他，感觉伤害在他身上已经荡然无存，曾经深爱过的人依然如此美好，我为此感恩，觉得不枉爱过一场。

释然，坦然。

这时我在人群中看到了老泉和苏武哥，便侧过身体，迎着隽绎的眸光微微地埋了埋头，招呼过后，朝着会场里面走去。

　"老泉、武哥，怎么没看到燕子？"我其实已经很多天没见到老泉了，自从他跟汉森打了那场架之后。

　"在媒体区忙。"武哥回答我。我想跟老泉聊一聊，既然汉森进了VIP，说明家族里面已达成妥协，不知道老泉和武哥怎么想，可是老泉显然不想跟我多说，他眯着眼睛抬着手中的酒杯跟我碰了碰说："我们的对手，也许让人措手不及呢。"

　正说着，会场的四扇大门悉数打开，入口两侧的礼仪恭敬肃穆，主会场比起场外的奢华更胜一筹，两面巨大的LED屏幕分置会场两侧，时尚的水晶T台和绚丽的灯光效果将巨大开阔的会场装点得极致璀璨，四面宏伟的半弧形玻璃窗发出湛蓝的光芒。

　让人沸腾的音乐 *He's a Pirate* 响起，加勒比海盗的飓风刮过会场上空，主持人开始热场，我和墨鱼仔一起走到放置着名牌的位置坐下，旁边是老泉和武哥，还有汉唐汇金的黄屹、小宁，都是熟悉的人。

　从VIP房间里不停地走出今天的特邀嘉宾，我的眼光却只停留在汉森和姚依的身上，只见他们身着相同系列的礼服，旁若无人地贴面交谈，姚依不时微微点头，她牵着左格的手缓缓步行，真像是一家人那般自然。现场摄像还一度在他们身上停留，三个人的身影就从会场两侧的屏幕上呈现在众人眼前。

　我想起场外那两个女人的低呼，寻思着他们一整天都是这般引人注目的吗？

　一种从未有过的酸涩和刺痛感侵袭着我，不知道为什么总有一种无法直视外人的感觉，第一次感到汉森如此遥远，远到我够不着。

　黄屹是第一个发现我神情不自然的人，他就在我侧面，低下头俯在我耳边悄悄地说："姚依姐今天代表的是姚峥嵘先生，森哥吩咐我照顾好你。"

　不听还好，黄屹的话一出口，我只觉得眼圈都红了。我明白汉森身不由己，他是姚峥嵘的学生，陪伴姚依理所应该，可是他宁愿交代黄屹也不亲口跟我说，他便是不想暴露出其实他认为我不够格与姚依齐平的想法。

　他既然清楚今天的场面会对我造成伤害，那他就是明知而为咯！

　难怪他不接我电话！

　舞台上主持人在鸣谢特邀嘉宾，壮怀激烈的背景音乐声中，主持人高声介绍，"下面特别有请第一届华人联合论坛青年领袖人物姚依姚小姐，陪同上来的是著名的投资管理汉唐汇金董事长秦汉森先生，秦先生还有一个身份是'洵颐山堂'的主人！"

伴随着雷鸣般的掌声，汉森微抬着右臂挽着姚依踱步上前。

赞美和议论声四起，台上主持人在调侃询问："听说两位同出师门，秦先生给我们介绍一下姚小姐好吗？"

老泉和苏武都目不转睛地望着台上，只有黄屹时不时地回头看我，我面无表情地盯着前方，脑子里一片空白，如果摄像事前掌握的八卦资料够多，此刻镜头应该对准我。

"岩溪，借一步说话好吗？"一个清冽的声音在耳边响起，我回头，只见隽绎明亮的眼光正安稳地注视着我。

汉森正在台上说着什么，面对隽绎的邀约，我本能地反问："在这里不能说吗？"

老泉和苏武已经回头在看着我们了，他们在那场车祸后都认识了隽绎，此刻神态中尽是敌意。

"如果不想接下来的换届多生事端，我建议还是单独出去谈谈。"隽绎的眼眸中闪出寒光，挑衅地看着老泉和苏武。

果然老泉哼了一声，然后回头继续看着台上不再理睬他，苏武则对我递了个眼色。

我立刻站起来，尾随着隽绎从侧门走出会场。

5. 慈善盛宴之承诺

宽敞明亮的走廊上空无一人，连礼仪小姐都被会场上一对出色的男女吸引，探着头往里看。隽绎的步伐很大，我穿着超高水晶鞋，提着拖地的长裙跟在他身后。

他突然驻步，我差点撞到他身上，瞬间他的身体便压过来，直接把我挤到墙壁上，他右手撑着墙面，把我圈在他的胳膊下。

"刚才我在想，我跟豆豆求婚的时候你反应那么剧烈，轻易就跟着这个家伙走了，轮到他犯傻的时候你这么冷静意味着什么？"隽绎皱着眉头认真地问我，仿佛在探讨一个严肃的问题。我没想到他开口要说的居然是这个。

双子座的男人什么时候认真过？他从来就有此处不留爷自有留爷处的自信，对待感情一向是爱谁谁的潇洒。

"他没犯傻。"我辩解。汉森确实没有犯傻，他很清楚自己在做什么。

"要不要你跟我进去，亲口听听姚依姐姐在大庭广众下向汉森求婚，看他怎么回应？"隽绎的左手本来插在裤兜里，这会伸出来摸了摸下巴，不怀好意地笑起来。

"她追求汉森很多年，朋友们都知道，汉森要答应早答应了。"我满不在乎地说。可是我的底气到底不足，汉森同样也没有跟我求过婚。

"那是他还没见识过姚姐姐放手一搏。"隽绎放开手臂，有些痞痞地上下打量了我一番，手指头勾了勾我身上的白色裙子嫌弃地说，"品位差了好多，上次你在酒店里惊艳全场的魄力哪里去了？"

上一次我是憋着全身的力气在战斗，今天怎么能跟上次比！

我没回答隽绎，只是对他的骚扰纠缠有些不耐烦："接下来基金会换届，你们想干什么？"

隽绎像看白痴似的盯了我好一会儿："你就快被扫地出门了，居然还在担心基金会的选举？岩溪，你真的不懂男人。"

我不懂男人，我不知道他们谈笑风生的背后隐匿了多少真心，我也不明白他们咄咄逼人的眼中包含了多少欲望，甚至我不清楚他们在兽性、人性和神性之间如何切换。

可是汉森，我想我是懂他的。

就在我愣神的片刻，隽绎忽然将我按在墙上，没等我惊呼出声，他就抓住了我的腰封，"噗"的一声，那片折叠的白色绸带便被扯开，白绸长裙如水样地荡漾开来。

我惊慌失措，提脚脱下一只高跟鞋，用尖尖的鞋跟在他眼前比画着厉声低吼道："梁隽绎，让开！"

他"噢"了一声，双手举在耳畔后退了两步，垂眼看着我手里的鞋子，"我只是想给你打扮一下，免得一会儿上镜的时候太丢人。"

"我不知道你在胡说八道些什么，马上走开！"我生气了。

他看到我的样子，也有些气急败坏，咬着牙发着狠劲地挤出声音说："不见棺材不落泪！"说完扭头便走。

我看见他的背影向着走廊尽头渐行渐远，这才垂下手中的鞋子，心中一阵恍惚。

紧绷的抗拒力消失之后，他的话便如同反刍般回荡在我的脑海，他说等会儿姚依会当着所有媒体和嘉宾的面跟汉森求婚，换成其他女人我不相信，但是姚依会，她做得出来。

到时候会怎么样？

我使劲眨了眨眼睛，意识到隽绎的话是真的。她在镜头里看着汉森含情脉脉的眼神，而且汉森那个傻瓜居然在给她机会，或者让她感觉到了机会。

不行！

我的智慧突然回到脑海，忽然知道自己该做什么了。

我立刻穿上高跟鞋，这时隽绎不知什么时候又走回到我的身边，手里还提着那片白色腰封，飘逸的绸带微垂着。

我没说话，转身拐进旁边的洗手间。

不料，隽绎居然也跟着进来了。

"干什么？"我当然不会以为他要对我怎么样，只是这里是女士间。

"我的眼光一直不错，你信我不？"

"腰封还我！"

"这片布料遮着屁股太土，放下腰封，身材却又显现不出来。"他微眯着双眼，看着我头发上别着的一枚翠绿色镶钻发夹，"喏！"

我知道隽绎很行，他是个天才。

所以我不再抗拒什么，把自己交给他打理。

等我走出洗手间的时候，白色淘宝款裹胸长裙已经变了。顺滑的丝质面料沿着我的腰身裹挟而下，在肚脐的位置被一枚翠绿的钻石聚拢，再继续往下散开，上身一片白色的褶皱从右肩斜披着垂在背后。我的头发松散地垂下，黑色直发，没有任何装饰。

妆容特意夸张了眼睛，而嘴唇的颜色很淡。

隽绎说这是今年秋冬最时尚的扮相，创意来自雅典的女祭司。

女祭司，我知道自己应该摆出一种什么状态了。

当我走回座位的时候，一路上不断有人侧目发出"咦"的声音，这让我的信心大增。还没等归位坐下，只听台上主持人还在跟姚依和汉森互动，左格也到了台上，不知正说着什么，观众时不时地发出哄笑声来。

介绍嘉宾的环节已经结束，开始了第二轮拍品的解读。

LED大屏上出现的是一对手表，跟汉森送老泉和燕子的那对情侣表相似，我断定也是瑞士定制。

手表被左格拿在手里向众人展示，姚依深情款款地望着汉森说："我们在汝拉山谷的时候，定制了两对，它在我心里有着比生命还重要的意义，为了阿森我拿出来拍卖，表明我支持他对慈善事业的一片赤诚之心。"

接着主持人开始介绍这对情侣表的来历，是瑞士名家的手工定制，在世面上可秒杀七成名品。

首席拍卖师举槌宣布底价为700万人民币，举牌一次加价10万。

观众们听出底价立刻发出"噢"的低呼，紧接着蜀汉集团和墨鱼仔相继举牌。

虽然我知道在汉森游荡欧洲的一年里面，所有的故事都跟我毫无关系，我更没有资格矫情，但是今天的局面让我心里感到一阵刺痛。想到自己的任务，我装作平静的样子走到墨鱼仔身边坐下来。

拍卖师的声音回响在大厅："720万，现在是720万元，后排那位先生给出720万元，还有加价的没有？……168号先生举牌，730万，有没有人再出价？……740万元，请问哪位再加价？"

现场不停地有人举牌，跟随姚依的几个黑衣男子举牌频率特别高。

"前排的先生现在应价850万，还有哪位加价？……有了！860万在我左手边，现在是860万……"

墨鱼仔接到电话，吴总指挥我们这边停止举牌。

"1000万！"这时身旁响起一个清亮的男声，观众们都扭头看过来，我不用看就知道是隽绎。

拍卖师异常兴奋："1000万！1000万元在后边，还有加价的没有？1500万元！168号先生再次出价1500万元……"

"2500万！"隽绎再次举牌，他的脸上露出邪魅的满不在乎的笑容，全场再次轰动。

"2500万，后面的先生出价2500万！还有没有加价的？现在是2500万第一次……"拍卖师手中的拍卖槌高举着，话音未落，只听他转而惊呼道，"3000万，168号先生出价3000万！3000万第一次，3000万第二次，成交！"随着拍卖师落槌成交，这对手表拍出了3000万的天价，全场一片哗然，大家都好奇地看着那位身着黑衣的168号男士。

我认得那是姚依的保镖。

在众人的目光都聚焦在168号男士身上时，我却望向隽绛，只见他朝我挤了挤眼睛，又朝台上努努嘴，露出狡黠的笑容。

姚依原本没想把手表拍出去，她只是拿出来显摆一下逗汉森开心，再让人加价拍回去，没想到隽绛捣乱，居然拍出了3000万的天价，我不知道姚依私下会露出什么表情来。

台上主持人在向他们表示祝贺，姚依到底大气，面不改色地望着汉森："信物在我心里只代表着执念，十年了，阿森，给我一个梦想成真的承诺吧！"

这段话被放大，回荡在整个会场，大家都好奇地屏住了呼吸，不明白姚依话语中的意思，可我知道她这是再也明白不过的示爱了！幸亏有隽绛事前的提醒，我不至于无措，可是所有认识我和汉森的人，都倒吸了一口凉气。

首先是老泉和苏武，还有黄屹和小宁，他们第一反应都转头看着我，我却早已起身往T台的位置走去了。直播摄像还没有注意到我，镜头掠过观众席，我看见最前排的马市长和谢姐姐都露出了不可思议的神色。

最意外的当然是汉森，他有些蒙了的样子，拿着话筒直直地看着姚依。

他的面前是他最尊敬的师姐，恩师姚峥嵘唯一的女儿，华人联合论坛的青年领袖。他自然是知道她的心意的，也许在意志薄弱的那一年，他曾经在苏小小和她之间徘徊过。

他亲口告诉我，他们之间彼此坦诚。

人们都说女人不懂男人，其实男人什么时候又懂过女人！

我相信在私下的场合，汉森有足够的智慧处理这件事情，但现在众目睽睽中，面对着各界名流、媒体八卦、商界政要，对姚依义无反顾的热情，他该如何承诺？

我离T台已经越来越近了，左格的目光落在了我的身上。

我的裙摆款款，绕过前台的鲜花丛，一步一步地走上台阶，我相信只要我出现在 T 台，汉森就会毫不犹豫地拒绝姚依，不管他用什么方法。

这时摄像镜头捕捉到了我，一束灯光打在我的头顶，追随着我的脚步，屏幕上还给了我一个特写。

现场的状况显然不在主持人的掌控范围之内。我知道他笑眯眯地站在一旁，只等汉森说出那些同样热烈的情话，他就立刻宣布意料之外的喜讯，这个城市今夜将注定不眠。

此时全场一片寂静，所有人的眼睛都盯着 T 台的前方，炫目的灯光将我的全身裹挟得好像天降的圣女。我伴随着温柔的乐曲声前行。我的身后是这个城市最耀眼的贵宾，在万家灯火中还有无数守候在电视机前看直播的民众，30 秒钟以后，他们都将知道曜石基金会未来的掌门人他选择的人应该是我，——纪岩溪。

曜石基金会未来的掌门人？

我的身姿不知怎么忽然一滞，好像有道闪电劈下，心里隐约有了一些猜想，难以抑制，不知怎么脑门儿上就有滴汗珠滚落下来，我的瞳孔微微地缩紧，在强光下凝成了很小的一个点。

下面的这些人，看到我即将做出的举动会怎么样呢？会有人舒心，有人遗憾，有人痛惜，大部分的还是震惊，那些流传至街头巷尾的八卦爆料，不会有欢呼声吧，我猜。

或者想笑的人现在已经在开始笑了。

渐渐地这道猜想变得笃定起来。

我自以为自己才是汉森的真命天女，在他即将被迫应承来自同门师姐的邀约时我该义不容辞地站出来，体现我的存在。曾经他让我帮忙，我就轻而易举地拨开了姚依笼罩在他身上的压力。

然而今天，他的压力确定是来自感情的抉择吗？

这是万众瞩目的盛宴，是展现曜石基金会强大实力和公信力的至高场合，更为重要的是他背负着很多人的期望，作为曜石基金会未来掌门人的角色，他需要在谈笑间举重若轻地消减来自潜藏在角落里的反对者的质疑声。

可是我正在把这个无声的战场变成一台狗血的夺情大戏。

多少阴谋家正在由衷地哈哈大笑啊！

"妈妈。"左格的声音传来，我已经走到了T台之上。

随着他稚气悦耳的嗓音，台下来定发出嗡嗡的议论声，他们都不知道左格已经被收养的事实，今夜的盛会左格作为曜石基金会特别资助对象受邀参加，大家对他充满了好奇。

汉森不易觉察地晃了晃，面对姚依的身体转过来看着我。

至于姚依，她露出的是一向清冷的目光。

这个从小到大生活在万人之上的女子，任性霸道，无论她做出什么出格的事情都是正常的，就像她浩浩荡荡地带着保镖来找汉森，而后轻描淡写地飘然离去那样。她从来没有过丝毫认输的表情，即便要输，她也只是输给汉森，而不是输给我。

我在她眼里是没有资格跟她较劲的，虽然此刻我已经不打算跟她较劲了。

主持人很快反应过来，顾不得刚才的话题被打断，立刻提起话筒来到我的身边，关切地询问道："原来是小左格的妈妈，可以跟我们分享一下这是怎么回事吗？"

话筒递到了我的嘴边，我微笑着拉起左格的手，望着台下的观众席说："对，我跟小格很投缘，所以做了他的妈妈，希望不会让他失望，也不会让所有关心他的人失望。"我没有提到汉森是他的爸爸，这个时候不需要提起他。

台下的观众开始鼓掌，我深吸了一口气继续说道："刚刚在台下，我很激动，因为我看到姚依小姐捐出她所挚爱的腕表，为我们这场晚会拍出了3000万的天价，奉献出自己的一片赤诚之心。我的小格也是全社会慈善爱心的受益者，所以我想站上来，跟小格一起，我们一起为姚依小姐的梦想加油，祝愿她梦想成真！"

台下的掌声更加激烈了，甚至有年轻人发出"噢"的欢呼。

汉森的手指紧紧地捏着话筒，因为用力，显得关节发白。他的眼中自有一股威严、冷峻、清冽，似乎还夹杂着无法言说的责备的神情。

我有些抱歉地望了他一眼，侧身站到了主持人的旁边，真希望他能明白我的心意啊。

左格站在我跟汉森中间，握着我的手也紧了紧，他说话了，声音很低，低到几近呢喃，大概只有我们三个能听到。

"妈妈说过，永远不要伤害女孩的心。"

"好。"汉森捏着话筒说道。不知这个好是因为听到了左格的话，还是紧接着我之前的话语，总之他转过身，面对着姚依说："你的慷慨付出让我由衷地敬佩，我答应不论你有什么样的梦想，我都会跟你站在一起，为实现它而努力！今天这样一个盛大庄严的场合，来自世界各地热心关注公益慈善事业的领导嘉宾都会为我的承诺做证。"

汉森的声音很好听，通过音响的美化，低音共鸣更显磁性，他的话音刚落，台下的掌声便响彻大厅。我虽然保持着微笑的表情，心里却随之一荡，空落落的不知飘向何方。

6. 慈善盛宴之人性

接下来的环节由当红的歌星阿漫为大家献唱，汉森和姚依并肩而去直接坐到了嘉宾席，小格则一直牵着我的手走下了 T 台。

我从侧门直接到了卫生间，望着镜子里精致华丽的造型，自嘲地笑了笑，慢慢地卸下妆容，然后给墨鱼仔打了个电话说临时有事先走一步。我在 T 台的表现他也看到了，电话里他答应他在那里顶着，让我放心去办自己的事情。

等我走出来的时候，左格还站在门口等我。

他只有十三岁，可是看着我的表情却如同大人般凝重而深沉。

"小鬼，干什么？"我拧了拧他的脸，来这个城市的时间这么长了，皮肤还是那么黑。

"我觉得，拒绝女孩子，也许并不是伤害。"这个十三岁的小孩说起这个话题的时候显得老气沉沉，我忽然心生恶意，负气地说道："你要不要摆出人精的样子，害怕别人不知道你聪明啊？"

这句话是汉森平常敲打他的时候说的，左格眨着眼睛看了我一眼，"嘿嘿"笑着露出两排洁白的牙齿，显得十分可爱。

"伟大庄严，好像圣母降世！"背后响起几声掌声，我回头看去，是隽绎倚靠在墙壁，斜勾着唇角看着我和左格。

我不想跟他说话，拉着左格要走。

隽绎起身拦住了我，啧啧地摇着头。

"真傻！扮圣母的样子给谁看？自己给自己一个台阶吧，可怜又懦弱的女人！他还不是负了你！"

"不知道你在说什么！"我一手拉着左格，一手挥开他的胳膊径直走了过去。

"我在帮你！"隽绎在我身后大声地说道，"圣母是用来膜拜的，强悍才会让男人下软伏低！你不是很懂这一套的吗？"

是在帮你的父亲吧？我心想。转过头去眯着眼睛看了他一眼，没有把这句话说出来，等到年底审计报告一出，许多沉渣都会泛起，汉森，说过决不允许那些下三滥的人和价值观毁了基金会。

我从走廊径直出了会场，让小格自己去到 VIP 嘉宾席，我想独自回家。

"妈妈你跟我一起吧。"左格皱着眉头，"一整天那个女人都跟爸爸在一起，很多人都误会他们是一对。"

"姚侬姐姐是爸爸妈妈都非常尊敬的人，你也要待她很礼貌才行。"

"哦。"

左格很乖，他迷惘地看了我一眼便朝着侧门走了进去。

我没有回别墅，而是回了自己的家。

没有开灯，我开了一瓶红酒独自在阳台上坐了很长的时间。

冬日的寒风呼啸而起，厚重的冬衣也抵挡不了这样深沉的寒意，我感觉整个人都麻木了。夜已经很深，可是整个城市还醒着，璀璨的灯光绵延数公里的范围，把这个不夜城装点得分外妖娆。远方有几簇烟火临空，悄无声息地展开绚烂的姿态，须臾间又熄灭了，那里是香格里拉酒店的上空，隆重的盛宴在烟火中宣告结束了！

今晚汉森在众目睽睽中答应了姚侬的表白，甚至恳请一座城的人为他的承诺做证，这是何等的庄严啊！他最后看我的一眼真让人难过，我在心底独自演绎了很多次，设想着如果我自己没有想那么多，临时改变决定，我毅然自私地走上台去，把夺情大戏演完，今晚的宴会又会变成什么样的状况呢？

如果写成剧本，一定很好看吧，朋友圈里一定会很热闹，微博微信论坛八卦不知会有多少人津津乐道，我立刻会变成比左格还红的网络红人吧！

以秦汉森的智慧和掌控局面的能力，他会在T台上对我说："岩溪，我们之间一直彼此坦诚吗？"

也许……在我不愿意过多设想的情节里面，早在汉森对我冷淡的那一刻起，他就决定淘汰我出局了，只是我没有这方面的先知先觉，说实话，跟姚依联手是多么光荣而正确的选择啊！

连隽绎都知道，他在会场外的话非常清晰地出现在我的脑海里，让我无法再自欺欺人。

"你就快被扫地出门了，居然还在担心基金会的选举？岩溪，你真的不懂男人。"

可是即便如此，我对他依然恨不起来，只怪我没本事让人爱上我！

真是让人灰心啊！

以前，我会觉得作为女人，尊严是生命中最不可或缺的东西，被男人辜负失去尊严是这个世界上最可怕的局面，可是今天，我失去汉森，却感到意外的平静。

遗憾、痛苦、酸涩、挣扎，这些情绪统统都有，却不害怕。

与汉森一起走过的日子格外美好，全心全意地爱着一个人同时被他所爱是多么幸福的体验啊！我告诉自己，岩溪，既然事实已经呈现，就振作起来继续美好下去吧，毕竟我们之间坦诚地爱过，就让这份情义放在心底升华，努力活出更好的自己吧！

好像是自己把自己感动了，喝完最后一口红酒，我抹了抹眼中的泪水，站起身告诉自己上床睡觉！

从明大起，我要继续强悍霸道，隽绎说得对，圣母是用来膜拜的，强悍才会让男人下软伏低。从明天起，做个幸福的人，工作、学习，阅尽书本；从明天起，关心股票和金融，给我的每一个账户存上一笔巨款；遇到陌生人，我也为他祝福，愿他有一个灿烂的前程，愿天下有情人终成眷属，愿他们在尘世获得幸福，我只愿……

面朝大海，春暖花开。

这个冬天格外寒冷，大概在风中呆立的时间太长，清早我刚把车开到公寓门口，便打了一个大喷嚏。

燕子提着包站在路边，看着她坐到我的副驾位上拍着冻红的脸，我不由得有些责怪。

"天这么冷，怎么不先打个电话？"

"顺路来看看你。"

我哑然，这路顺得够远。

"昨晚做访谈，写通稿忙了个通宵。记得我说过的话不？基金会的事情虽然复杂，可是人性更复杂。"

"还好，不是太复杂。"我轻描淡写地说。

"我们都没想到，秦汉森为了坐上理事长的位置会把你牺牲掉。"燕子隐约有了一股怒火，以往她是对汉森评价最高的那一个。

"是我的分量不够重。"我发动汽车，口气淡淡的，心想有姚依这个砝码，汉森不想坐上理事长的位置都很难，难怪他会那么轻飘飘地告诉我他"将"取代苏穆大哥，而不是"想"。

"爷爷都把戒指给了你，分量还不够吗？"燕子以为我说的分量不够是指没人撑腰，她有些气恼我的自暴自弃，"为什么不找他问清楚？如果是台面上的需要，随便敷衍两句就罢了，难道他是早就打算好了的吗？你知道他的打算吗？"

"别说了，燕子，我知道你的心意。"我笑了笑，"戒指我会找时间还给爷爷，没事。"

"千万别！戒指你先收着，只要汉森一天没跟那个女人求婚，你就还是我弟妹。"燕子说，"爷爷还不知道昨天发生的事情，他最近身体很糟糕。"

"噢，姐妹不好吗，干吗非得是弟妹？"我知道燕子自从跟了老泉就开始重色轻友，如今越发轻得厉害了。

把燕子送到报社，我开车来到公司，等电梯的时候几个女孩叽叽喳喳地议论着昨晚的电视直播，讨论的焦点在汉森和姚依身上，总之是些人间绝配的话题。

看到我，她们都兴奋地向我打听当时的细节。我跟汉森同居的这段时间，除了亲近的朋友，集团里知道的人并不多，严墨算一个，几位高层应该也知道。所以，尽管昨天慈善盛宴的那一幕很精彩，同事们却都没有把我跟汉森联系起来。

"岩溪姐，你居然是小左格的干妈！"

"左格很酷呢！"

"岩溪姐，昨晚你的造型太美了，上台之后在气场上盖过了姚小姐！"不得不说隽绎的品位的确不俗，当然还多亏严墨的那双超高水晶鞋。

"不过从昨天开始姚依小姐就是我偶像了，这辈子能赶得上她的一二，我就满足了。"另一个女孩双眼放光，喃喃地感叹，"真正的人生赢家啊，自己那么光彩夺目，男朋友还如此优秀！"

"是啊，秦汉森哦！也只有他才能配得上呢！"

……

电梯停在计划发展部的楼层，我终于摆脱了这些八卦，径直来到办公室。

7. 多事之冬

胡冰走后，我跟墨鱼仔就分别承担了他的职责。在吴总交给我们分头调研任务时，墨鱼仔的团队已经早先一步在跟进招标项目了，他真的很拼命，而且他在很早以前就展露出比我活络的人事周旋的能力。

我更擅长实务，因为对结果比较挑剔，忙碌起来便有孤身奋战的感觉。对面墨鱼仔的办公室里，团队成员经常讨论得热火朝天，而我这边只有刚从行政调过来的小薇本着学习的态度跟我跑前跑后，其他二十多个人都闲散地做着分派的事务而不能主动参与到项目中来，我的感觉非常不好。

随着时间越发紧迫，我的压力越来越大，我对这个项目的要求很完美，没办法分出更多的精力来整合二十多个人，因此事必躬亲，亲力亲为。

这天夜已深沉，我把接下来需要调研的行程排好，让小薇先走，想把剩下一些收尾的东西拿回家再看看。等我走出办公室的时候，对面墨鱼仔的办公室早已经人去楼空，我一个人走出写字楼，怀里抱着文件盒，累得腰背都伸不直。

下到车库提车，不知怎么回事，汽车发动不了，我只好放弃，抱着厚厚的文件夹徒步走出车库，到街面上拦车。

　　时间已是半夜，新区这边写字楼林立，四处空荡荡的，人迹罕至。

　　我站在寂寥的街面上，地灯反射出幽暗的光芒，感到前所未有的劳累空虚，挫败感几乎要把我吞噬掉。长这么大，遇到过的挫折无数，从来没有像今夜这般无助。突然间眼泪如潮水汹涌，我明明知道自己为何要这般拼命，可是承受不来的感觉仍旧裹挟着我，充斥着整个身心。

　　我提起手机从联系人里找出汉森，几次想摁下拨打健却全身颤抖着放弃，终于忍不住号啕大哭起来。一边哭一边走，仿佛沉沉的黑夜永远走不到尽头。

　　不远处的街边有一辆黑色汽车缓缓地在身后滑动，车灯闪了一下便熄了，我心里有些紧张，便捏着手机装作打电话的样子，往家的方向走，恍恍惚惚的，想一直这么任性地走下去，逐渐忘记了恐惧，只是疯狂地哭。脑子里不知怎么就想起很久以前，自己独自从长岛出来的那一次，那时汉森刚从比利时飞了十多个小时回来，接到老泉的电话便独自开车来接我。

　　我一边哭一边呐喊着："可不可以后悔，重来一次啊！"

　　重新来过，我可不可以不让汉森对姚依说出那些承诺的话，可不可以不管那些基金会、理事长！别人钻空子赚钱那是别人的本事，为什么不让他们赚去？跟我有什么关系吗！汉森自己原本不也是一个不想承担责任的人吗，他喜欢顺心顺意地生活，我就跟着他顺心顺意到天荒地老不好吗？

　　忽然一阵寒风掠过，我的身后响起一个清亮的声音："上车！"

　　我扭头一看，身边停着一辆红色法拉利，车窗早已滑下，是汉森！

　　他双手扶在方向盘上，黝黑的眸瞳直直地盯着我，露出似笑非笑的神色："怎么了，整条街就听到你哭？"我一愣，莫名地收住了悲戚，下意识看了看手机，确定自己并没有拨通他的号码，讷讷的半天说不出话来。

　　他把汽车熄了火，走到我跟前接过我手里的文件盒，又扶着我的肩膀来到副驾驶位跟前，打开车门，将我送上去坐好，文件盒放回到我怀里，埋下头仔细而耐心地帮我系上安全带，这才慢慢回到座位上来，点火的时候貌似不经意地说："一个星期都不回家，明天小格回来问我要人了呢。"

　　整个车里都是他的气息，暖洋洋的，我咬着唇转头望着窗外没说话，他不提我都没想到事情已经过去一周了。如果不是因为小格明天会回家，他不会来找我吧。

　　但他好像并不打算解释什么，基金会的改选在昨天已经尘埃落定，秦汉森果然毫无悬念地成为了新一任曜石基金会旳理事长，秘书长的人选让我大跌眼镜，报纸原话是这样写的：曾经在澳大利亚担任过教育研究基金会秘书长的梁隽绎先生以志愿者的身份不取分文来曜石基金会帮忙一年。

我猜想这是那次梁志远亲自上门拜访的结果。

然而这些事在我眼里都没那么重要，重要的是长久以来在汉森的观念中感情就是个讲究你情我愿的事情，比如之前的姚依，比如苏小小，他们，还有我们，"一直彼此坦诚"。

这样的他，竟让我无话可说。

余光瞥过，我看见对面街道旁一直跟着的那辆黑色汽车悄无声息地拐入了另一条街区，隐没进暗沉的黑夜里。

"不用担心，我会跟小格解释。"我瞥了他一眼，"你不会赶我下车蹲边上哭够了才上来吧？"

"不了，这次随便哭。"汉森被我逗笑，露出洁白的牙齿，说着还伸手拨了拨我的头发，"你的部门没人了吗，怎么是头儿在加班？"

他这句戳到了我痛处，职场上有句名言，大意是说如果看到自己的上司忙前忙后，焦头烂额，你就要有自谋生路的打算。汉森向来内紧外松，除了我们几个知道他到底多忙，外人感觉他一向无所事事，手下的黄屹、小宁一干人既得力又忠诚。我有些学不来，忙碌会不由自主地写在脸上，外加刻在办公室的吊顶上。

"你驾驭我不费吹灰之力，怎么驾驭办公室的人很难吗？"汉森一边问，一边望着前方神情专注地开车。

"哪有驾驭！"我垂着头，"老实说是因为你对我好，才有那么一点点的任性！"

"嗯。"汉森听到这话没表示，我心里默默叹息，甜言蜜语听多了果然是会腻的。

只见他打转方向盘，汽车没有朝我家开而是兜了一圈驶向外环高架，半夜车很少，高架上空荡荡的，他侧头对我一笑，说了句："好久没飙车了呢！"

话音刚落，只听"嗡"的一声。刹那间汽车以三四秒的加速度直上一百码，如陆地飞行器般径直冲了出去。我在瞬间一阵缺氧地眩晕，心脏几乎破胸跳出，"啊"地叫出声来。

加速之后，汽车很快稳定。汉森曾告诉我法拉利 FF 是一款外表冷峻、内心温热的 GT 跑车，我开玩笑说这辆车跟他的性格非常契合，正好可以交个朋友！

平时我也会开这辆车，却从未体验过它瞬间让人肾上腺素飙升的极速。此时汽车飞快地在圈道上疾驰，城市的夜空便在我的头顶呼啸而过，我望着高架两边不停后移的楼群不言语，回想往事只会让内心的失落无以言表。我不说话，汉森也不说，他目不转睛地盯着前方，眼睛眯成了一道缝。方向盘顶部的换挡提示灯在逐一点亮，电子限速在电脑中被解除，我闭上眼睛有些紧张，不敢去看他到底在挑战着什么样的极限，只有心脏快要跳出来的感觉，担心很可能我们已经被拍照。

"我做不了领袖，踏踏实实干实事比较适合我。"不知怎么我咕哝出这句话来转移自己的注意力。

"自己要长大，才能让下面的人跟上；否则最好让道，不要挡路。"汉森说着慢下车速，语气中不带一丝情绪，我知道他只是在说一个事实而已，只是今夜听着却如此刺耳。

"说得对，我不就知趣地让路了。"我学着他不带一丝情绪地说。

"收起你的玻璃心！"他斜睨了我一眼，鼻孔里不屑地喷出一股气息。

正说着手机响了。

他抬了抬手指，接通车载。

"阿森，爷爷和阿穆出事了！"苏之境的声音在车内回响，汉森手上一滑，汽车"吱"的一声刹停，差点撞到了高架的护栏上。

苏向南老先生一直有脑血管方面的问题，多年前就已经从台前退居幕后，只是苏穆大哥秉性温和，缺少杀伐果断的气势，每逢力不从心的时候还需要靠苏老先生出面力排众议。

当我们赶到"洵颐山堂"后面的苏家宅院时，爷爷苏向南已经走了，庭院里聚集着苏家全部的族人，楼上楼下，屋里屋外，一片恸哭之声。

"阿森！太快了！我们来不及！"老泉和武哥一看到汉森便冲上来三个人紧紧相拥，老泉已经痛苦到无法站立。面对着所有人的哭号，只有汉森执拗地沉默着。

　　我们被带到楼上房间，我曾经在这里接受了苏家的那枚当家戒指，现在爷爷苏向南正安静地躺在里屋的床上，如同睡着了一般。向老人行礼之后，汉森埋头坐在爷爷身边，我便被燕子拉着来到外间书房，穆大哥和武哥的家眷都在，苏之境和韩美领头围成一圈在低声诵经。燕子告诉我："刚才检方到家里把穆大哥带走，爷爷当场就倒下了。一直到他走，只来得及说了句'相信阿森'。"

　　我的眼泪早已哗哗而下，泣不成声，爷爷一直想让汉森打理基金会，他一直相信汉森。我哽咽着说："那枚祖母绿的戒指，我摘下来放着，还没来得及还给老人家，他怎么能走呢！"

　　韩美摸着我的肩膀说："不管汉森怎么决定自己的事情，可是那枚戒指是爷爷的决定，我们从来不会违背爷爷的心，也请岩溪你不要违背爷爷的心。"

　　我知道这种时候并不适合谈这些，汉森正在为爷爷换衣服，老泉在送帖报丧，武哥开始组织治丧委员会布置灵堂，我陪着两位长辈和女眷们一起在书房坐下来诵经。

　　这是周末，我们一直坐到凌晨，天刚蒙蒙亮便陆陆续续有朋友前来吊唁，汉森洗完澡换了身麻衣与老泉和武哥一起跪接客人，我到汉森身边与他告别，告诉他左格在这个周末跟着我。他深深地凝望着我，眼睛通红，表情复杂，好几次欲言又止，看到我坚定的神色最终还是朝我挥了挥手，说："走吧！"

　　这是苏家最艰难的时候，我明白汉森一瞬间的希望是我可以陪在他身边，可是我决绝地认为既然缘分已尽，就不要再纠缠不休。之前跟隽绎搞出那么多事来，还连累到他，不就是因为自己不够坚决吗！

　　这真是一个多事的冬天啊！

8. 世界上最疼爱他的人没有了

　　傍晚时分，我带着左格来到苏家宅院凭吊苏向南爷爷。他独自上二楼房间的时候，我站在院子里等他，人群中我果然看到了姚依，她穿着肃穆的黑色大衣，胸前配着白花，正在跟梁志远、袁娄山一干人低语交谈。

她也看到了我，只淡漠地朝我点了点头，算是招呼。

左格从二楼爷爷的房间出来，眼睛红红的满脸泪痕，他牵着我的手低声说："爸爸让我跟你走，照顾好你。"

"嗯。"我心里难受，有什么东西噬骨般的疼痛。抬眼看了看二楼的房间，眼泪又一次流淌而出，我在心底默默地跟汉森说：就让我们彼此选择最适宜自己的地方，快乐地生活，相濡以沫不如相忘于江湖。至于左格，他在今后的每一个周末、假期，都会继续在河心岛的别墅生活，我这个挂名的妈妈，最后一次承担好自己的责任就是了。

左格第一次到我的家，25楼的高层让他倍感新鲜，他站在阳台上望着远方发出"噢"的呐喊。那时候我正在给他做蒜蓉鲜虾，我把虾盘蒸锅放到火上，看着他在阳台上乱号乱叫忍不住说："这里可不像你们山上，没有回音的。"

"胸口闷，这样喊一嗓感觉不错，妈妈你也来！"他探头从推拉门后出来向我招了招手。

"好！"我也站到阳台上，与他并肩一起，"噢"地喊了一声。

"深吸一口气，把恶气全部往外吐。"左格一边教我一边示范，"噢——"

"噢！"

"不够，这样，噢——"

"噢——"

"哈哈！"

……

"我觉得神清气爽了！"左格与我盘腿坐在客厅的沙发上，一边说着一边剥开鲜虾往嘴里送。

"可惜了这虾。"我很遗憾地嚼了嚼跟塑料壳一样的鲜虾，"噗"地吐到垃圾桶里，刚才自顾发泄，忘了蒸在大火上的虾。

左格却吃得津津有味。

"妈妈，穆伯伯到底犯了什么事？"他很认真地问我。

这个十三岁的少年，早有超出同龄人的智慧和思考，我不打算敷衍他。苏穆大哥被检方带走，意味着年终审计已经开始，工作组将进驻基金会全面调查，从之前的炒作事件看出，爷爷苏向南已经不能左右基金会的运作，而苏穆大哥站在台前为炒作事件扯嗓子吆喝有可能是被人利用了。

"挪用捐款草率投资，放在海外秘密账户炒房，做假账。借捐助孤儿之名搞非法牟利的营私。"我眯着眼睛把燕子告诉我的话转述给左格听，自己却无法把这些恶劣的行径跟严肃认真的苏穆大哥联系起来。

上一届的秘书长是袁娄山，他作为蜀汉集团的董事之一，家族经营着体量巨大的餐饮企业"盛世逍遥"，在台面上他一直毫无作为，显得处处受制于理事长的决策。

"我不信！"左格稚嫩的声音高声说，"爸爸的大哥怎么会做这种事！"

"我也不信。"我想或者汉森可以找到什么线索，除了他没人能够救苏穆大哥。

"爸爸当理事长，是不是就有资格查阅很多信息，就像当初他收养我之后，他要求查看捐款的收支账户，其他人也不敢反对？"左格眯着眼睛一边思考着，一边说出这些话来。

小左格是个聪明的孩子。

"你记得签了多少钱，认识让你在捐赠收据上签字的人吗？"

"当然，慈善盛宴的那晚碰到其中一个，开学初在学校联系我的时候见过面，校长叫他袁秘书长。"

袁秘书长，就是袁娄山！

理事会跟秘书处的关系，类似东家跟掌柜。袁娄山担任秘书长的同时还是基金会的理事，一个基金会的理事会、秘书处乃至理事长、秘书长的强弱各异，比重不同，关系都会十分微妙。通常情况下，秘书长应该更为积极主动才行。

左格的话让我有些联想，袁娄山会不会就是这起网络炒作的始作俑者？当然汉森说过，左格事件里面的违规操作只是冰山一角，如果不及时清理会给整个基金会带来无法弥补的名誉污点。此刻让我感到迷惑的却是隽绎父子，不知道他们在这些事情当中扮演着怎样的角色。

第二天一早，我接到燕子电话说："工作组进驻了'洵颐山堂'，封存了所有账目。"

我心里微微震惊，脱口问："袁娄山的盛世逍遥呢？"

"一样要查啊！"

我想问问汉森怎么样，话到嘴边又咽下，有姚依在那儿，再困难的局面也一定是他们共同面对，"燕子，需要我做什么吗？"

燕子沉默了一会儿，说了句你别胡思乱想。

我不太明白，心想自己哪句话表明是在胡思乱想……既然什么也帮不了，我只好努力地做好自己。

按照既定行程我要带队去南方调研，出差前我重新调整了自己的工作思路。我跟汉森那边已经了断，对曜石基金会招标的项目已经没有志在必得的心理压力。

所以我尽量把节奏慢下来，将整个项目策划的五个细分部分交给五个小组组长，最后集结到我手上统一，我只需整合面对五个人。整个办公室的工作气氛就浓烈了许多，特别是五个小组组长，他们都积极地嚷着时间不够，不停地催促组员加班。

我像找到了感觉一样，看到组员们的工作效率和成果都超出了我的预期，这时再回想汉森说过的话——"自己要长大，才能让下面的人跟上；否则最好让道，不要挡路。"我的心里居然有了更多的领悟。

回来已经是七天以后，苏向南老先生的葬礼就在今天。因为飞机晚点，我一落地便给燕子打电话，赶到陵园的时候已经是傍晚时分，四周一片静谧，巨大的石墓前只剩下满地的炮屑、纸钱和鲜花。我攥着那枚祖母绿的戒指默默地站立了很久，想起老先生把戒指放到我手中时的情形，想起他说，"阿森十三岁跟在爷爷身边，没什么比得上他们几兄弟珍贵的。"他还说，"一枚戒指算什么呢，一颗心才是最重要的，对吧？"

我很难过，这个世界上最疼爱汉森的人没有了……可是所有的音容笑貌都还历历在目，恍若昨天。我从小生活在完整温馨的家庭，幸运至极，无法体会眼看着亲人不断地失去、而且永远地失去是什么心情。我只记得汉森说过他很多年都不肯放父母安息，在所有人都悲痛欲绝肆意恸哭的时候，我没有看到汉森流下一滴眼泪，他的沉默，如此执拗……在这样一个充满现实和欲望的世界，倘若没有爱和被爱，那将是多么悲戚。

我拖着沉重的行李回到家，意外地看见玄关处摆放着一双黑色的菲格拉慕男鞋，鞋底一圈还沾染着些许尘土。我的心里顿时一沉，拉着行李箱往里走，从玄关到客厅，再到卧室，一路上乱七八糟地丢弃着外套、长裤、毛衣、衬衫和领带。

我愣愣地站在卧室门口，一手扶着拉箱的拉杆，只见卧室的窗纱轻抚，床上雪白的被褥裹着一个人，是汉森抱着我的枕头睡得深沉。我的心里空荡荡的，忘记了到底是喜是悲。今天是爷爷苏向南下葬的日子，他抛下所有的宾客在我的卧室里安睡！

我不自觉地走到床头，坐在床沿上捏着他的手凝望着他瘦削的面庞发呆。

时间仿佛凝滞，光阴也不再流转，只有窗前的纱一浪一浪地随风吹拂，不知过了多长时间，汉森的眉头蹙立得更紧，长睫毛微微颤动了几下，慢慢地睁开眼来，黝黑的眸瞳好像深潭的幽泉，一动不动地望向了我。

夜色太浓，那眸瞳太黑，汉森的表情太复杂，再望下去便要堕落，我挣扎着垂下眼睑，指尖在他的手背上画着圈。

然后便是一声叹息，我被拽倒在床。

整夜痴缠，他如困兽狂乱。

汉森，如果我的撕裂可以承载你的悲伤，便让我永堕深渊吧……

天色微明，他依旧埋在我的怀中。胸前沾粘湿一片，我从来没见过男人哭。

此刻汉森已经安静下来，只是不想让我看到他的样子，我的悲伤愈发难以抑制，以更加痛苦的方式绞噬人心。如果说这个世界上的恩情，父母如山重，爷爷便似海深，没有更多。我想跟汉森说：还有我在，我在啊！可是说不出口，我记得自己被他剥夺了资格。

我的手指在他后颈摩挲，低声呢喃："有什么事，我们两个一起承担，好吗？"

他听到这话没动，连"嗯"都没"嗯"一声。

一缕晨光从天际的云层透出，他掀开被褥走进卫生间，我躺在床上听到里面传来哗哗的水声，心底一阵微凉。过了许久，他才披着浴袍出来，头发湿漉漉的，眼睛却明亮了许多。

"我还有衣服在这里吗？"这是这么多天来，第一次听他讲话，声音已经哑到不像他的嗓音。

"我去拿。"

不一会儿，他穿戴完毕，看了看丢弃一地的衣服，转身摸了摸我的脸说：

"不知道要忙多久，回家住吧。"

我一愣，不知道他什么意思。

"我中午飞北京。"

我有些忍不住，开口问："姚侬呢……"

他眯着眼睛看了我许久，从齿缝中挤了两个字来："傻瓜！"

我低着头不说话，心想也许我真的是很傻，但我不是傻瓜。他选择的人是姚侬，那我不会当他养的金丝雀，在他需要的时候聊以慰藉；我更不会做一蓬菟丝草，让自己在攀附不到的时候痛断肝肠。

汉森正要开口，忽然手机响了，他接起，脸上的神情不自觉地又沉重了几分，收了电话之后，他把我拉到怀里低声说："愿意就回家吧。"

"小姑娘愿意就收下吧。"他的话跟当初爷爷苏向南如出一辙。愿意就回家吧，愿意就收下吧，愿意就来爱我，愿意就跟我一起，总之我们彼此坦诚，所有的这一切都是你的意愿，他不强求，不拒绝，也不负责任。

然而他，在那个盛大庄严的场合，请在场的所有人为他的承诺做证，他愿意跟姚侬一起实现她的梦想，他愿意！

呵！是这样！

我从来没有这么清醒理智，所有让我感觉不确定的原因只有一个：他没那么爱你！

我有些透不过气来，汉森没有看到我红了眼眶，他已经转过身去了。

随着大门"嘭"地关上，我也颓然地陷入沙发里，忘了今夕何年。

9. 恨他太强大

直到感觉肚子饿了，我才站起身来，胡乱地吃了些东西，又把汉森留在家里的衣服收起来，衬衣和内衣可以手洗，外套和毛衣拿到我们的后勤中心去洗。

想到今天还有事，我才发现手机没电了，刚插上电源，就听门铃"叮咚"一声，我打开房门，意外地看见纪鲁教授站在门外。

"爸爸!"我吃惊地把他请进屋,他看了看我堆在客厅还没来得及收拣的箱子,脱下大衣递给我,问:"怎么回事,被扫地出门了?"

我神情不悦,心想他一定去过河心岛。回头一想,如果那天我不是太懂事,扮了圣母,说不好真的会被扫地出门。

"你今天怎么有空来看我?"我给他泡了一壶铁观音,自己端着咖啡坐到了他的对面。

"你妈,让我来看看。"爸爸主攻法律,能火眼金睛识别谎言,可惜他本人对撒谎却没什么天赋,我没拆穿,站起来说,"现在看也看了,拍个照给妈妈发过去。"说着走到他身边,拿着他手机紧挨着他的脸"咔"的一声搞定。

这时电话响了,我向他抱歉一笑后走到插座前。最近很忙,出差在外电话也一直响不停,除了微信、RTX、讨论组,五个组长要随时随地保持沟通,爸爸坐了一会儿的时间我起码接了十通电话,外加拨出去的两通。

"走啦!"他有些郁闷,站起来要走。

"哎!"我赶紧抱住他不放,"我请你吃大餐,好不好?"

"算了!"

"那,你请我!"我有些无赖,上次见面后中间发生了这些事情需要解释,他们眼里汉森还是未来女婿,我不想让爸爸带着疑惑回家。

我们坐在嘉泰的西餐厅里,点了一份双人套餐,这是我上班后第一次宴请父亲,所以特别隆重。头盘鲟龙鱼子酱配可丽饼,黑松露龙虾沙拉,新鲜的松茸菌牛清汤;两道主菜分别是清酒四头鲍元贝虾鳌配海鲜酱和香烤乳鸽卷配玉米饼红酒汁;还有美味的杏仁巧克力配杂霉雪葩甜点,菜品的摆盘胜过口味。

纪鲁教授环顾着大气堂皇的餐厅,火红的厚重帷幔,蓝色的绒布座椅,穹顶拉斐尔的壁画,施华洛世奇水晶吊灯,统统闪花了他的眼睛,"这种地方,适合跟汉森来。"

爸爸提到汉森,我很艰难地咽了口口水,不知道怎么说比较合适。

"昨天,我参加了苏老先生的葬礼。"爸爸貌似不经意地看了我一眼说,"秦汉森的身边好像有个新女人。"

纪鲁教授,我尊敬您是个学者,可是不要这样直接不给人留脸面啊!

"我这正想跟您说这事。"我"呵"了一声，从点心塔上拿了颗草莓放进嘴里，"那个女人，叫姚依……"

"我对她不感兴趣。"爸爸很冷静，"当初你们一起回家，是你主动邀请的他，还是他跟你要求的？"

我有些茫然，说实话不记得了。那段时间我们处得跟蜜糖一样，一个眼神对方都会迎合，何况我接受了苏家的当家戒指，自然而然就把自己放在未婚妻的位置。看起来，见家长这件事怪我太草率，让爸爸为我操碎了心。

面对一个严谨的法学专家，他提出的每一个貌似不经意的问题，背后都有着深不可测的推理演绎，"很重要吗？"

爸爸拿起印着嘉泰 LOGO 的玫瑰纹纸巾擦了擦嘴，"因为那枚戒指，我心里好过些。"说完看了看手表站起来，"曜石基金会有很大的麻烦，秦汉森想力挽狂澜，说不定会陷进去，离开他是对的。"

我很敏感地捕捉到了他话语中很重要的信息："汉森会陷进去？"

爸爸却不回答，只是说："看到你，回家能跟你妈妈交代了，走啦！"说完也不理我，便踏步离开。我独自坐那欲哭无泪，他就是这样一个嚣张自我的人，对自己亲生女儿也这样，全部的温柔善良都奉献给了我妈！

爸爸走后，我的心里很不安，他怎么认为汉森会陷进去？当初汉森跟我说他的目的就是为了保护苏穆大哥能够顺利下台，如今苏穆大哥在家里被带走协助调查，放回来的机会到底有多大呢？

问燕子，她也不比我知道得更多，但是她告诉我汉森去递交一份材料，如果可以的话，苏穆大哥就能回来。燕子没有提到姚依，可是我立刻想到有她在，汉森能办成的希望就很大，这个消息让我悲喜交加。

最近主流媒体上对曜石基金会的正面报道很多，可是民意就是这样，网络上的质疑针锋相对，最大的麻烦来自基金会上一年的账目。具体情况我不太清楚，比如 TC 破天荒参与曜石基金会招标的项目，有可能是吴光明在利用某种体制摩擦的关联交易来抹平基金会那边的黑洞，但是我真的没办法再深入了解了，我和墨鱼仔的项目策划书递交之后便如石沉大海，董事会的决议很长时间都没下来。这时却传来一个晴天霹雳的消息。

允芳自杀了！

那晚严墨在中医院碰到了隽绎，给我发短信说医院重症室被隔离，好像有人自杀正在抢救。很快某高管情妇在其居所服用过量安眠药的新闻便在朋友圈内被大量转发，燕子第一时间便跟我确定了是允芳。

那晚我失眠了，允芳的满月圆脸在我眼前晃动，一直以来我们的关系不太友好，针锋相对过很多次，但我竟从未真正讨厌过她。想到她在长岛语重心长与我说过的话，我认定她是一个真性情的女人。

她是如何认识吴光明的我不清楚，可是她为他离了婚，为他不要名分，那么招摇傲慢的一个女人，为他处处隐忍；她一副看透世间情事的姿态，却深陷感情的旋涡无法自拔。

这样的女人既可怜又可悲。

集团总部的气压很低，允芳的话题成了办公室禁忌，连最爱咬耳朵的几个年轻女孩也变得安静下来，吴总很长一段时间没有出现在他的办公室。

过了几周，总助召集计划发展部和财务等几个分管部门开会，宣布7000万的投标项目搁浅，我和墨鱼仔几个月的努力打了水漂，两个团队重新合二为一，只好一如既往地投入到新工作中。

不久，确定计划发展部经理的人选，董事会选择了我，墨鱼仔做我的副手，这让我感到意外。

私下宴请的时候，总助和人力资源部总监悄悄告诉我说几个候选人里，只有我的民意测评全票获优，吴光明希望的人选是墨鱼仔，但其他高管一致认为我更稳重可靠。我知道是自己在最后阶段的工作中赢得了伙伴们的支持和信任，想起汉森，我感谢他给予我的成长。

我成为 TC 计划发展部有史以来最年轻的经理，这一年我二十七岁。

汉森在第一时间给我发了短信，只有短短的几个字：乖，加油！

当时我捏着手机就哭了，想起很早以前我说过的话。

"如果相处下来觉得不合适……也要做好朋友……"

"想都不要想，我绝不会放开你！"

"如果我们一定要分开呢？"

"分开就分开吧，只是你要记得早点回来。"

我不相信汉森胆敢利用姚侬，他让我回去无非是想让我做他背后的女人，骄傲如我，怎么可能！

燕子和老泉在家请客，为我祝贺。

老泉是个性格豁达不羁的人，家中连串的巨变也没有改变他开朗的个性，只让他更成熟，豁达中表现得更稳重。他接管"洵颐山堂"的短短时日里，便在工作组查阅账目期间获得了各方好评。

"我敢给工作组大开方便之门，是相信穆大哥绝不会在"洵颐山堂"的账目上做手脚。"他对社会各界给予自身的赞誉毫不在意，"只是基金会那边，汉森看过也觉得棘手。"

"怎么呢？"汉森在北京，他有很多朋友在那里，还有强大的姚先生，我相信一定会没事的。

"海外炒房那些项目的确是经他之手批下去的，几笔大的投资用了盛世逍遥的捐助款做体外循环，账目显示巨额亏损，所有的项目都有穆大哥的签字。"老泉眯着眼睛嘘了一口气，"穆大哥一心希望能在爷爷面前展示他的能力，可惜……那些人早就挖好坑等着他跳，避不过。"

我和燕子都垂着头，老泉不喜欢压抑的气氛，提议喝酒，几巡过后，人就敞亮起来。

"岩溪，恨汉森没？"老泉问我。

"恨。"我有些迷离，老实地点了点头。

"确实可恨。"燕子附和。

"我也恨！"老泉哈哈一笑，"恨那个家伙太强大，家里的事情让他一个人背！"

我忽然想起一件事情："梁志远曾经到河心岛找过汉森，不知道他们谈了些什么？"这是放在我心里很久的一个疑问，不久之后隽绎便专程回国以志愿者的身份进入曜石基金会，是为什么。

"梁家怎么看都不像为了区区小钱冒险的人家，所以我搞不懂他们这么做的原因。"

"既然不为利，肯定是为名！"燕子说，"梁隽绎退婚，得罪了老上级，北京不好待，要回来站稳根基，他们通过进入曜石做公益慈善最迅速。"

"那梁志远拿出了什么样的诚意来呢？"

"他拿出的是汉森北上找人递交的材料。"老泉轻描淡写的一句话一出口，我被酒精沾染的眩晕立刻清醒了不少。

"什么材料？"

"是梁志远和其他几个理事收集的一些材料。"老泉说，"如果递得上去，大哥也许能回来，曜石基金会的那团烂账也会让该兜底的人兜底。"

"梁志远和其他理事？那么另一个阵营又有哪些人？"

"是袁娄山跟吴光明吧。"老泉眯着眼睛，"他们一直走得很近，袁娄山为了跟梁志远争蜀汉集团董事长的位置斗了好多年。"

"确定汉森能递上去？如果不行呢？"我的话一出口，马上就否定了自己，有姚依帮忙，怎么可能递不上去。

"以梁志远和那几位理事的头脑，如果没有足够的把握，怎么会把那么重要的材料给汉森。"老泉说，"如果递不上去，理事会的某些人翻起脸来还不把他吃了！"

"是啊！"燕子笑眯眯地望着老泉，在她眼里，丈夫的谋略也不是一般人可以比拟的，"因为梁志远肯定也有把柄捏在对方手里。"

"这么说，现在理事会里，汉森和梁家几位理事都是站在一条船上咯？"我想了想，"可是……"为什么我的心底隐约有些不安。

"你总是想太多。"燕子对我说，"梁隽绎现在是基金会秘书长，跟汉森合力，基金会的那些人什么浪都翻不起来。"

可是爸爸跟我说过，汉森想要力挽狂澜，有可能会陷进去。

他会遇到跟穆大哥一样的情况，被人挖坑吗？我没有办法将自己曲折无序的思路清晰地表达出来，只是有一些隐隐约约不确定的感觉。

谈到允芳的自杀，坊间传说吴光明不肯离婚，允芳以死相逼，我们都感慨着，觉得那个女人很可悲。老泉却不屑地看着我们呵呵冷笑，我心里一动，"允芳自杀，梁志远会跟吴光明彻底翻脸，汉森那边的压力要小一些了吧？"

"未必。以前他们还会留些后路，私下搞搞小动作，不会把事情做绝，现在都只好拼了！"老泉眯着眼睛，老谋深算的样子让我有些无奈，难道允芳的自杀可以引起这么大的震动？

10. 危险的念头

果然没过两天，这个城市的几个大企业便接二连三地发生了巨变。

首先是蜀汉集团董事长易位。自从隽绎跟豆豆解除婚约，梁隽驰从北京回来任职后，关于蜀汉高层要调整的消息就传了很久，到现在终于落实，新任董事长是袁娄山。

我自然而然地想起了袁东，想起刚到这个城市时那段声色犬马的日子，感觉世事无常。

严墨接连加班，TC 的财务在接受审计。

盛世逍遥停业整顿。

这一切乱麻迷局，谁在出手，谁在接招，我根本看不清楚。

苏穆大哥协助调查到现在好几个月了，没人知道具体的情况。因为"协助调查"是公民的义务，没有时间规定，大家除了等待，便只能把所有希望寄托在汉森身上。我忽然感觉每一个生活在这个世界上的人，都很脆弱。

当我听到汉森的公司汉唐汇金也被调查的时候，彻底震惊了。

很早以前，汉森跟随老师姚峥嵘学做投资，还曾经邀请他作为曜石基金会的投资顾问，把一笔 5000 万的投资做出了高达 3000 万的投资收益，在圈子里引起轰动。此后汉森的汉唐汇金公司每年可以保持百分之三十到百分之四十的收益，在行业内排名稳居前十，它的规模虽小，可是收益稳定，拥有良好的口碑。

以汉森跟曜石基金会如此密切的关系，很难让人相信他们之间没有关联交易。黄屹在压力巨大的时候来办公室找我聊天，看着他有些苍白的脸，我明白这段时间作为副总的他承受着怎样的压力。他说之前跟汉森走得很近的企业老总、政府官员都立刻保持距离，表现出一切以调查结果为准绳的态度。

"如果这里出问题，估计森哥会失控。"

"怎么？"

"梁志远和袁娄山都相互拿着对方的把柄在僵持，TC 的吴光明本来跟其他理事一道站在旁边看热闹，或者因为那个女人的缘故，暗地里还会偶尔出手帮帮梁志远，可是那女人死了，他立刻跟袁娄山站了队。"

其他人我不了解，可是现在我亲眼见过吴总的手段，当初汪总就是被他在轻描淡写间排除掉的。与他为敌绝对没有好果子吃，他是个非常冷静而且决断的人。

"然后呢？"

"梁志远暗中寻求森哥的支持，袁娄山也在表面上站到森哥一方，本来是很有信心掌控几方平衡的，可是如果汉唐汇金出事，梁志远需要递交的材料就递不上去，他一旦倒戈，苏穆大哥铁定会为上一年的决策埋单，不知道会面临怎样的诉讼。"

我倒吸了一口凉气，时至今日，我才完完全全搞清楚这里面的关键所在。

可是，我还有些不明白："传闻里面姚峥嵘是个通天的大人物，难道递交材料这样的事情复杂到他也解决不了吗？"

"姚先生当然是个人物，可是他凭什么出全力帮忙呢！"黄屹对我的肤浅感到意外，不过他终究是很尊敬我的，那种神态只在瞬间闪过。

"凭什么？"我对黄屹的幼稚感到不解，但我终究还是很信任他的，那种讥讽也只在瞬间闪过，转而问他，"公司经不起查？"

"公司跟基金会当然随便查，汉唐汇金从来没做过那边的生意，可是其他投资项目不好说，带着任务来查的话，总是会查出问题的。你看到了，那些嗅觉最灵敏的人，都会选择远离，免得受到无辜牵连。"黄屹皱着眉头看了看手表，我能感觉到他这一年来成长了好多，"小宁到现在已经被连续询问7个小时了。"

听到这话，我的心也不由自主地揪紧起来，不知道自己能帮他什么忙。

忽然间不知什么念头一闪而过，我下意识地抓起内线电话让严墨来一趟。

我知道自己的念头很危险，可是那个念头好像充满着诱惑，让我不由自主地兴奋、紧张，继而说话的声音也有些抖。

我递给严墨一个硬盘："审查的资料，能想办法拷一份吗？"

严墨愣住了，转头看了看旁边的黄屹，露出紧张犹豫的神色来，但她很快就镇定下来："我尽力！"

不愧是我最要好的朋友。

半夜接到严墨电话，她亲自把硬盘带到我家里来。

"谢谢你严墨！"我看着她略显疲惫的神色，诚恳地说。

"但愿可以帮到你。"严墨在财务上很多年，汪总任职总监的时候她深受打压，触碰不到最核心的东西，这两年跟新总监廖敏相处愉快，做到了总账会计，很可能就是下一任财务经理的人选。

"会不会害了你？"我拿着硬盘沉思。

"要害已经害了。"她笑了笑，"别胡思乱想了，打开看看有没有你需要的东西？"

直到天色大亮，我和严墨才走出书房，两个人舒展着眉头相视一笑。

那些曾经被汪总掌握而没有发挥作用的东西，现在到了我的手上，近一年的违规运作也都被单独整理出来拷入我钥匙扣的U盘里。TC与曜石基金会的关联交易看似没有，但集团跟盛世逍遥却存在千丝万缕的联系，这样的联系足够写下厚厚的一卷案宗。

我正在思考要不要把U盘的事告诉黄屹的时候，忽然接到远在家乡的林雅稚教授打来的电话，她语气认真郑重，让我代替她去参加一个新书发布会。

"那是你爸爸最看重的一个学生，对老妈我也有着无比崇敬的感情。"

我很无奈，觉得母亲开始着急了，通过一系列由她幕后主导看似若无其事的电话交流，我很迷惘，难道在妈妈眼里我已经悲惨地沦为剩女，精神独立如林雅稚教授也不能脱俗吗？

我不知道自己在抗拒什么，当初和隽绎分手以后，我很自觉地产生过焦虑，现在反而淡然了，这是不好的预兆。命书上说摩羯女天煞孤星，因为感情很少外露。可我自觉地一旦发现问题，便会积极找寻机会，去发挥全部的温柔。

我是一个诚实的人，知道自己的需要，知道如何消除妈妈的焦虑。

于是在参加新书发布会后的第二周，我一接到这位名叫虞山的学者的电话，立刻展露出热情大方的特质来。

他很高兴，希望我们能找个地方见见面。

"就嘉泰吧！"我喜欢那里雍容华贵的气息，特别是室外露台精致舒服，被一簇三角梅包围的水池边，精心布置着遮阳伞、藤编桌椅，午后的暖阳充足又不太热烈，下午茶实在是很美妙的选择。

"嘉泰？"电话那边似乎有些犹豫，"洲际的嘉泰吗？"

"是啊！"我肯定地说，"还有其他嘉泰？"

"噢，好的！"

我特意挑选了一条黑色双层的蕾丝洋装，外套着巴宝莉风衣，肉色丝袜配了双棕色包踝短靴，玛百莉棕色手包不仅百搭而且低调。

当我把车钥匙交给礼宾，款步走近嘉泰餐厅的门口时，只见虞山一个人站在外面四处张望。他看到我有些茫然，顿了顿才说："发布会上看到的你不是这样。"

当然不是，那天我穿着衬衣牛仔裤，还扎着马尾。

"休闲的时候，跟平时上班还是有些不同。"我笑眯眯地回答。我想把自己平常的样子展示给他，毕竟我跟刚到这个城市时的那个莽撞女孩已经有了很大的不同。

这顿下午茶吃得不太对味，虞山颇多感慨，讲述了很多诸如奋斗了二十年终于和某人一起喝咖啡之类的话题。我很少说话，露出温和善意的笑容，可是如果他问，我会告诉他我心里的想法！他年纪轻轻便颇有成就，继续走下去，我认为他可以跟我的父母一样成就很高的学问，成为大自在的智者，受到更多的尊重和敬仰。

而不应该是在这里跟另外一个世界里的女人发牢骚。

人和人本来不同，人生观、世界观以及价值观在各自成长的道路上不断分岔，虽然偶有交会，但三观相似的人才能走得比较远，走起来更自在。

我想，这些道理我不说，他更懂。

经过很长一段时间的静默，我听到身后传来一个"嗨"的招呼声，不用回头，我已经知道是梁隽绎。

"虞山老师！"隽绎笑眯眯地坐下来，首先在跟虞山打招呼，他认识全天下所有人我都不奇怪。

"平常去北京见个面都难，没想到在这里碰上，正好汇报一下，你的书在各大院校很受欢迎，我们基金会已经跟出版社商定加印了。"隽绎一旦跟人沟通，立刻便能称兄道弟，我最佩服他这种天赋异禀的外交风范。

果然，虞山的眼神明亮起来，说起他的专业立刻像变了个人，睿智、从容、风度翩翩。我曾经领教过隽绎跟纪鲁教授的倾谈，想着那些画面便不由自主地摇头笑起来。

　　三个人的下午茶很愉快地进行着，整个场面更像虞山的舞台，隽绎只是不失时机地轻轻一挑，便切中了他最擅长的领域，我自然而然成为最合适的倾听者。

　　傍晚，我们在嘉泰门前告别，各自开车离开。

11. 他的最后一搏

　　我刚开出酒店大门，就见到隽绎的车驶过来，车窗缓缓滑下露出痞痞的笑容："姐姐，找个地方？"

　　蓦然听到这声"姐姐"，我心里一荡，想起自己还有这样一个身份来。允芳过世，我还没来得及表示什么，于是点头问他："你说。"

　　"老房子？"

　　"老房子。"

　　老房子里有我最美好的时光，还有跟他最初的回忆。只是我们都长大了，改变的不仅仅是心境，还有各自的未来。院子里的绿荫更加茂盛，隔壁的大爷已经搬离，院子里的蔷薇不知何时已经被砍伐，只剩下遒劲的老桩，可是依然有人定期打扫，显得干净整洁。隽绎一言不发地走在前方，刻意压抑着情绪的波动，我感到很抱歉，网络上谣言还在更新，而我却一直不闻不问。

　　"允芳的事，外面传得不成样子。"

　　"吴光明是个禽兽！"隽绎很少这样评价一个人，我理解他的愤怒。

　　"允芳姐为了这样一个人不值得。"

　　"你相信姐姐是逼婚不成自杀的吗？"隽绎回头瞥了我一眼，像是面对着那些网络狂欢者。我不知道怎么回答，外面是这样传得有鼻子有眼，除非还有别的原因。

　　"她什么遗言也没有留下，不过留给了我一个地址和一把银行保险柜的钥匙。"隽绎真的很想为允芳洗脱逼婚不成自杀的说法，在他眼里，允芳扮演的不仅是姐姐，还有半个妈妈的角色。"那个地方，住着吴光明包养的另一个情妇，还有小孩。"

我大吃一惊，忽而恍然大悟。允芳可以做小伏低当他背后的女人，可是她无法接受吴光明在她之外还有情妇。她是如此透彻地幻想着自己跟那个男人的感情，甚至以为多年以后可以像北京的杨爷爷和林奶奶那样，等待到白头共同走完人生的最后一程。

"那个畜生，等死吧！"隽绎咬着牙，从齿缝里唾出这句话来，让我恍惚认为他有足够的把握将吴光明扳倒。

"凭什么？"我说，"吴光明很厉害，他的背景深不可测。"

"再深不可测的人也有把柄。"隽绎的眼中闪着寒光，在他发怒的时候我也没有见过他有如此自信，我想是因为他说的那把保险柜钥匙。

我们之间，很少像今天这样对话，没有私人的感情流淌，只是朋友那样袒露心声。这让我感觉很踏实，我和隽绎，也有放下芥蒂的一天。

"允芳在保险柜里留下了什么？"

"证据。"他说，"足够他在监狱里度过下半辈子的证据。"

我摸了摸身上的钥匙扣，里面的证据不足以让他在监狱里度过下半辈子。

"你打算怎么做？"

我的话一出口，隽绎忽然回头看了我一眼，脸上露出一抹微笑，眯着眼睛满含深意地看着我说："秦汉森还在北京。"

我不知道他为什么忽然说起这个话题来，有些心乱，有些无法自己，慈善盛宴上的一幕，他亲身目睹，为此嘲笑了我很久。

"你还想着他。"他说，"可是他负了你。"

今天我跟这个叫虞山的人见面，以隽绎的聪慧，他不可能意识不到我在干什么。

"宁愿去相亲，也不来找我？"隽绎说着，身体慢慢靠了过来，语气也变得有些暧昧，"虽然我是你弟弟，可是妈妈说了，只要你愿意，她不介意改变关系。"

他很高大，这些年变得更强壮，淡淡的木质体香让我陌生，可是依然充满了让人无法抗拒的魅力。

"我爱他！"我脱口而出，声音很平静，"即便是他负我，也改变不了这个事实。"我不知道为什么会在隽绎的面前袒露心声，这是我从来没有跟任何人说过的话，甚至燕子、老泉、严墨。在他们眼里我无比的理智，冷静得就像随时把控着感情的阀门，开关自如。

"哈！"隽绎自嘲地笑，还有些无奈。他往后退了两步，低声说："我做错的时候，你赶尽杀绝，秦汉森到底是个什么人，他怎么就可以做到？为什么？"

为什么？

我也这么问过我自己。我看着眼前彼此深深伤害过的人，他有着比我开阔的视野，比我更能看透世间万物的智慧，如果可能，他可不可以告诉我为什么？

他的举动破坏了我的感性，让理智重新回到了我的头脑中，我不想继续这样的话题，继续下去无非让我更加确信男人和女人之间根本不存在真正的友情，我问他："秦汉森可以帮到你们吗？"

"以前还能肯定，现在不了。"隽绎微挑着双眉，戏谑的笑容残留在嘴角，"汉唐汇金居然也会被查，而且一查就查了个底朝天，正常业务都暂停了，有什么地方不灵了吗？"

黄屹最近时常跟我通电话，他独自承受着巨大的压力，不想给汉森增加麻烦，所以隽绎的话我知道是真的。"如果吴光明有麻烦，汉唐汇金那边的压力会不会减轻？"我想证实对汉森施加压力的人是吴光明。

"怎么？"隽绎的眼神轻飘飘的，"你想让我出手帮他？"

没有得到肯定答案之前，我不敢把U盘拿出来，害怕适得其反还连累严墨。既然梁家有更厉害的撒手锏，我们可以联手，为什么不呢？但我没有开口，隽绎背后的整个梁氏家族，每一个都是这个城市里最负盛名的人物，我没理由认为自己有资格跟人谈。

我于是问他："为什么是帮他？那不是也在帮你们自己？"

隽绎摇摇头，看着我似笑非笑。

我承认，如果不是在合适的时机，恰如其分地给予吴光明重重一击，那么对汉森的意义实在不大。

"为了你，我答应，帮他！"隽绎故作深情地望着我，那目光让我有一瞬间的错觉，觉得他真会为了我做任何事情。

初夏时节，这个城市的繁花又一次迎来了盛大的绽放，从引车卖浆的巷陌到车水马龙的大街，樱花、紫荆花、合欢花、石榴花，无数的花在一场细雨后相遇，五彩缤纷的隆重登场，把整座城都变成了香艳的海洋。阳光从对面写字楼的墙面玻璃反射到窗前，办公室里顿时明亮起来。这是一间独立的大办公室，从落地玻璃看出去，计划发展部的全貌都展示在眼底，几十号人坐在各自的隔断间里埋头做事，一派井然有序的样子。

TC 将面临有史以来最大的地震，三分之一董事提议召开临时董事会，会议还未召开。像所有地震爆发的前夕一样，大部分的人都无法提前感知。

桌上的电脑屏幕上显示着集团的网页，远滩的二期工程投入使用，报道里董事长吴光明和几位董事参加了隆重盛大的剪彩仪式。我端坐在办公桌前，右手摸着鼠标上下滑动，页面上的字迹也在不停地上上下下，而我的左手却拽着自己的钥匙扣下意识地摸索着。

不知道过了多久，"嘟嘟"的电话声打断了我的思绪，按下免提键，里面传来行政总监的声音："纪经理，吴总请你到董事长办公室来一趟。"

这是一间跟整个计划发展部一样大的办公室，猩红的地毯踩上去寂寂无声，三面墙的落地玻璃窗让整个房间显得更加辽阔。紧靠窗边的一面巨幅翡翠浮雕隔断旁是整面书柜和棕色牛皮沙发组成的小型会客吧，吴光明正跟一个背对着我的男人说话。

"吴总，您找我？"我在离会客吧十米外的距离停下脚步，躬了躬腰。

"这里坐。"他斜坐在面对我的沙发上，朝我点了点头。

与此同时，背对我的男人抬手扶着靠垫转过头来，阳光从窗外投射到我眼底，我看不清他的脸，可是那双清亮的眼眸怎么能不认识！

"汉……秦总！"我顿了顿，表情凝结在我的脸上。

"岩溪，好久不见！"他站了起来，对我扬起手臂，做出拥抱的姿势。

我没有顺势上前，而是礼貌地跟他握了握手，很商务的礼节。

"怎么，在我面前也需要保持距离吗？"吴总很随意地喝了口咖啡，架着二郎腿丝毫没有董事长的架子。宴请马市长的那次私人聚会里，汉森公开了我们的关系，还受到他的祝福，这后来发生的一切我不清楚他是不是故意装作不知道，此刻他还是把我们当成恋人看待，"汉森回来还没跟你汇报吧，过分了！"

汉森勾了勾唇没回答。

我坐下来，眼光在他脸上停留了一秒，只是一秒我已经看见他消瘦了许多。汉森是个沉静的人，不爱笑，每每露出笑容的时候便是冰雪消融、万物生长的时候，此时看他，因为埋藏着许多心绪让他的眼神更加深邃起来。

我不明白吴光明在自己即将倾覆的时刻还能如此平和，汉森在北京，为什么会出现在他的办公室？

我按捺着内心的情绪起伏，将沉稳的目光投向吴光明。

"怎么样？"吴光明侧头看着汉森，似乎在继续被我中断的话题，"董事会几个老家伙搞不清楚状况，只要汉唐汇金肯出面，他们最信你。"

"我考虑一下，审查组刚走，我还没来得及回公司。"汉森眯着眼睛看了我一眼说，"岩溪送我。"

"好，不过最好今晚答复。董事会召开之前，我还有时间周旋。"吴光明微笑的表情在送我们离开的时候有瞬间的僵硬，被我捕捉到了。

从办公室出来，我开车送他回汉唐汇金，汉森坐在我旁边许久地沉默着，我斜眼看了看他，正巧跟他的眸子对上，"这段时间……怎么样？"

"嗯。"他摸着下巴，侧头望着窗外，他在回避我的眼光，他在北京不太顺利？

"穆大哥能回来吗？"

"能。"

"吴总跟你谈什么了？"我不确定吴光明是否和汉森达成了什么协议，做最后的一搏。

"你知道你们 TC 遇到麻烦了吗？"

"是吴光明，不是 TC。"我纠正。

"嗯？"汉森回过头来，眼睛里有瞬间的疑惑。我想告诉他自己和严墨在报表中的发现，还有梁隽绎手里有允芳留下的一些东西。

没等我开口，他抬手撩了撩我的头发说："我想让穆大哥安全回来，你明白吗？"

"明白。"

"我做事的底线，也是你的底线，你信吗？"

"信。"

汉森笑了，身体倾过来想吻我，被我避开。

他长嘘了一口气，不知在想什么。

"汉森，我找到了一些东西，也许可以帮你，梁隽绎那边……"我的话没说完，汉森便摇了摇头，抬手扶在我的肩上。

"我有办法，放心。"

我听他说有办法，心里稍稍安稳了些。这时汽车已经驶入汉唐汇金写字楼下的临时停车道，我熄了火等他下车，但他下车后却绕到我的身旁，打开车门把我拉了下来。

写字楼下的人行道很宽，两排高高的槐树沿街而种，每棵树下都有一条长椅。

那天的天气分外阴霾，天空还飘着如丝般的细雨，行人很少，空气微凉，汉森一直握着我的手，我们坐在如盖的树荫下，静静地坐着，淡淡地聊着。

他说第一次看到我，在一群成功人士中故作老成的样子，特别滑稽，第二天被那个家伙咬得满嘴红肿还愧疚着道歉的样子分外让人怜惜。

他说去香港的飞机上觉得我很聪明，沉稳的样子，眼睛特别明亮，像镜子一样能够看清问题的实质。

他说我喝醉酒，揪着他的脸恶狠狠地说要仔细看看这个汉奸的样子，很讨打。

他说那个明成化青花瓷被我打碎，他当时真的很心疼。

他说他第一次吻我的时候，不知道自己会沦陷，他说他的自尊心很强，强过金钱、强过事业，甚至强过自己的感情。他喜欢过很多人，却不知是否在那个时候第一次就爱上了。

他说他一开始并不担心我爱隽绎，他发誓我会更爱的人必定是他。可是当他看到我和隽绎用那样惨烈的方式结束时，第一次感到痛苦，甚至超过身体的痛苦。

他说他想摆脱那种痛苦，任性地流浪了整整一年。

他说他还想给我们授课，我被他捉弄的样子很可爱，他喜欢我蜷在他怀里睡觉的样子，他说以后有机会想每天这样坐着，让他想起第一次在酒店的台阶上聊天的情形，好像时光永远也过不完。

他说和我一起请客的感觉很开心，自己的女人陪在身边，放肆地喝酒、调侃，世界上所有的难题都在谈笑中灰飞烟灭。

他说他喜欢我穿他的衣服，他喜欢听我的埋怨，他看到我在爷爷跟前接过戒指时专注的样子很感动。他相信所有人离开他，我也不会离开他。

他说他很想跟我常常回山城，喜欢爸爸妈妈和爷爷跟他十三岁以前的家人一样对他。

他说他想跟我一起养大左格，以后再给他一个妹妹，我们一家人必定是全世界最美好的一家。

他说如果可以，他要跟我一起游历全世界，带我走遍他曾经走过的每一个地方。

我流着眼泪说不出话，只是不停地点头，应承着。

不知不觉天色已经有些晚了，他说："岩溪，以前的确想过跟你求婚，没想到会弄成今天这个样子，以后……"他停顿下来，叹了口气站起来说，"我上去了，今天会开会到很晚。"

我像遭雷击般愣住，因为他的那句话。我呆坐着半天没动，他见我没反应，顿了顿才说："好了，再见。"说完便往雨中走去。

"等等！"我抬起头问他，脸上还挂着眼泪，"你，说什么？"

"我说再见。"汉森很平静，以至于我怀疑刚才的一切是不是自己产生的幻觉。我从钥匙扣上解下随身带着的U盘递过去说："这里面的东西，不知道能不能帮到你。"

他伸手接过，"什么？"深邃的眼眸里写满询问，随即释然。

我目送着他的背影消失在写字楼里。

径直开车回家，我扑倒在床上，一遍遍地回忆刚才发生的所有细节，汉森穿的衣服，领带结的大小，抬手的姿势，他每一次看我流露的眼神，开口前唇角的牵动，每一句话的语调，语调后隐藏的意思，直到确定他说了那句"想过跟你求婚"。

确定的，他很少说那么多的话，但是真的说过。我在胡思乱想中进入梦乡，凌晨五点，被急促的电话铃吵醒。

12. 我的最后一搏

电话那头传来黄屹急促的声音："岩溪姐，森哥被带走协助调查了！"

什么！

我握着电话的手一松，手机滑到了床上。

汉森好傻，他说的办法居然是这个！

吴光明那种老狐狸值得相信吗？如他这样接受过精英教育的人，也做私下交易，我觉得难过。除了难过，还有些遗憾。他说我的底线也是他的底线，可他知不知道，这种罔顾公正的交易式结盟，已经超出了我的底线。

"昨晚连夜开会，我们理清了这段时间审查的所有情况，一直到凌晨才散，森哥让我们先走，他说还想单独待一会儿。"我神情木然地坐在汉森的位置上，看着黄屹一边诉说着，一边露出焦虑痛苦的表情，"我不放心，没走。听到他在跟谁打电话。"

"怎么会这样呢？"小宁满脸泪痕，"明明审查组已经表明没问题，所有账目和项目书也都交给了老板，我不知道问题出在哪里。"

"他自己想进去，谁能拦住他。"我感觉自己的心在一点点地往下沉。只是我不理解，汉森不是在北京递交材料吗，那份材料关系着苏穆大哥的清白，为什么他要选择跟吴光明交易，难道连姚依也没办法帮他吗？

吴光明和袁娄山阵营的手腕如此强硬？

今天是 TC 临时董事会召开的日子，当我赶到公司的时候，签到已经结束，参会者除了全体 TC 董事，监事会成员和各分公司经理以上人员均有列席。我进会场的时候总经理正在通报前几月的审查报告，报告内容跟我 U 盘里的内容有很大差别。

我的心很乱，按照梁隽绎的说法，今天应该是董事会接受吴光明的辞职申请，由董秘陈鹏程暂代其职，直到董事会选出新一任董事长。可是随着会议进程的发展，没有任何迹象表明吴光明会辞职。直到最后董秘宣布散会，我还呆坐在位置上，感觉头顶一直嗡嗡作响，灯光刺得眼睛一阵黑一阵白，有个声音从很远的地方飘来："纪经理，你怎么了？"

然后我昏了过去。

醒来时我躺在床上，看到了燕子和严墨，他们的身后是黄屹、小宁、墨鱼仔和公司的一些人。我没有理会他们的关切，顾不上倾听墨鱼仔转达来自董事长和总经理的慰问，我跳起来抓着燕子说："我去北京，你去不去？"

燕子觉得我一定是脑子出了问题，连声安慰说："岩溪，好好休息好吗？"

我心想，苏家现在出了天大的事情，穆大哥还没回来，汉森也进去了，老泉和苏武撑着家，外面的风言风语说曜石基金会出了大问题，燕子需要跟媒体朋友搞好公关，把影响压到最低程度，虽然网络上的质疑不断，只要主流媒体一天没发声，事情就还有转机。

严墨这里，如果U盘的事一旦曝光，吴光明难免会查到她头上，我很清楚她的压力，除非证据确凿，能将吴光明绳之以法。

然而整件事情的核心所在是那份材料，如果递不上去，袁娄山和吴光明的所有违法行为就会背在苏穆大哥身上，他必定回不来！

汉森说，他想让穆大哥安全回来，他说那些话的时候，必定已经走投无路了。

我知道TC跟汉森有过多次合作，吴光明妄图通过汉唐汇金出头化解来自梁家的指控，那么他一定跟汉森许下了跟穆大哥有关的承诺。如果是那样，汉森为吴光明的阵营站台，梁志远对这种临阵倒戈的行为会怎么做？允芳的死已经让梁家跟吴光明势成水火，根本没有和解的可能，他们一定会斗个你死我活的。汉森既然无法掌控全局，会不会跟苏穆大哥一样，沦为吴光明的棋子呢！

爸爸说过，汉森会陷进去。

他真的陷进去了！

我明白这中间有更复杂的周旋，更多的往来交锋，涉及各自阵营里强大的背景，所有明面中表现出的东西，都暗藏着某种程序和规律。

而我，恰好窥探到了某种规则，试试也好。

黄屹忽然站出来说："岩溪姐，我跟你去！"

没有任何解释，我看着黄屹无比清澈的眼眸，心想不愧是汉森最倚重信任的人，这两年的磨砺让他成熟了很多，也通透了很多。

很快地，没有任何耽搁与犹豫，我与黄屹踏上了飞往北京的班机。

跟姚依见面的地方是她选的，羊房胡同的一个四合院里。北京暗藏着许多精致的小四合院，旧城改造，许多四合院被卖给私人，经过打造而变得无比低调奢华。

我设想过很多场景，比如她会傲慢地告诉我我根本没有资格来打听这些事情；或者她已经着手公关会让汉森毫发无损地回来；抑或她告诉我姚先生已经离开要职没有帮助他的能力；或者她跟汉森突然因为某些原因，谈崩了，生死有命，她恨他！

我顾不得设想更多，心里只有一个念头：不到最后关头我绝不那样做。

姚依今天很美，跟我前几次见她不同。她还是一头黑发披肩，素颜妆容，穿着孔雀蓝的丝绸上衣配黑色包臀短裙，脖子上挂着一串琥珀，每一颗都比古时候的铜钱还大，圆润饱满，绝不是普通货色。

"我没想到汉森这么急，只是让他再等等。"她神情漠然，手指在咖啡杯的边沿摩挲。

"他……你知道了？"

"知道。"姚依看着我，"我原以为苏家人比你重要，可是好像错了。"

苏家人当然比我重要！我不太明白她想表达什么。如果汉森有什么地方对不起她，她大可骂他一顿，可是拿我跟苏家人相比，什么地方错了呢？

他已经选择了她呀！

姚依见我没说话，眼光在我身上来来回回很多遍，忽然笑起来："我很多年前就好奇，汉森最终会选择什么样的女孩子，看到你的第一眼真不服气啊！"

第一次见到姚依，她如同埃及艳后般的气势让我印象深刻，即便是现在我也没办法跟她比。

"那场晚宴，你本来想冲上来搅局的对吧？"

"是的。"我承认，真人面前不说假话，何况我早已是个被淘汰出局的人。

"他聪明，世界上最了解他的人是我。"姚依眯了眯眼，"你不是，你太笨拙，太直，不懂他。"

我承认，姚依是站在高处的人，对任何人与事，她就像这个世界的主宰者一样，不动声色地利用她所拥有的东西。

此时，我很庆幸她具备这样的能力。

"那晚上他就像宣誓一样，告诉所有人，他跟我是一起的，你没有听出来吗？"

他像宣誓一样？我有些惘然："不正是你要求的吗？"

"我的要求可不是那样，"姚依笑了笑，"他固执，他有自己的野心和理想，我们很难长久地走到一起。"

"所以你放弃他了？"我皱着眉，感觉心痛，"所以你眼看着他无能为力也不出手帮他？"

"是我放弃的他吗？"姚依的姿态认真起来，"汉森为什么不跟我直说呢？他想让某些人相信他能够帮助到他们，从而谈了一些条件。所以他在慈善盛宴上说那些话，你认了真，我也要认真吗？"

我眨了眨眼，很努力地理解姚依话语中的意思，可是我没懂。

"苏爷爷的孩子很难出来，那些人拼了命，我从来就没办法帮他，你找错人了。"

"这么说，这些日子，汉森在北京东奔西走，一直是孤身奋战？"我很意外，心里牵扯出更多的刺痛。

"当然是。他说那些话我都没跟他计较，而且我在美国那边也有很多事情要处理。对了，我还没告诉你，我的身份是美国公民。我曾经问过爸爸，他说他的朋友在金融界也许很好用，可是牵涉司法这块，他很为难，尤其对方的阻力那么大。"

"这样……"我心里的失落，大过来时猜想的面对她时的困难。

这么说，姚依由始至终只是汉森借势画给梁志远和其他理事的一块饼。如果没有类似的饼，他连坐上理事长的位置、拿到那些材料的机会也没有。

于是吴光明，一定是吴光明跟他承诺救苏穆大哥出来，汉森才心甘情愿为他兜底！

唯一能够阻止这场交易的办法是重新复制U盘。我知道这个证据的分量不足以搞垮吴光明和袁娄山，也没有隽绎手上的那份更有分量。但最超码能清晰地说明TC这几年跟汉唐汇金的合作是没有黑幕的，汉唐汇金不能为TC背黑锅。

况且里面还牵涉到盛世逍遥，牵涉吴光明的违规操作，足够让他们烦恼一阵子。

我必须让汉森堂堂正正地回来！

至于穆大哥，我的能力和认知算计不到那么远，现在我只能凭着自己认为正确的方式走下去，这是我的最后一搏。

于是从北京回来以后，我连夜写了一篇文章，详细说明了 TC 与汉唐汇金这三年来的合作项目，并谴责 TC 的审查组没有履行职责，敷衍不作为，对上一年度中 TC 跟盛世逍遥的利益往来调查不到位，并存在严重的泄密行为。

写好之后，我找到了老泉和燕子。

这件事很重要，文章需要燕子找人发出来，更重要的是我要让他们相信我。

"这篇文字一旦上报，会引发什么后果我无法预料。"我老实地告诉老泉。我在这个城市的运作能力不足以把控事情发展的方向，可是我坚信，只有这样做才是最正确的选择。

"好！"老泉点头看着我说，"如果不是穆大哥给汉森的压力太大，让他做出不冷静的决定，或者爷爷还在，他也会同意你这么做的。"

一周以后，燕子所在集团的所有下属的媒体都在头版刊登了以我那篇文字为蓝本的通稿，甚至还附带评论，大意是"审查工作应该是悬在腐败分子头上的利剑，它应成为反腐治本的中坚，成为不想腐、不能腐、不敢腐制度铁笼的重要组成部分"。

评论文章一出，立刻在全市形成了一股不小的旋风。我知道汉森回来后一定会责怪我，我没见过他发脾气的样子，这项交易的背后有多么巨大的妥协和金钱、人脉方面的置换我不清楚，老泉和燕子也不清楚。

于是我便请了假躲回了山城老家。

13. 尘埃落定

躺在江畔吹野风，翻看着燕子转给我的新闻照片，我知道曜石基金会和 TC 都重新进驻了审查组，重点审查内容是盛世逍遥和 TC 的关联交易，甚至三年来 TC 的所有投资项目也一并重新审计。

汉森回来之后表现得很平静，他什么也没说。

经过新闻造势，全国非公募慈善基金论坛在本市召开，志愿者联盟上街开展了一场声势浩大的透明公益活动。曜石基金会也在其中接受市民征询，汉森和隽绎前所未有的默契配合，领导着曜石基金积极谨慎地消除不良影响。审查还在同时进行，变数就还继续存在，燕子说前两天老和汉森一道去临市看望了穆大哥，相关责任核查还在进行中，这个消息让全家人无比振奋。

这件事情之后，苏之境和韩美很内疚，表示不能让汉森一个人扛下全部的压力，所以现在苏爸爸也开始积极起来，每天去"洵颐山堂"巡视一番，并定期给年轻医生做培训。

酷热的夏天还未到来，不歇的蝉鸣却让我有些心烦意乱，这天我婉言谢绝了爸爸妈妈的陪伴，独自一人开车来到缙云山。相伴于源远流长的嘉陵江，身处山中仿佛置身世外桃源，我找了处汤屋别墅住下来，这是一幢民国初期建筑风格的吊脚楼，开放的竹林庭院私密而宁静，院中还有一方蜿蜒的泳池。

我的身体浸在水里，双手为枕靠在泳池的边沿，冰凉的池水裹挟着我，身体在水中漂浮着，一浪一浪地荡漾。四周一片昏暗，只有潜藏在草木中的灯光如萤火般闪烁，夏日的虫鸣唧唧传来，除此便是寂静。

我享受着这片寂静，汉森也是一个不爱热闹的人，他说过他的闷，其实我们真的很像。

整个人放松之后，全部的感情凝结成溪水在心底流淌，沿着眼角溢出来。我回想着姚依说过的那些话，其实更早，汉森被带走前我就意识到：他从未负我。

"噗"地一响，一颗小石头样的东西落到我身边的池水里，抬头一看，只见台阶的木扶栏上站着一个披着白色浴袍的人。

我的心在一瞬间停了跳动，望向那人的眼睛再也挪不开。

"还好，旁边那幢汤屋没人住。"话音刚落，我身边立刻溅起一阵水花，那人如同剑鱼一样跃入水里，在池底划动几下便来到我的身边，学着我的样子，手臂靠在池沿边上，头发还滴落着水，幽亮的眼眸近在咫尺，温热的呼吸就打在我的脸上。

"一直都喜欢享受！"汉森的笑靥展露在我眼前，如同这山间的凉风一样撩人。

"唔！"我还没来得及出声，已经被他深深地吻过来，我的手一松，两个人便双双滑落沉入水底，在沉浮涤荡中徜徉缱绻，掀起惊涛骇浪肆意挥洒，我任随炙热燃烧，心无杂念地享受着极致的欢愉和美好。

迷离的灯光忽隐忽现，窒息临界的时候才冲出水面大口喘息，汉森从后背揽起我的腰，下颌抵在我的脖颈间低声问："什么时候学会了游泳？"

"那次，以后。"

我说的那次是在远滩看到他落水的那次。他用力地抱紧了我说："岩溪，有你陪我，真好。"

是的，真好。

说话间，汉森拉着我上了岸。他把浴袍披在我身上，忽然单腿跪在我的身边，神情专注而认真。我坐在长榻上直直地盯着他没动，看着他喉咙上下滚动了几下，才有沉稳的声音说："岩溪，嫁给我。"

嫁给他，曾是自己多么忧伤的一个梦想啊！我看着他手里不知什么时候多出的一枚亮闪闪的钻戒，眼泪无声无息地流淌下来。

"好。"我意外地平静，将整个人依偎进他的怀抱里。

我想起细雨中他说的那些话，他从来没有说过那么多的话，今天也没有，那天的每一句话都在我的脑海中回放，每一句都化成热泪止不住地流下来。

汉森是怎么把戒指圈到了我的无名指上，自己眼中的泪水又是怎么一遍遍被他吻去又溢出来，我都忘了……许多电影里喜极而泣的场景也都描述不出我此刻的心情，虽然，我在哭。

结不结婚于我并不重要，婚姻更多的是一份责任。比如责任让他必须要扛起曜石基金会的事务，走投无路的时候甚至跟吴光明私下交易也在所不辞。

对我来讲，责任同样意味着承担，特别是在当下苏家风雨飘摇的状况下。

可是我很高兴，我在意的，是汉森选择由我与他共担风雨，携手人生。

这注定是个疯狂的夜晚，漫长的欢爱持续到深夜，直到狂潮尽褪，汉森才把我拥在怀里。我们躺在床上静默了很久，他的头埋在我胸前低声呢喃："感觉有些对不起。"

我没出声。他感觉得对，的确有些对不起。

叽叽喳喳的鸟叫声把我吵醒，清晨的阳光从山崖那边的云层里洒下来，我伸手在旁边摸了个空，睁开迷蒙的睡眼，看见蜀绣屏风的后面，人影晃动。汉森已经穿戴整齐，只是简单的黑色T恤配米色的长裤就非常帅气，腰上还扎了根棕色手工牛皮带，他走过来拎起我说："起来。"

"干吗？"

"回家。"

我知道那个城市里有很多人需要汉森，只要他在那里，大家的心情就会得到平复。

当我和汉森并肩敲开家门的时候，纪鲁教授和林雅稚教授平静如常的面容没有丝毫惊讶，甚至妈妈还顺手从她刚洗的果盘里给我们一人塞了一颗草莓。

为此我足足佩服了他们三十分钟。

"爸爸妈妈，我把岩溪带回来了。"汉森进入角色的速度很快，他在第一时间已经改口。我正苦恼怎么跟两位长辈解释这个突如其来的改变，没想到爸爸拉着汉森直接进了书房。当初是谁告诉我离开汉森是对的，又是谁心急火燎地把她最看重的学生介绍给我，他们这是在掩饰自己犯下的错误吗？

电话一直在响，我的，汉森的。

两个人都很忙。

书房里传来巨响，是纪鲁教授在愤怒地拍案而起："这些人，吃相太难看了，这样做到底是把自己置身于这个国家的规则之外嘛！"

妈妈说很多年没有看到爸爸这样了，他自己高风亮节，专注于学问，偶有拜访的学生谈论时下某些不耻行为的时候，他总心平气和告诫他们：谤随名高，做大事的人，承受一些非议算不了什么，心底无私天地宽嘛！

整整一夜，汉森和爸爸都在书房里不知道谈论些什么。

我和妈妈依偎在床上，她笑眯眯地端详着我，就像小时候的很多个夜晚那样，一边撩着我的长发，一边啧啧赞叹说："我的岩溪长大了，越来越像我，漂亮嘞！"

　　我时常无奈，这一晚也是。

　　从山城回来，我搬回了河心岛别墅，左格特意在放学后赶回来吃了顿晚饭，"妈妈，我跟爸爸说家里已经没有你的气息了，他向我保证一定把你带回来，果然没有食言。"

　　"嗯，他从不食言。"我回答。

　　汉森依旧忙于奔走，他又去了北京。

　　这天，老泉告诉我隽绛辞职了，举家移民澳大利亚，秘书长的职位暂时交由秘书处一个经验丰富的人。

　　他口口声声要为允芳报仇，要让吴光明在监狱里蹲完下半辈子，也许只是幻想吧，我心里想。因为我看见那个能够翻云覆雨的董事长依旧每天端坐在他的办公室，全身都散发着更加凛冽的气势。各个部门都在准备着随他去调研下属分公司，我把这项工作交给墨鱼仔，由他来执行这一次的调研任务。

　　当初媒体的通稿刊发出来以后，审查组重新入驻财务部，严墨紧张到一度失眠。U盘的事情没有调查也没有任何人提出，可是以吴光明的作风，他不会把这件事放在明面上做，当初汪总是怎么被铲除的我很清楚，所以我一天都不能离开。

　　"叮"的一声轻响，我的电脑显示有一封加密邮件。

　　打开一看，竟然是隽绛写给我的信。

　　"岩溪，很冒昧用这样的方式跟你告别，面对你时总是会说很多话，我怕离开以后，已经不记得自己说过什么。曾经你认为我欺骗了你，可是不管你信不信，你的确是我有生以来第一次想要共度余生的人……"

　　看到这里，我的鼻子突然像被水呛了似的难受起来，眼睛立刻红了。

　　我知道自己在很早以前就失去了对隽绛的爱意，因为年轻不甘走了很多弯路，直到现在也不堪回首，不愿意去面对只剩残垣的爱情。隽绛终究是懂我的，他的话让我的青春获得了圆满。

　　他提到汉森，他说看到汉森处事的能力和我对他的坚守，知道自己输了。

　　我佩服他的洒脱，双子座的男子有着异乎寻常的洞悉能力，无论是对待感情还是竞争，从来都是拿得起放得下。

　　"允芳的死，是我们全家人的痛，最重磅的炸弹已经出手，只等证据落地，吴光明和袁娄山的联盟很快便会瓦解。你可以告诉秦汉森，就算那份材料递不上去，苏穆需要承担的属于法律、政策不完善带来的'制度风险'和'管理疏误'的责任也比之前预料的小得多，袁娄山的势力太强大，权衡之后我们全家做出了移民的决定。"

　　……

　　隽绎的来信让我的心平静了不少，看到前方的路也清晰了许多。

　　中元节前的一天，我带着左格去了苏家老宅，苏爸爸和韩妈妈召集着全家人准备烧伏纸，爷爷的画像放在凉亭边，我在书房帮着苏爸爸写条幅。

　　忽然院子里响起一阵嘈杂的声音，韩妈妈走到阳台上，望着外面"哇"的一声捂着嘴恸哭起来。我起身往下一望，也禁不住热泪盈眶，拉着左格跑下楼去。

　　只见在一群人的簇拥下，苏穆大哥已经跪倒在凉亭边爷爷的画像前磕头。

　　汉森站在一旁，脸色冷清。

　　"是爸爸，他联系了他的学生虞山帮忙。"汉森拉着我的手诚恳地说，"岩溪，谢谢。"

　　那份材料终于递交上去了，蜀汉集团董事长袁娄山在位不到一年，便很快地下台，同时他在担任曜石基金会秘书长期间所有的犯罪行为也将得到清算。

　　苏穆大哥回来了！

　　爷爷，可以安息了。

　　……

　　汉森把理事长的位置交还给苏穆，并请律师把"洵颐山堂"的股份转到苏爸爸的名下，汉唐汇金依然由黄屹打理。韩妈妈说，汉森是苏家的孩子，产业在谁名下都是一样，但我们请求爸爸妈妈允许我们过一段顺心顺意的生活，汉森要带我走遍他曾经走过的地方。

　　于是这年的春节过完，我请了一年长假，与汉森一起踏上了旅程。

　　临走前，我们特意把左格交给了老泉和燕子。

　　机场的VIP候机室里，我蜷缩在汉森的臂弯里闭目养神，电视上正在播放本地新闻，画面一转，一个熟悉的身影出现在屏幕上，画外音传来："TC